崔致遠全集

[新羅] 崔致遠 著

李時人 詹緒左 編校

上

上海古籍出版社

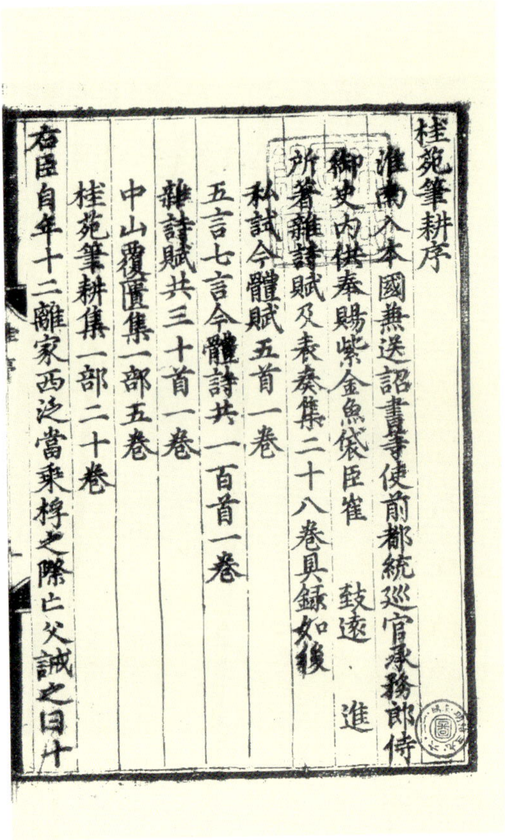

桂苑筆耕序
淮南入本國兼送詔書等使前都統巡官承務郎侍
御史內供奉賜紫金魚袋臣崔　致遠　進
所著雜詩賦及表奏集二十八卷具錄如後
私試今體賦五首一卷
五言七言今體詩共一百首一卷
雜詩賦共三十首一卷
中山覆簣集一部五卷
桂苑筆耕集一部二十卷
右臣自年十二離家西泛當乘桴之際亡父誡之曰十

朝鮮十六世紀中葉寫刻本《桂苑筆耕集》書影

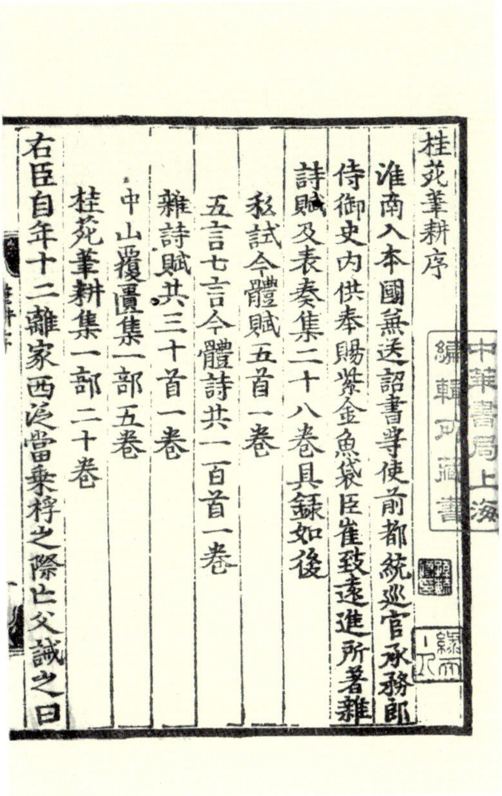

桂苑筆耕序

淮南入本國兼送詔書等使前都統巡官承務郎

侍御史内供奉賜紫金魚袋臣崔致遠進所著雜

詩賦及表奏集二十八卷具録如後

私試今體賦五首一卷

五言七言今體詩共一百首一卷

雜詩賦共三十首一卷

中山覆簣集一部五卷

桂苑筆耕集一部二十卷

右臣自年十二離家西泛當乘桴之際亡父誡之曰

《四部叢刊》影印無錫孫氏小綠天藏朝鮮刊本書影

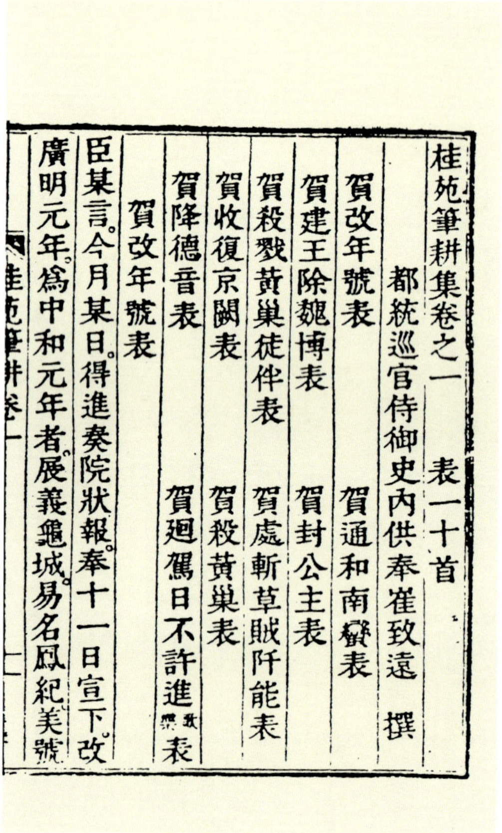

桂苑筆耕集卷之一　表一十首

都統巡官侍御史內供奉崔致遠　撰

賀改年號表　賀通和南蠻表

賀建王除魏博表　賀封公主表

賀殺戮黃巢徒伴表　賀處斬草賊阡能表

賀收復京闕表　賀殺黃巢表

賀降德音表　賀廻駕日不許進歌樂表

賀改年號表

臣某言。今月某日。得進奏院狀報。奉十一日宣下。改廣明元年。爲中和元年者。展義龜城。易名鳳紀。美號

桂苑筆耕卷之一

朝鮮純祖李玜三十四年（一八三四）徐有榘木活字本

《桂苑筆耕集》書影

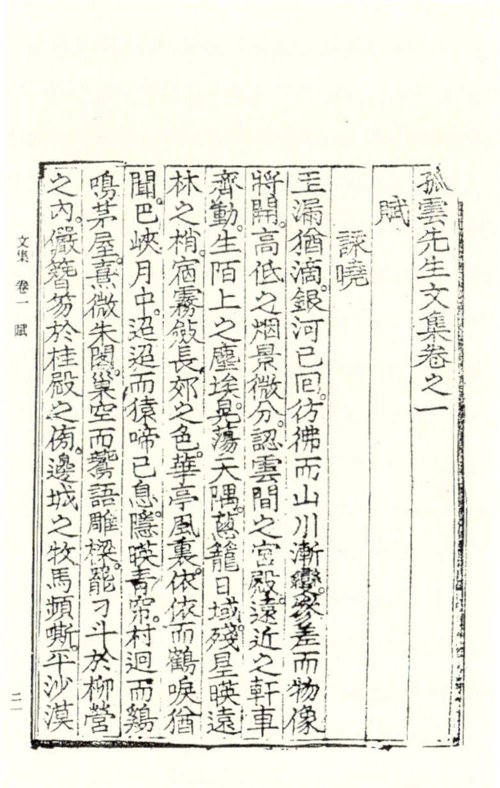

孤雲先生文集卷之一

賦

詠曉

玉漏猶滴。銀河已回。彷彿而山川漸辨。參差而物像將開。高低之烟景微分。認雲間之宮殿。遠近之軒車齊動。生陌上之塵埃。晃蕩天隅。葱籠日域。殘星暎遠林之梢。宿霧斂長郊之色。華亭風裏。依依而鶴唳猶聞。巴峽月中。迢迢而猿啼已息。隱暎靑帘村迥。而鷄鳴茅屋。熹微朱閣。巢空而鷰語雕梁。罷刁斗於柳營之內。儆簪笏於桂殿之傍。邊城之牧馬頻嘶。平沙漠

文集　卷一　賦　　二

朝鮮高宗李熙二年（一八六五）崔國述刊《孤雲先生文集》

重刊本書影

前言

李時人

崔致遠(八五七—?)字海夫,號孤雲,新羅王京慶州(今韓國慶尚北道慶州市)人,是對中國與朝鮮半島文化交流有過傑出貢獻的人物。

唐懿宗時,十二歲的新羅少年崔致遠渡海赴唐土留學,僖宗乾符元年(八七四)十八歲時考中進士。釋褐獲委宣州溧水縣尉三年,後又入淮南節度使、諸道行營兵馬都統高駢揚州幕,先後任館驛巡官、都統巡官等職四年。僖宗中和四年(八八四)冬辭歸,次年(光啓元年)三月以唐使節身份回到新羅,拜侍讀兼翰林學士,守兵部侍郎、知瑞書監。因遭疑忌,出爲泰山郡、富城郡太守六年,復被召入朝,任「阿飡」官職六年。四十二歲被免官,後終老於山林。

崔致遠在唐即以善文辭稱,故高駢曾「專委筆硯」。其歸新羅時,曾將其在唐的著述隨身帶回,並將在高駢幕府四年間所作詩文輯成《桂苑筆耕集》二十卷,成為朝鮮半島現存最早的一部個人詩文集。其回新羅後又繼續使用漢語寫作多年,以文章享譽於新羅朝野。崔致遠雖然不是古代朝鮮半島留學中國的第一人,卻是在漢語寫作方面取得成績最大、對後世影響亦最大的一位,故歷代朝鮮半島學人皆尊其爲朝鮮半島文學之宗祖〔一〕。崔致遠身後高麗王朝曾追謚其為「文昌侯」，從祀文廟〔二〕，朝鮮半島各地至今還保留有不少與崔致遠有關的遺迹，並興建了各種紀念碑、紀念館，表明了半島人民對崔致遠的尊崇與懷念。在中國，崔致遠則一直被視爲新羅流寓作家。北宋歐陽修、宋祁等修《新唐書》，曾在《藝文志》中著錄了崔致遠《桂苑筆耕》二十卷、《四六》一卷。一九三四年出版的譚正璧撰《中國文學家大辭典》和一九九二年出版的周祖譔主編《中國文學家大辭典・唐五代卷》等皆收有「崔致遠」條目。近年中國揚州也有興建崔致遠紀念館之舉，說明崔致遠不僅是古代朝鮮半島的文化名人，在某種程度上業已成為古代朝鮮半島與中國文化交流的標識和象徵。

在中國，崔致遠最為人所知的著述是《桂苑筆耕集》。《桂苑筆耕集》所收詩文，主要為其在高駢幕府四年間所作，實際上崔致遠在中國生活了十七年，回新羅後又繼續使用漢語寫作數十年，除此之外的作品應還有很多。十幾年前，我在編纂《全唐五代小說》時，發現南宋張敦頤《六朝事迹類編》卷下「雙女墓」條很可能是崔致遠在唐時所作文言短篇小說《雙女墳記》的節文〔三〕。沿此綫索追索下去，終於在古代朝鮮半島的漢籍中發現了這篇小說的原文。在這一過程中，承海內外友人幫我收集了不少有關崔致遠的文獻資料，逐漸瞭解到崔致遠在古今朝鮮半島人民心目中的崇高地位和學人們的研究情況，特別是崔致遠《桂苑筆耕集》以外的著述，不僅已經有過輯佚，而且已有刊刻：李氏朝鮮後期崔致遠後裔崔國述輯刻之《孤雲先生文集》三卷及二十世紀中葉韓國成均館大學大東文化研究院輯刻的《孤雲先生續集》一卷，收錄了不少崔致遠《桂苑筆耕集》以外的作品，其中不僅有崔致遠歸新羅以後的作品，亦有崔致遠《桂苑筆耕集》之外在唐時的作品。於是我寫了一篇《新羅崔致遠生平著述及其漢文小說〈雙女墳記〉的創作流傳》，在《文史》上發表，對有關情況進行了初步介紹〔四〕。

作為古代朝鮮半島與中國文化交流的標誌性人物，崔致遠的著述理應引起我們足夠的重視。先前，我在考察崔致遠所作文言小說《雙女墳記》的過程中，曾為尋找崔致遠的著述費了很大功夫，其原因是當時在中國國內只找到《桂苑筆耕集》和《唐文拾遺》所載崔致遠所撰的三篇碑文。後來經多方努力找到韓國成均館大學大東文化研究院一九七二年輯編《桂苑筆耕集》、《孤雲先生文集》和《孤雲先生續集》三集而成的《崔文昌侯全集》也沒有完全解決問題，因為《雙女墳記》的原文僅保留在李氏朝鮮世祖八年（行明年號，天順六年，一四六二年）成任（一四二一—一四八四）編纂的《太平通載》殘卷中〔五〕。因此，我覺得全面收羅崔致遠的著述，輯校一部《崔致遠全集》，對我們進一步研究崔致遠及其著述是很有必要的，近年來，韓國、日本和中國不少學人對崔致遠及其著述所進行的考察研究，亦為編纂《崔致遠全集》提供了條件。

編纂《崔致遠全集》，首要任務是盡可能收羅崔致遠存世的著述，而這確是一件很困難的事情。

崔致遠回到新羅以後，曾在《進詩賦表狀等集狀》(即存世各種《桂苑筆耕集》卷首《〈桂苑筆耕〉序》)中對自己在唐土著述情況有所介紹：

右臣自年十二，離家西泛……觀光六年，金名牓尾。此時諷詠情性，寓物命篇，曰賦曰詩，幾溢箱篋。但以童子篆刻，壯夫所慙。及忝得魚，皆為棄物。尋以浪跡東道，筆作飯囊，遂有賦五首、詩一百首、雜詩賦三十首，共成三篇。尒後調授宣州溧水縣尉，禄厚官閑，飽食終日，仕優則學，免擲寸陰。公私所為，有集五卷。盖勵為山之志，爰標「覆匱」之名；地號「中山」，遂冠其首。及罷微秩，從職淮南，蒙高侍中専委筆硯，軍書幅至，竭力抵當，四年用心，萬有餘首。然淘之汰之，十無一二。敢比披砂見寶，粗勝毀瓦畫墁，遂勒成《桂苑集》二十卷。

中國北宋《崇文總目》卷五、《新唐書・藝文志》、鄭樵《通志》卷七〇《藝文略》皆著錄崔致遠《桂苑筆耕》二十卷、《四六(集)》一卷。朝鮮半島高麗王朝金富軾(一〇七五—一一五一)《三國史記》卷四六崔致遠傳在轉錄《新唐書・藝文志》所載《桂苑筆耕》二十卷、《四六》一卷後云崔致遠「又有《文集》三十卷行於世」。朝鮮王朝高宗李熙二年(行清年號，同治四年，一八六五年)，崔致遠後裔崔國述輯刊《孤雲先生文集》三卷〔六〕，於刊本目錄後著錄崔致遠「集外書目」云：

《桂苑筆耕》二十卷、《經學隊仗》三卷。右既有成秩，故今不復編。
《中山覆簣集》五卷、《私試時體賦》五首一卷、《五言七言時體詩》一百首一卷、《雜詩賦》三十首一卷、《四六集》一卷、《東國輿地説》、《古今年代曆》、《上時務書》、元集三十卷。右並有題目而不得其文，未能入編。

其中《中山覆簣集》、《私試時體賦》、《五言七言時體詩》、《雜詩賦》，顯據崔致遠《進詩賦表狀等集狀》自敍，《四六集》則據《新唐書·藝文志》著録，所云「元集三十卷」，當據《三國史記》，然諸集與《古今年代曆》、《東國輿地説》、《上時務書》等其時皆已不傳；《經學隊仗》則非崔致遠著述。因知在崔國述輯《孤雲先生集》三卷之時，朝鮮半島除《桂苑筆耕集》外，並無崔致遠其他文集傳世。查《桂苑筆耕集》，除《進詩賦表狀等集狀》（即《〈桂苑筆耕〉序》）共收崔致遠著述三百七十篇，内詩六十首（其中《紀德詩》三十首附於《獻詩啟》後），文三百一十篇。

徐有榘於朝鮮純祖李玜三十四年（行清年號，道光十四年，一八三四年）以木活字校印《桂苑筆耕集》，其《校印〈桂苑筆耕集〉序》歎息崔致遠「東還後，著作散逸無傳，唯有梵宫祠墓之間，披林藪，剔苔蘚，尚可得十數篇」，也可以證明崔國述輯刊《孤雲先生文集》三卷以前，除《桂苑筆耕集》外，朝鮮半島並無崔致遠其他文集流傳。

《孤雲先生文集》三卷，共收詩三十二首（内《題輿地圖》、《姑蘇臺》、《碧松亭》三首僅存佚句），文二十四篇。最初，我發現《孤雲先生文集》所收詩、文主要輯於李氏朝鮮成宗九年（行明年號，成化十四年，一四七八年）至十二年編輯成書的《東文選》〔七〕，其中四篇碑銘則在朝鮮半島多有流傳。實際上韓國和日本學者的有關研究已經查出《孤雲先生文集》中更多篇章的出處[八]，雖然仍有個別篇目（如《碧松亭》殘篇）出處不明。還有一個情況是，卷三之《華嚴佛國寺繡釋迦如來像贊並序》一文實拼湊《王妃金氏爲考繡釋迦如來像幡贊並序》的散文部分（見《東文選》卷五〇）與《大華嚴宗佛國寺阿彌陁佛像贊並序》中的韻文「頌」部分（見日本《卍續藏經》一〇三册載《圓宗文類》卷二二）而成[九]，兩篇後均為《孤雲先生續集》所收。因此這篇《華嚴佛國寺繡釋迦如來像贊並序》並不能算是一篇獨立的文章，《孤雲先生文集》實收文二十三篇。

《孤雲先生續集》收詩十二首，文十六篇。內《和顧雲支使暮春即事》與《孤雲先生文集》所收《暮春即事和顧雲友（支）使》重複；《馬上作》殘句一聯，實為崔致遠《送吴進士巒歸江南》一詩之頸聯，全詩見於《東文選》卷九、朝鮮刊本明人吴明濟編《朝鮮詩選》卷五，且《孤雲先生文集》卷一已收錄，《續集》作者未察，誤以為佚句而從許筠（一五六九—一六一八）《惺叟詩話》收入。除《馬上作》，《孤雲先生續集》所收崔致遠詩有六首見於朝鮮半島高麗前期所編的唐詩選本《十抄詩》（包括《和顧雲支使暮春即事》）[一〇]，另有《鄉樂雜詠》一題五首摘自《三國史記》。所收文則除《鸞郎碑序》摘自《三國史記》，《海印寺妙吉祥塔記》為一九六六年考古發現，其餘十四篇中有十二篇均見於佛教載籍[一一]。去除重複的《和顧雲支使暮春即事》和《馬上作》一聯，則《孤雲先生續集》僅收詩十首。

考察《桂苑筆耕集》、《孤雲先生文集》、《孤雲先生續集》三集實收崔致遠詩文四百五十二篇，內詩一〇二首（三首為殘篇），文三百五十篇〔一二〕。

崔致遠三集之外的著述，最值得重視的是其《新羅殊異傳》中的作品。

《新羅殊異傳》被公認為是朝鮮半島早期敍事作品，十二世紀半島最早的史書《三國史記》和以後的《海東高僧傳》、《三國遺事》等都曾引述過其中的內容。不過，因為《殊異傳》後來散佚，關於《新羅殊異傳》的作者和篇目內容，朝鮮半島較早的記載中就已經有種種歧異：釋覺訓約作於高麗高宗安孝王二年（一二一五）的《海東高僧傳》曾提到「朴寅亮《殊異傳》」（卷一《釋阿道傳》）；權文海（一五三四—一五九一）於朝鮮宣祖李昖二十二年（一五八九）編纂的類書《大東韻府群玉》所列《纂輯書籍目錄東國諸書》所列則有：「《新羅殊異傳》，崔致遠撰。」此外，釋一然（一二〇六—一二八九）的《三國遺事》提到「古本」《殊異傳》和金陟明增改本〔一三〕；李承休《帝王韻記》（一二八七）提到《殊異傳》；成任（一四二一—一四八四）《太平通載》殘卷有二篇引文注出《新羅殊異傳》，徐居正（一四二〇—一四八八）的《筆苑雜記》、《四佳集》、《三國史節要》等亦提到《新羅殊異傳》或引《殊異傳》中的文字，但都沒有說明作者。正因為如此，才引起了後世研究者的眾說紛紜，甚至懷疑歷史上是否真有崔致遠所編著的《新羅殊異傳》。

不少韓國的學者否認《殊異傳》作者是崔致遠的一個重要的理由，是認為成任《太平通載》殘卷中的《崔致遠》篇只是以崔致遠為題材的「說話」，或是一種「口頭傳述的故事」，而口傳文學是不可能有自敍體的〔一四〕。由於南宋高宗紹興時張敦頤撰《六朝事迹編類》卷下《雙女墳記》節文的發現，證明《太平通載》所引《殊異傳》中的《崔致遠》和《大東韻府群玉》「仙女紅袋」條所引的文字均與其同源。只不過《大東韻府群玉》所載亦是節文，只有《太平通載》中的《崔致遠》才更多保留了《雙女墳記》的原貌（雖然其開篇和結尾有後人增飾的痕迹）。種種情況說明《雙女墳記》只能是崔致遠在唐時的作品，如果說此篇不是崔致遠在唐土時所作，且流傳於唐土，而是崔致遠身後近一個世紀的高麗朴寅亮（？—一〇九六）或朴寅亮時代人所作，又傳到中國，且在中國造成相當的影響，幾乎是難以想像的事。有了《雙女墳記》為崔致遠所作的結論，證明了包括《雙女墳記》在內的《新羅殊異傳》理應是崔致遠的作品，或由崔致遠編著而成，權文海《大東韻府群玉》引書所列「崔致遠撰」《新羅殊異傳》是存在的。

雖然《新羅殊異傳》最早為崔致遠所撰近來得到較多學者的認同，但《海東高僧傳》明確提到「朴寅亮《殊異傳》」的說法也是很難否定的。在早，人們依常理提出《新羅殊異傳》為崔致遠編著、朴寅亮增補、金陟明改撰的論斷，但這一說法無法得到證實。種種情況說明，古代朝鮮半島可能有多種不同的《殊異傳》本子流傳，既有署崔致遠的本子，亦有署朴寅亮的本子，於是有人提出崔致遠、朴寅亮曾分別撰寫過《殊異傳》的看法。李劍國等認為正是由於崔本、朴本、金本（金陟明增改的崔本），甚至朴本、金本的合編本在後世分別流傳，寓目者因不明就裏，遂造成了種種記載的混亂，應是比較合理的〔一五〕。不過，雖然有關《殊異傳》的情況很複雜，但我們還是可以大體確定一些作品應是崔致遠《新羅殊異傳》中原有的篇目。

首先，《大東韻府群玉》所據為「崔致遠撰」《新羅殊異傳》，則「首插石枏」（卷八）、「竹筒美女」（卷九）、「老翁化狗」（卷一二）、「仙女紅袋」（卷一五）、「虎願」（卷一五）、「心火繞（燒）塔」（卷二〇）等六條所引《殊異傳》文字自應出自崔著。《太平通載》殘卷所引《殊異傳》兩篇，卷六八《崔致遠》雖有後人增飾的部分，但其與《大東韻府群玉》「仙女紅袋」條文字同源，故原應屬於崔著無疑，依此，則卷二〇的《寶開》也應出於崔著。其次，徐居正《筆苑雜記》、《三國史節要》所引之《迎烏細烏》（擬名）、《脫解》（擬名）、《善德王》（擬名）三篇可確定出自崔著，徐居正《四佳集》文集卷三《伽倻崇山蘇利庵重創記》所提及的《蘇利伽藍》（擬名）一篇似亦應屬於崔著，只是徐居正未引原文。再者，《三國遺事》除卷四據「古本《殊異傳》」所引《圓光法師傳》可確定為崔致遠所撰，卷一的《射琴匣》也基本可以認定出自崔著《新羅殊異傳》。

綜合多位學者的考證，以上十二篇作品基本可以認定是崔致遠《新羅殊異傳》的佚文。不過，崔致遠著《新羅殊異傳》原編肯定不止這十三篇（包括寫「蘇利伽藍」故事的一篇），如《三國遺事》所引崔著可能就不止《圓光法師傳》、《射琴匣》兩篇。《三國遺事》多處徵引崔著《新羅殊異傳》中事，如卷一《延烏郎細烏女》故事較《筆苑雜記》卷二所引《迎烏細烏》文字為詳，又《善德王》記善德王三事，而

《三國史節要》所引善德王故事僅一事；卷三《敏藏寺》所述實即《太平通載》卷二〇所載「寶開」故事；卷五《金現感虎》所述為《大東韻府群玉》卷一五「虎願」條所引故事，文字亦較「虎願」條所引更為詳盡。然《三國遺事》所引均未注出《殊異傳》，因疑《三國遺事》應有更多地方引用了崔著《新羅殊異傳》而未注明，李劍國等認為《三國遺事》卷一《桃花女鼻荊郎》、卷二《處容郎望海寺》、卷五《郁面婢念佛西昇》、卷五《大城孝二世父母》及卷二《元曉不羈》中的部分內容可能都出於崔著，是完全可能的〔一六〕。另外，《三國遺事》卷四《義湘傳教》有注云：「事在崔侯本傳及曉師行狀等。」又有按語：「餘如崔侯所撰本傳。」《海東高僧傳》卷二《釋安含傳》中又有「崔致遠所撰《義相（湘）傳》云：『相（湘）真平建福四十二年受生……』」等語，因知崔致遠確曾撰《義湘傳》，然未詳其是否收於《新羅殊異傳》中。

除《新羅殊異傳》佚文，崔致遠三集以外的其他佚文佚詩學者們也多有發現。如日本平安時大江維時（八八七—九六三）編《千載佳句》中內所收崔致遠詩八題九聯，已為日本上毛河世寧輯入《全唐詩逸》，內除《登慈和山》實為《登潤州慈和寺上房》中的一聯，見於《十抄詩》、《東文選》，已為《孤雲先生文集》所收，餘《兗州留獻李員外》兩聯及《長安柳》、《留贈洛中友人》、《送舍弟嚴府》、《春日》、《成名後酬進士田仁義見贈》、《江上春懷》等六題各一聯均未見於三集〔一七〕。《十抄詩》所收崔致遠詩十首，內尚有未見於三集的《和顧雲侍御重陽詠菊》一首。李氏朝鮮成宗十二年（一四八一）徐居正、盧思慎等編《東國輿地勝覽》卷一七「公州鎮」之「公山城」條尚錄崔致遠佚詩一首〔一八〕。不過，《東國輿地勝覽》載傳為崔致遠所作《入山詩》一首〔一九〕，則似乎有疑問。至於李氏朝鮮李睟光（一五六三—一六二八）《芝峰類說》卷一三所錄崔致遠佚詩《智異山花開洞詩》（擬題）八首，則大體可信〔二〇〕。另外，金程宇檢閱朝鮮半島古代漢籍，於《三國史記》卷一一《新羅本紀》發現崔致遠所撰《謝追贈表》、《納旌節表》佚句，又於《東國輿地勝覽》卷二九「高靈縣建置沿革」條發現《釋利貞傳》、《釋順應傳》佚句（《孤雲先生文集》卷三所輯《利貞和尚贊》、《順應和尚贊》則很可能原為此二傳傳末所附贊語）〔二一〕。

綜上所述，崔致遠《桂苑筆耕集》、《孤雲先生文集》、《孤雲先生續集》三集以外可以確定的佚文有十六篇，內《新羅殊異傳》十三篇（一篇有目無文，另有五篇列入志疑，不計），其他文三篇（《謝追贈表》、《納旌節表》及《義湘傳》，均僅存殘句）；佚詩有十七首，內七首為殘篇。

總計崔致遠現存世詩文計四百八十五篇（首），內詩一一九首（內十首為殘篇），文三百六十六篇（內有目無文一篇，三篇僅存殘句）。

崔致遠除《桂苑筆耕集》以外的著述就目前發現而言，數量已經十分可觀，這對我們進一步認識崔致遠對朝鮮半島文學發展的意義和價值，進一步認識崔致遠對中國與朝鮮半島的文化交流所起到的巨大作用，是有重要意義的。

首先是可以幫助我們更全面、更深入地認識崔致遠在朝鮮半島古代文學發展中的重要地位。由於種種歷史原因，朝鮮半島雖然很早就開始使用漢字，並大量接受中國文化，但從「三國時代」直到統一新羅的前期，文學創作還僅限於零星出現。只是隨着中國典籍和詩文作品大量傳入，特別是大批新羅留學生到中國學習，這種情況才逐漸改變。通過在中國的長期學習，許多新羅留學生在廣泛學習、接受中國文化的同時，也較多地掌握了漢文詩文創作的技巧，並在留唐期間或返國之後創作了大量的詩文，從而在新羅後期形成了一個詩文創作的高潮，崔致遠正是這批留學生中最突出的代表。所以雖然以後的高麗朝、朝鮮朝文人由於更多地接受中國文化、中國文學，有了更高的文學創作和欣賞水準以後，對崔致遠詩文創作的技巧、風格略有微詞，但都認同其對朝鮮半島文學的開拓之功和「文宗」地位。如以為其詩「不甚高」的高麗朝學者李奎報（一一六八—一二四一）就提出崔致遠「有破天荒之大功，故東方學者皆以為宗」（《白雲小說》）。朝鮮朝詩論家李睟光亦針對「崔致遠雖能詩而意不精，雖工四六而意不整」的說法，指出：「致遠詩文，豈無小疵，但新羅文風未振，而致遠倡之，故我東人言文章，老必稱致遠，如不可幾及者耳。」（《芝峰類說》卷八）

對崔致遠在古代朝鮮半島漢文詩文的發展中所起的倡導和示範作用，學者們似乎並無疑義，但崔致遠對朝鮮半島文學發展還有一個很重要的貢獻，卻並沒有引起後世學人的普遍重視——那就是由於崔致遠《新羅殊異傳》佚文的發現，證明崔致遠實際上還是朝鮮半島敍事文學的先行者和奠基人。

按照一般的規律，各個國家或民族的敍事文學，特別是散文體小説較之韻文體的詩歌往往後出，這是因為散文體小説是敍事文學的最高形式，是一個國家或民族敍事藝術達到一定高度後的産物。一般認為，十五世紀後期金時習(一四三五—一四九三)仿效中國《剪燈新話》所作的漢文短篇小説集《金鼇新話》是古代朝鮮半島文學史上短篇小説成熟的標誌。但九世紀末留學中國的崔致遠所創作的《雙女墳記》，已經完全符合散文體短篇小説的規範和美學要求，這不能不説是文學史上一個特異的現象。不過，有些學者因此將朝鮮半島古代小説的成熟上溯到崔致遠，似也不太合適。因為《雙女墳記》是崔致遠在唐土的作品，無論内容還是形式都深受張文成《遊仙窟》的影響，呈現出比較典型的唐代文人小説的格局和風範，無疑是作者長期濡染唐代「士風」與「文風」的結果，而當時新羅從整體上尚未達到這樣的敍事水準，因此朝鮮半島散文體小説的成熟和成批出現尚有待時日。也就是説，崔致遠《雙女墳記》只是古代朝鮮半島散文體小説發展史上的一個特例，或者説崔致遠只是古代朝鮮半島小説創作的先行者。

除《雙女墳記》、《新羅殊異傳》中其他作品大概皆作於崔致遠回歸新羅以後。雖然這些作品不像《雙女墳記》一樣詩文並舉、華美流暢，但均為散文敍事作品，其内容亦十分豐富多彩。如《脱解》

篇記新羅第四代王昔脱解卵生故事，與新羅始祖赫居世卵生之事仿佛，頗類世界上其他民族英雄類型的「神話」；《迎烏細烏》所記為新羅第八阿達王時代的傳説故事，與古新羅東海岸的太陽崇拜和祭祀儀式有關；《心火燒塔》、《虎願》帶有民間故事的風味和民俗內容；《竹筒美女》、《老翁化狗》記異人異術故事，且均與新羅初的傳奇人物金庾信有關；《寶開》同於中國的「觀世音感應」故事，《圓光法師傳》雖為僧傳而涉及志怪。不管這些作品內容如何，顯然都受到中國漢晉六朝以來之雜史、雜傳、志怪書的影響，在敘事上帶有一定程度的「小説化」傾向。在崔致遠以前，朝鮮半島從來不曾有過如此篇幅眾多且集於一書的敘事作品，特别值得注意的是，崔致遠《新羅殊異傳》的許多作品的內容後來被收入《三國史記》、《三國遺事》，也是對《三國史記》、《三國遺事》敘事影響最大的作品，在這個意義上，崔致遠完全可以被稱為朝鮮半島敘事文學的奠基人。

從《新羅殊異傳》對《三國史記》、《三國遺事》的影響也充分證明了崔致遠對後世朝鮮半島的影響並不僅僅在文學方面，而崔致遠大量著述本身也具有重要的歷史價值，值得我們深入研究。

據崔致遠自敍，其《桂苑筆耕集》輯編於其回新羅以後。而據《新唐書·藝文志》的著録，唐末宋初，《桂苑筆耕集》似應回傳中國。不過種種情況表明，當時在中國並未引起重視，亦可能很少有人見過此書，宋以後更未見公私書目著録，應屬失傳[二二]，至清代從朝鮮半島重新傳入，纔逐漸引起中國學人的注意。二十世紀四十年代陳寅恪先生在研究唐史時就曾利用过其中的史料，並在《韋莊

〈秦婦吟〉校箋》中說：「崔致遠《桂苑筆耕集》代高駢所作書牒，關於汴路區域徐州時溥、泗州于濤之兵爭及運道阻塞之紀載甚多，俱兩《唐書》及《通鑑》等所未詳，實為最佳史料。」[二三]可惜陳先生當年未能見到崔致遠《桂苑筆耕集》以外的著述，這些著述同樣是十分珍貴且不可多得的史料。

確實，僅從史料價值來看，崔致遠著述之珍貴也至少表現在三個方面：

一是陳寅恪先生談到的，崔致遠著述所反映的有關唐末時事，多兩《唐書》及《通鑑》等未詳者，對我們進一步瞭解唐末的戰亂形勢及政局的變化有很大幫助，這主要體現在《桂苑筆耕集》上，這一點除陳先生談到，近年來又多有學人論及[二四]。

二是崔致遠諸集所收文章，涉及到有唐一代，特別是晚唐時期中國與朝鮮半島交往的若干史實，為許多政治、外交事件提供了確切可靠的文獻資料。

唐初，朝鮮半島有高句麗、百濟、新羅三國並立，由於唐廷介入三國的紛爭，高宗時百濟、高句麗先後敗亡，自總章元年（六六八）起，新羅成為朝鮮半島惟一的國家，直至唐末高麗王朝興起，五代後唐末帝清泰二年（九三五）新羅亡國。故在唐代，新羅是與唐帝國關係最為密切，政治、經濟、文化交往最為頻繁的鄰國。但有關交往情況，中國與朝鮮半島的史籍所記大多語焉不詳，為有關研究帶來很多困難。

比如，在新羅與唐帝國的官方交往中，唐廷所頒之詔勅和新羅所上之國書無疑是考察兩國關係的重要依據，然中國古代載籍如兩《唐書》、《唐會要》、《資治通鑑》、《册府元龜》、《唐大詔令集》及朝鮮半島古代漢籍《三國史記》、《東國通鑑》、《東史綱目》等所載唐廷所頒詔敕和新羅所上國書並不多〔二五〕。特別是晚唐時期唐廷對新羅所頒詔勅及新羅所呈國書，在中國幾乎全付闕如。《舊唐書》卷一九九、《唐會要》卷九五所記兩國關係皆止於唐武宗會昌元年（八四一），《新唐書》卷二二〇亦云：「會昌後，朝貢不復至。」這顯然不符合當時的實際情況。宋人之所以產生這樣的判斷，主要原因應該是懿宗咸通以後有關兩國往來文獻的闕失，因為直到清末陸心源才從古代朝鮮漢籍《東國通鑑》輯出唐末時新羅真聖女主金曼《禪位上唐帝奏》收入《唐文拾遺》：

居義仲之官，非臣素分；守延陵之節，是臣良圖。臣姪嶢，年將志學，器可興宗。不假外求，爰從內舉。近已俾權蕃寄，用靖國災。（卷六八）

唐乾寧四年（八九七）六月初一，真聖女主禪位於其侄金嶢（孝恭王），故有表文上奏於唐廷。然《唐文拾遺》所引顯然只是一段節文，在《孤雲先生文集》卷一中則收有這篇奏表的全文（題為《讓位表》，先見於《東文選》卷四三），文字是這段引文的十倍，這段節文的原文是：

日邊居義仲之官，非臣素分；海畔守延陵之節，是臣良圖。久苦兵戎，仍多疾瘵。深思自適其適，難避各親其親。竊以臣姪男嶢，是臣亡兄晸息，年將志學，器可興宗。山下出泉，蒙能養正；丘中有李，衆亦思賢。不假外求，爰從內舉。近已俾權蕃寄，用靖國災。

除此之外，《孤雲先生文集》卷一還收有多篇崔致遠代新羅國王所作的表、狀：《起居表》（代憲康王金晸作），《謝賜詔書兩函表》（代定康王金晃作），《新羅賀正表》、《遣宿衛學生首領等入朝狀》（代真聖女主金曼作），《謝嗣位表》、《謝恩表》、《謝不許北國居上表》、《奏請宿衛學生還蕃狀》（代孝恭王金嶢作）等。這些表、狀多方位反映了當時新羅與唐廷交往的史實。如《謝賜詔書兩函表》敘及唐玄宗、唐代宗時曾屢次派官員到新羅傳詔。又，光啟元年（八八五）冬新羅獲悉唐廷平定黃巢之亂，僖宗打算自成都回駕返京，於是派殿中監金僅為使上表慶賀，僖宗因之「許降勑書兩函，別賜獎飾者」，命金僅攜回新羅。再如崔致遠代孝恭王金嶢所作的《謝恩表》稱唐乾寧四年（八九七）七月五日，唐昭宗追封「故鷄林州大都督檢校太尉」景文王金膺廉為太師，「故持節充寧海軍事檢校太保」憲康王金晸為太傅，命新羅「先入朝慶賀判官檢校尚書祠部郎中賜紫、金魚袋」崔元將「各賜官告一通」攜歸新羅，於是新羅王再遣使上表表示感謝。凡此種種，俱他籍所不載。

除了這些代新羅國王所作的表、狀，崔致遠其他一些著作也記載了不少不見於其他記載的新羅與唐王朝往來的情況。如《孤雲先生文集》卷三《大嵩福寺碑銘並序》，在追述新羅王城慶州大嵩福寺（崇福寺）從新羅元聖王金敬信（七八五—七九八年在位）至憲康王金晸十年（行唐年號，中和四年，八八四年）長達一百年的興修過程時，也多次提及期間新羅與唐廷的交往。如其中提到唐懿宗咸通六年（八六五）曾派攝御史中丞胡歸厚與新羅留唐之前進士裴匡為正副册封使來新羅，且轉引了詔書的節文：「自光膺嗣續，克奉聲猷，俾彰善繼之名，允協至公之舉。是用命爾爲新羅國王，仍授檢校太尉兼持節充寧海軍使。」

崔致遠代真聖女主所作《新羅賀正表》曾談到：「臣蕃伏自立國承家，開疆拓土，皆乃仰攀天蔭，方能俯靜海隅。遂從先祖而來，每慶新正之德，年無闕禮，史不虧書。」所謂「年無闕禮」，説明有唐一代新羅王朝與唐廷之往來從未中斷。會昌以後新羅與唐廷政治、經濟、文化仍有密切往來，可從崔致遠的著述中得到確證。如《孤雲先生文集》卷一崔致遠代真聖女主所作的《遣宿衛學生首領等入朝狀》和代孝恭王金嶢所作的《奏請宿衛學生還蕃狀》，就記載了唐末亂世之際新羅仍多次派遣子弟入唐宿衛兼習業的情況。前狀述及唐昭宗大順二年（八九一）真聖女主曾遣新羅留學生崔霙等隨「賀登極（基）使」檢校祠部郎中崔元入唐習業，景福元年（八九二）又差遣崔慎之等學生八人，大首領祈婥等八人及小首領蘇恩等二人隨「賀正使」守倉部侍郎金穎入唐，「請附國子監習業」，並要求援例「文給逐月書糧」，「冬春恩賜時服」。後狀則言僖宗光啟時，新羅憲康王金晸曾選派金茂先、楊穎、崔渙、崔匡裕等隨「慶賀副使」試殿中監金僅入唐留學並兼宿衛，因十年期限已滿，請唐廷援僖宗文德元年（八八八）「放歸限滿學生大學博士金紹游等例」，批准四名學生隨「賀正使」級餐金穎之船歸國。

另外，《孤雲先生文集》卷一崔致遠代新羅國王所寫的《謝不許北國居上表》、《新羅王與唐江西高大夫湘狀》、《與禮部裴尚書瓚狀》等還記載了晚唐時期新羅與新崛起的渤海國之間在政治、軍事方面的關係，以及在外交方面的種種爭端，亦為其他史籍所未載。

第三，崔致遠的著述對我們進一步瞭解新羅與唐土種種思想文化方面的往來，特别是宗教方面的交流亦是很有價值的。

曾經翻閱日本學者忽滑谷快天的《韓國禪教史》〔二六〕，看到他在談到朝鮮半島三國和新羅時期的佛教時，多引用崔致遠所撰的碑銘及僧傳。確實，崔致遠所撰的《無染和尚碑銘並序》（《聖住山聖住寺朗慧和尚白月葆光塔碑》）、《真監和尚碑銘並序》（《智異山雙溪寺真鑒禪師大空塔碑》）、《智證和尚碑銘並序》（《曦陽山鳳巖寺智證大師寂照塔碑》）、《大嵩福寺碑銘並序》（《初月山大崇福寺碑》），不僅是朝鮮半島佛教史上的重要資料，而且是中國佛教，特别是禪宗東傳朝鮮半島的信證。

朝鮮半島的佛教，主要源於中國，所謂海東佛教的「五教九山」無一例外。從九世紀起，禪宗在新羅興起，其「禪宗九山」之祖師，更是有八人曾到中國求法，惟一未到過中國的曦陽山派的開山僧道憲，所學亦為中國禪，在早，其祖師法朗就曾入唐從禪宗四祖道信受法。崔致遠所撰之碑銘及僧傳，對新羅僧人入唐求法及求法回國後建寺傳道情況多真切的敍述。如在《無染和尚碑銘並序》（《聖住山聖住寺朗慧和尚白月葆光塔碑》）中就比較全面地記述了作為「九山」之一的聖住山派開山禪師無染自唐穆宗長慶元年（八二一）至唐武宗會昌五年（八四五）在唐求法二十五年的經歷。據碑文，無染在唐土，遊學無怠，先問道於釋如滿，後為釋寶徹的入門弟子。如滿、寶徹皆為中國禪宗史上影響巨大的洪州禪馬祖道一的弟子（《景德傳燈錄》卷六、卷七，《五燈會元》卷三），故無染亦應為其法胤。然兩宋人所作佛教燈傳如《景德傳燈錄》、《五燈會元》等俱不載無染事，崔碑可補之所缺，並為洪州禪傳入朝鮮半島提供了一份詳細的資料〔二七〕。另外，中國載籍對如滿、寶徹的記載極其簡略，崔致遠《無染和尚碑銘並序》中關於無染問道於二人情況的敍述，亦可以補歷來中國燈錄僧傳之不足〔二八〕。

再如崔致遠所撰《唐大薦福寺故寺主翻經大德法藏和尚傳》（《華嚴宗主賢首國師傳》）對中國佛教研究來說，也是一份重要的資料。唐初僧人法藏（六四三—七一二）是中國佛教華嚴宗的實際創始人（華嚴宗尊其為三祖）。宋釋贊寧（九一五—一〇〇一）《宋高僧傳》卷五之《法藏傳》被收入《大藏經》，是影響最大的法藏傳記。而崔《傳》寫於唐昭宗天復四年（九〇四），不僅早《宋高僧傳》半個多世紀，而且從十個方面對法藏的言行進行了記述，較之《宋高僧傳》篇幅要大十倍。兩傳對讀，不僅可以互相補充，亦可以互相印證。如《宋高僧傳》提到法藏「薄游長安，彌露鋒穎。尋應名僧義學之選。屬（玄）奘師譯經，始預其間。後因筆受、證義、潤文，見識不同而出譯場」。核玄奘謝世時法藏纔二十二歲，據崔《傳》，則法藏二十八歲始出家，故當時不可能「應名僧義學之選」，更不可能在此之前入玄奘譯場，因知此說實屬訛傳。正因崔《傳》之重要性，故後來日本《大正新修大藏經》纔將其補收入史傳部。

崔致遠入唐求學在中國所受的主要是儒家的教育，但因為唐代思想文化的開放性，特別是作為「科舉士子」而受到當時「士風」的濡染，故表現出對宗教、文學等多方面的興趣。唐代除了佛教鼎盛，中國本土宗教道教亦得到極大的發展。崔致遠數年身處高駢的淮南幕府，高駢是一個道教徒，對崔致遠不會沒有影響。《桂苑筆耕集》卷一五收崔致遠代高駢所作「齋詞」多達十五篇，說明其對道教有相當的瞭解。

朝鮮半島高麗王朝時金富軾《三國史記》記載武德七年（六二四）唐高祖遣使策封高麗王時，曾命道士持天尊像及道法，前往高句麗宣講《老子》，說明中國道教在唐初已經正式傳入朝鮮半島。近世朝鮮半島學人所著《朝鮮道教史》則認為新羅時期道教的發展，特別是許多道書的傳入與賓貢進士有很大的關係。中唐時的賓貢進士金可記（？—八五八）和唐末崔致遠則被認為是主要傳人〔二九〕。儘管後世朝鮮半島傳聞崔致遠晚年修道，甚至屍解成仙，以至有些道教史尊崔致遠為朝鮮半島道教丹學派的鼻祖，並認為崔致遠回國後曾著有《參同契十六條口訣》、《伽倻步引法》、《量水屍解》、《松葉屍解》等道書，均為無從稽考之事，但崔致遠的著述中確實有不少有關道教的內容，說其對道教在新羅的傳播曾起過作用，不能說完全沒有根據，這在一定程度上亦可以證明當時道教對朝鮮半島的影響。

中國古代思想文化對新羅的影響，當然不僅限於宗教方面。據高麗朝僧覺訓所著《海東高僧傳》卷二，崔致遠曾寫過一篇《鸞郎碑序》（見《三國史記》卷四，《孤雲先生續集》輯收）：

國有玄妙之道曰風流。設教之源，備詳仙史。實乃包含三教，接化群生。且如入則孝於家，出則忠於國，魯司寇之旨也；處無爲之事，行不言之教，周柱史之宗也；諸惡莫作，諸善奉行，竺乾太子之化也。

所謂「玄妙之道」即「花郎道」，亦稱「風流道」，是新羅王室組織的貴族青年團體，帶有「准宗教」的性質，亦可視為一種人才培養和選拔制度。如《海東高僧傳》所記：

初君臣病無以知人，欲使類聚群遊，以觀其行儀，舉而用之。徒眾雲集，或相磨以道義，或相悅以歌樂。娛遊山水，無遠不至。因此知人之邪正，擇其善者薦之於朝。故金大問《世記》云：「賢佐忠臣，從此而秀；良將猛卒，由是而生。」〔三〇〕

新羅時共選拔出「花郎」二百餘人，其中第一位「花郎」名薛原郎，後被奉為「國仙」，王室並為其立碑，崔致遠的《鸞郎碑序》當為此碑所寫。

新羅「花郎道」建立的目的是為「興邦國」而培養人才，同時也試圖倡導一種民族的精神風尚，從而提高國民（特別是貴族）的綜合素質。「花郎道」有一套比較完整的體制和行為規範，崔致遠的這篇序文則從思想觀念方面對其進行了總結：所謂「玄妙之道」名稱上就帶有中國道教的色彩（《道德經》首句：「玄之又玄，衆妙之門。」）。至於「入則孝於家，出則忠於國」，强調的是儒家思想；「處無為之事，行不言之教」，講的是道家精神；「諸惡莫作，諸善奉行」所説則為佛教的觀念。所謂「包含三教，接化衆生」，更是明確地提出「花郎道」是以「和合三教」為思想基礎的，為中國思想文化對新羅的全面而深刻的影響提供了一個有力的佐證。

近年來，崔致遠研究已經引起了中國國内不少學人的注意，但一些研究者所引用的崔致遠著述仍然僅限於《桂苑筆耕集》、《新羅殊異傳》等則少為研究者所關注，正是這一現象促使筆者産生輯編《崔致遠全集》的想法，希望能為國内研究者提供一份比較完整的文獻資料。

一九七二年韓國成均館大學大東文化研究院將《桂苑筆耕集》與《孤雲先生文集》、《孤雲先生續集》輯為一編，題為《崔文昌侯全集》。本集也採用了這一文集叢編的方法，只是增加了兩個「輯佚」：「輯佚一」收輯崔致遠《新羅殊異傳》的佚文；「輯佚二」收輯崔致遠其他佚文佚詩，這樣既能體現出了「全集」的完整性，又可以保持各集相對的獨立性，方便研究者的使用。除内容增加外，本書與韓國成均館大學《崔文昌侯全集》採用影印的方法不同，採用了排印形式，並增加了校勘。其中《孤雲先生文集》、《孤雲先生續集》以《崔文昌侯全集》所收為底本，以朝鮮半島的一些早期漢籍文獻參校。《桂苑筆耕集》的底本則未用《崔文昌侯全集》影印的徐有榘木活字本，而是用的日本國會圖書館所藏朝鮮十六世紀中期寫刻本。

徐有榘木活字本是流傳最廣的《桂苑筆耕集》刊本，但徐有榘在《校印〈桂苑筆耕集〉序》中曾談到「是集屢經鋟印，板刻舊佚，搨本亦絕罕」，因知在木活字本以前應有過不止一次刊刻，只是因為戰亂等原因，流傳下來的不多而已。清代重新傳入中國的《桂苑筆耕集》亦以木活字本為最多（現國內各圖書館存若干清季抄本亦大多以木活字本為底本），但亦有早於木活字本者〔三一〕。特別是潘仕成《海山仙館叢書》刻本所據底本及《四部叢刊》據之影印的「無錫孫氏小綠天藏高麗刊本」應該都早於木活字本。

《桂苑筆耕集》重新傳入中國以後國內出現的第一個刊本是道光二十七年（一八四七）廣東潘仕成《海山仙館叢書》本，因為書前有洪奭周、徐有榘序，故一般認為其係據徐有榘木活字本刊刻，然據有關研究，這一刊本與木活字本在目錄順序、各篇題目及正文文字等方面都有明顯的差異，而與《四部叢刊》本相當接近，故所據底本不可能是木活字本，洪、徐二序當為另加者〔三二〕。光緒間陸心源（一八三四—一八九四）輯《唐文拾遺》，卷三四至卷四三收崔致遠文十卷，實即《桂苑筆耕集》全帙。陸心源未注其所據版本，然其《儀顧堂題跋》續集卷一二《高麗刊〈桂苑筆耕〉跋》記其所藏書為「高麗活字仿宋本」，應該是徐有榘的木活字本，又批評潘仕成《海山仙館叢書》本「脫訛甚多」，知其校錄所據底本很可能主要是木活字本。

一九一九年商務印書館《四部叢刊》據無錫孫氏(孫毓修)小綠天藏本影印《桂苑筆耕集》二十卷。傅增湘《藏園訂補郘亭知見傳本書目》記《四部叢刊》影印孫氏藏本云：「朝鮮古刻本，十行二十字，白口，四周雙欄，前中和六年進書表。」〔三三〕《四部叢刊書錄》云：

> 《桂苑筆耕集》二十卷，三册，無錫孫氏小綠天藏高麗刊本，唐崔致遠撰。《唐書·藝文志》載崔致遠《桂苑筆耕集》，近代不見流傳……按：致遠新羅人，仕唐為高駢幕僚。是集皆在唐時所作表狀等，文末附詩數十首。詩文工麗，為高麗文人之祖。乾隆中彼國有活字本，今亦難得。此鏤刻本，尚在活字本前，目連正文，首載自序。

《書錄》將木活字本定為乾隆時所刊，應屬誤判〔三四〕，雖然所謂「高麗刊本」中的「高麗」僅是地域稱謂，並非指的是時間上的「王氏高麗王朝」，然謂孫氏小綠天藏本「尚在活字本前」，則是正確的。據介紹，與小綠天藏本同版的《桂苑筆耕集》刊本在日本和韓國尚有多部收藏〔三五〕。韓國學者李仁榮曾談到他所收藏的一個朝鮮刻本全同於《四部叢刊》影印之孫氏小綠天藏本，並推斷這一刻本是朝鮮孝宗至顯宗朝(一六五〇——一六七四)的刻本〔三六〕，亦即十七世紀中葉的刻本，應該是可信的。

《四部叢刊》之《桂苑筆耕集》據之影印的朝鮮十七世紀中葉刻本要早十九世紀中葉的徐有榘木活字本近二百年，但日本國會圖書館所藏寫刻本似乎又要早於這一刻本。日本學者藤本幸夫據藏書印及墨書考察，認為國會圖書館所藏寫刻本原為京都圓光寺藏書，至少在後水尾天皇慶長十七年（一六一二）以前已經入藏，並推測其為朝鮮明宗朝（一五四六—一五六七），亦即十六世紀中葉的刻本〔三七〕，比《四部叢刊》所據底本又要早一百年。

將國會圖書館藏寫刻本與《四部叢刊》影印本、徐有榘木活字本進行比勘，可以發現《四部叢刊》本、徐有榘木活字本的許多缺字、誤字在國會圖書館藏本中絕大多數不缺、不誤，而國會圖書館藏本中的若干注文在《四部叢刊》本、徐有榘木活字本中被誤為正文。另外，國會圖書館藏本遇尊改行、空格等，猶存古式，但目錄標題則明顯不如《四部叢刊》本、徐有榘木活字本整齊規範，略顯樸拙〔三八〕。凡此種種，證明日本國會圖書館藏本不僅早於《四部叢刊》本和徐有榘木活字本，而且在許多方面優於這兩個版本，很可能更多地保存了原作的面貌，以其作為校勘的底本顯然更為合適。故本校勘本之《桂苑筆耕集》以日本國會圖書館所藏朝鮮十六世紀中葉寫刻本為底本，以《四部叢刊》本、徐有榘木活字本、《唐文拾遺》本為主要參校本。

本校勘本之校勘以保持底本原貌為原則。朝鮮寫刻本用字頗有特點，現僅改去俗訛字、日本常用漢字等字形，出注説明。其餘用字一仍原貌。為謹慎起見，參校本之異文僅在校記中列出而不擅改底本原文，以免因誤判而影響讀者。

本校勘本直接或間接地借助了不少海內外學者的研究成果，限於篇幅未能一一列出，在此一併表示感謝。另外，值得說明的是，本校勘本為我與詹緒左教授通力合作完成。詹緒左教授為古漢語文字、訓詁的專家，本書的標點及校勘多得益于他深厚的專業功底和認真負責的態度。

限於條件和水準，本校勘本一定有許多疏誤和不足，殷切希望得到海內外學界同仁的指正。

李時人

二〇〇四年八月二十六日初稿，二〇〇七年十二月六日修訂

【注釋】

〔一〕如王氏高麗朝著名學者李奎報（一一六八—一二四一）稱崔致遠「有破天荒之大功，故東方學者皆以為宗」（《白雲小說》）。李氏朝鮮文人周世鵬（一四九五—一五五四）奉其為「東方文章之祖」（《武陵雜稿》卷七《雜著・遊清涼山錄》）。又，徐有榘《校印〈桂苑筆耕集〉序》云：「我東詩文集之秖今傳者，不得不以是集為開山鼻祖，是亦東方藝苑之本始也。」近世如一九四八年初版、一九九二年修訂的趙潤濟著《韓國文學史》亦有如下論斷：「崔致遠甚得後世韓國學者尊崇，一致公認他是韓國漢文文學的宗祖。」（張璉瑰據韓國探求堂一九九二年版譯，中國社會科學文獻出版社一九九八年五月版五〇頁）

〔二〕高麗王朝顯宗十一年（行宋年號，天禧四年，一〇二〇年）追贈崔致遠為「內史令，從祀先聖廟庭」，十四年（行契丹年號，太平三年，一〇二三年）「贈謚文昌侯」。

〔三〕李時人編校《全唐五代小說》卷七一，陝西人民出版社一九九八年九月版，一九七八—一九七九頁。

〔四〕李時人《新羅崔致遠生平著述及其漢文小說〈雙女墳記〉的創作流傳》，中華書局《文史》二〇〇一年第四輯（總第五十七輯）。

〔五〕《太平通載》一百卷，或云八十卷，成任（一四二一——一四八四）編。據韓國李仁榮《〈太平通載〉殘卷小考》（《震檀學報》第一二卷，一九四〇）說，朝鮮半島僅存殘本二册，存卷六八至七〇、卷九六至一〇〇，計八卷，今殘本已不可見。然韓國崔南善（一八九〇——一九五七）《新訂三國遺事》附錄《新羅殊異傳（佚文）》（三中堂書店，一九四三）又有《寶開》一條輯自《太平通載》卷二〇，則其所見殘本又多矣。近年韓國李來宗《〈太平通載〉一考》（《大東漢文學》第六輯，一九九四）又云，大晚松文庫存七至九卷三卷，江陵船橋莊存二八、二九及六五至六七共五卷。

〔六〕《孤雲先生文集》三卷卷首有《〈孤雲先生文集〉編輯序》，署「時旃蒙赤奮若林鍾月金藏之日，後孫國述謹書」。「旃蒙赤奮若」為干支紀時「乙丑」的別稱。韓國李基白教授在《崔文昌侯全集》卷首的《解題》中提出這一年是一九二五年，很可能有誤。因為傳世《孤雲先生文集》刊本卷首有《〈孤雲先生文集〉重刊序》，署「丙寅六月下浣，後學光州盧相稷謹書」；卷末又有一篇跋文，署「丙寅立秋節後孫在教敬識」。跋文稱崔國述為「族祖」，且云「族祖國述氏既編而且刊之，在教於是役，與有聞焉」。按干支紀年，「丙寅」為「乙丑」的次年，而據文意，崔在教對崔國述刊印《孤雲先生文集》只是有所聞，並未親知，故此篇跋文不可能是崔國述編輯的次年所作，而應是重刊時所作。一般而言無刊印次年馬上重刊之理，則重刊當為下一個甲子之「丙寅」。此「丙寅」當為一九二六年，將崔國述編刊《孤雲先生集》之「乙丑」上推一個甲子，應是朝鮮高宗李熙二年（行清年號，同治四年，一八六五年）。

〔七〕《東文選》一百三十三卷，卷一至卷二二收詩一千八百七十四首，卷二三至卷一三三收文一千五百九十篇，朝鮮成宗九年（行明年號，成化十四年，一四七八年）至十二年由徐居正（一四二〇—一四八八）等人編輯。所見為韓國民族文化刊行會《朝鮮群書大系》一九九四年影印本。

〔八〕金程宇《讀崔致遠詩文佚作劄記》（《域外漢籍叢考》，中華書局，二〇〇七）據韓國學者金重烈《崔致遠文學研究》（高麗大學博士論文，一九八三）、崔英成《崔致遠全集（二）：孤雲文集》（亞細亞出版社，一九九八）、日本學者濱田耕策《崔致遠撰〈桂苑筆耕集〉的印出與傳來》（日本九州大學研究報告《關於崔致遠〈桂苑筆耕集〉的綜合研究》，二〇〇三），列出《孤雲先生文集》各篇出處，除出於《東文選》外，另有《泛海》詩，《姑蘇臺》殘句出《小華詩評》，《題輿地圖》殘句出《白雲小説》，《贈希朗和尚》、《順應和尚贊》、《利貞和尚贊》出《伽倻山古籍》，《寄顥源上人》出《新增東國輿地勝覽》等。不過其中列《登潤州慈和寺上房》、《秋日再經盱眙縣寄李長官》、《贈吳進士巒歸江南》、《春曉偶書》、《暮春即事和顧雲友（支）使》、《和張進士喬村居病中見寄》六首詩出自《東文選》卷九，而據我以前翻檢《東文選》，這六首詩實出自卷一二。

〔九〕《圓宗文類》係高麗朝僧人義天（一〇五五—一一〇〇）所編佛教類書，二十二卷，約刊行于高麗宣宗十年（行遼年號，遼道宗大安九年，一〇九三年），今殘存卷一、一四、二二，後兩卷載于日本藏經院刊印《卍續藏經》中，另一卷為韓國私人所藏。

〔一〇〕《十抄詩》是朝鮮半島高麗前期所編的一部唐詩選本，收羅了中晚唐時期三十位詩人的七律作品各十首，共三百首詩，内包括崔致遠、崔承祐、朴仁範、崔匡裕四位新羅詩人。傳世《十抄詩》及其注本《夾註名賢十抄詩》有多種抄本、刊本，最早有高橋亨《崔致遠與〈夾註十抄詩〉》（《朝鮮》二九三期，漢城，一九三九）的介紹，近年來更為研究者注意，論文有扈承喜《〈十抄詩〉一考——〈全唐詩〉失收詩補》（《書志學報》季刊十五輯，漢城，一九九五年）；牛林傑《韓國文獻中的〈全唐詩〉逸詩考》（《文史哲》，一九九八年五期）；金程宇《韓國本〈十抄詩〉中的唐人佚詩輯考》（《瀋陽師範學院學報》二〇〇二年第五期）等。《夾註名賢十抄詩》又有今人查屏球整理本（上海古籍出版社，二〇〇五年）。《十抄詩》所收崔致遠詩十首，内《酬楊贍秀才送別》見《桂苑筆耕集》卷二〇；《登潤州慈和寺上房》、《和張進士喬村居病中見寄》、《和顧雲支使暮春即事》三首已為崔國述《孤雲先生文集》卷一所收（《和顧雲支使暮春即事》，《孤雲先生文集》作《暮春即事和顧雲友（支）使》）；《和李展長官冬日遊山寺》、《汴河懷古》、《友人以毬杖見惠以寶刀為答》、《辛丑年寄進士吴瞻》、《和友人春日遊野亭》五首則未見《桂苑筆耕集》、《東文選》、《孤雲先生文集》亦未收錄；另有《和顧雲侍御重陽詠菊》一首則《孤雲先生續集》亦未收錄。

〔一一〕内出自《圓宗文類》五篇，《佛國古今創記》五篇，《華嚴寺事迹》一篇，《唐大薦福寺故寺主翻經大德法藏和尚傳》（《華嚴宗主賢首國師傳》）則見日本《大正新修大藏經》史傳部卷五〇及《卍續藏經》一三四册。另有《佛贊》、《二菩薩贊》未詳出處。見金程宇《讀崔致遠詩文佚作劄記》（《域外漢籍叢考》，中華書局，二〇〇七）。

〔一二〕我在《新羅崔致遠生平著述及其漢文小說〈雙女墳記〉的創作流傳》中也曾統計過崔致遠《桂苑筆耕集》、《孤雲先生文集》、《孤雲先生續集》三集作品的總數，結論是：「僅據《桂苑筆耕集》、《孤雲先生文集》和《孤雲先生續集》統計，崔致遠現存詩文已有五百首(篇)，扣除重複的《和顧雲支使暮春即事》，尚有四百九十九首(篇)。」這一數字是錯誤的，主要是將《桂苑筆耕集》所收三百七十篇作品誤為四百二十篇。因該文曾公開發表過，此次作為附錄附於本校勘本後，按慣例，不便改動，特表示歉意，並請以此處數字為準。

〔一三〕《三國遺事》卷四：「唐《續高僧傳》第十三卷載，新羅皇隆寺釋圓光，俗姓朴氏，本住三韓……又，東京安逸戶長貞孝家在古本《殊異傳》載《圓光法師傳》曰……據如上唐、鄉二傳之文。但姓氏之朴、薛，出家之東、西，如二人焉，不敢詳定，故兩存之。然彼諸傳記，皆無鵲岬璃目與雲門之事，而鄉人金陟明謬以街巷之說潤文作《光師傳》，濫記雲門開山祖寶壤師之事迹，合為一傳。後撰《海東僧傳》者，承誤而錄之，故時人多惑之。因辨於此，不加減一字，載二傳之文詳矣。」

〔一四〕這一說法最早見於韓國李仁榮《〈太平通載〉殘卷小考》(《震檀學報》第一二卷，一九四〇)，以後韓國的《國文學辭典》、《大百科事典》以及各種文學史多採用這一觀點。如趙潤濟《韓國文學史》認為《崔致遠》「只不過是借崔致遠之名演繹出一段文學作品而已」，並認定其是高麗時代的作品：「顯然，這篇《崔致遠》不是一篇口頭傳述的故事，而是某一特定作者的創作。即使它不是朴寅亮的作品，也不可能是古代口傳下來的傳說，而是高麗時代的作品，具體時代定為朴寅亮時代較為穩妥。」(趙潤濟《韓國文學

《考異》中未提此書隻字片言；二是南宋時著名的私人藏書目錄《直齋書錄解題》、《郡齋讀書志》等均未言及。故疑鄭樵《通志》及《宋史·藝文志》所載很可能是沿襲《崇文總目》之記載，並未見原書（《宋史·藝文志》所記「別集一卷」當指《四六》一卷）。崔致遠《桂苑筆耕集》在中國很可能亡於北宋末年之戰亂，故元、明公私書目皆未再著錄《桂苑筆耕集》。明萬曆間吴明濟先後兩次隨中國軍隊援朝，搜羅朝鮮半島自新羅至朝鮮時期歷代詩人一百一十二人詩三百四十首，編為《朝鮮詩選》，内收崔致遠詩七首，然《桂苑筆耕集》六十首詩卻無一在列，説明其時可能亦未見到此書。

〔二三〕陳寅恪《寒柳堂集》（《陳寅恪文集》之一），上海古籍出版社一九八〇年六月版一一七頁。

〔二四〕楊渭生《崔致遠與〈桂苑筆耕集〉》，《韓國研究》第二輯，杭州大學出版社一九九五年七月版一至一三頁。陳志堅《〈桂苑筆耕集〉的史料價值試析》，《韓國研究》第三輯，杭州出版社一九九六年十二月版六四至七九頁。田廷柱《論〈桂苑筆耕集〉的史料價值——評高駢其人》，《遼寧大學學報》一九九六年第五期。

〔二五〕北宋宋敏求編《唐大詔令集》僅卷一二九録有大曆三年（七六八）《册新羅王金乾運文》、《册新羅王太妃文》（上海學林出版社一九九二年標點本）；清編《全唐文》亦僅録玄宗《册新羅王金興光書》等四份詔令（卷四〇）、代宗《册新羅王太妃文》（卷四九）。新羅向唐呈遞的國書，今僅見《唐會要》卷九五所録元和三年（八〇八）《請授故主（金）俊邕封册歸國表》、卷八六所録長慶二年（八二二）《請牒傍海州縣任新羅良口歸國奏》，另外《全唐文》卷一〇〇〇輯有新羅聖德王金興光（即金隆基，新羅孝昭王金理洪弟，武則天長安二年繼位，在位三十五年，因與玄宗同名，故改名興光）《遣使納貢表》、《謝賜白鸚鵡及金銀羅彩表》、《賜土地謝表》、新羅憲德王金彥昇（唐憲宗元和四年至敬宗寶曆元年在位十七年）《分別還蕃及應留宿衛奏》。

〔二六〕［日］忽滑谷快天《韓國禪教史》，朱謙之譯，中國社會科學出版社，一九九五。

〔二七〕《景德傳燈錄》卷六曾記如滿與唐順宗的問答；卷七記寶徹與馬祖，寶徹與釋丹霞的問答。《舊唐書・白居易傳》記白居易「與香山僧如滿結香火社」，白居易死後葬於「香山如滿師塔之側」。白居易在其《九老圖詩並序》中曾注「洛僧如滿年九十五歲」（《全唐詩》卷四六二）。

〔二八〕五代僧人靜、筠所撰《祖堂集》卷一七有無染傳，所據實為崔致遠《無染和尚碑銘並序》，然《祖堂集》書成不久即在中國失傳，故兩宋燈傳典籍均未載無染。

〔二九〕新羅金可記約在唐文宗開成年間（八三六—八四六）來唐留學，中進士後無意仕途，入終南山修道，中間曾回新羅，後又復回終南山，宣宗大中十二年（八五八）卒於終南山子午谷。南唐沈玢《續仙傳》用了很大篇幅渲染金可記羽化升仙事，二十世紀末在子午谷發現的宋代摩崖石刻所記金可記事，即是《續仙傳》之縮寫（李之勤《再論子午谷的路綫和改綫問題》，《西北歷史研究》一九八七年號，三秦出版社，一九八九）。

〔三〇〕高麗僧覺訓《海東高僧傳》卷二，日本《大正新修大藏經》史傳部卷五〇。

〔三一〕中國國內各圖書館藏《桂苑筆耕集》刊本、抄本多種，見《中國古籍善本書目》等書目著錄，其中多數為木活字本或據木活字本抄寫，也有少數例外。如據考察，浙江圖書館所藏一部《桂苑筆耕集》刻本，可能是朝鮮使臣趙寅永（一七八二—一八五〇）於嘉慶二十一年（一八一六）「奉使中華」時贈與中國金石家劉喜海者（見朴現圭《清劉喜海味經書屋編藏的有關朝鮮文獻》，黄建國等主編《中國古代藏書樓研究》，中華書局，一九九九）。如是，則此本應早於木活字本。

〔三二〕參見金程宇《〈桂苑筆耕集〉流傳中國考》，《域外漢籍叢考》，中華書局，二〇〇七。

〔三三〕傅增湘《藏園訂補部亭知見傳本書目》第三册一〇三頁，中華書局，一九九三。

〔三四〕活字本《桂苑筆耕集》有洪奭周序，署「甲午九月，大匡輔國崇祿大夫議政府左議政豐山洪奭周序」，洪氏生於李氏朝鮮英祖李昑五十年甲午（行清年號，乾隆三十九年，一七七四年），卒於憲宗李奐八年（行清年號，道光二十二年，一八四二年），故此「甲午」只能是道光「甲午」而非乾隆之「甲午」。參見韓國成均館大學一九七二年版《崔文昌侯全集》卷首李基白《解題》。

〔三五〕日本濱田耕策《崔致遠撰〈桂苑筆耕集〉的刊行與傳來》（日本九州大學研究報告《關於崔致遠〈桂苑筆耕集〉的綜合研究》，二〇〇三），記日本尊經閣文庫、關西大學内滕文庫及韓國啟明大學所藏均與《四部叢刊》影印本之孫氏小綠天藏本同版。

〔三六〕韓國李仁榮《清芬室書目》卷九記《桂苑筆耕集》二十卷云：「孝宗（一六五〇—一六五九）顯宗（一六六〇—一六七四）間刻本，新羅崔致遠撰。首有崔致遠序，四周雙邊，有界，每半頁十行，行二十字，匡郭長二二点五厘米乃至二四点〇厘米，廣一八点〇厘米，每册首有『同春翁』印記，乃知舊為宋浚吉所藏，而浚吉之卒在顯宗十三年（一六七二）壬子，則此書刊刻當在其前無疑也。按：上海《四部叢刊》影印無錫孫氏藏所謂高麗舊刊本者即為是書。」

〔三七〕日本京都圓光寺由德川家康於慶長六年(一六〇一)創建,為佛教臨濟宗寺院,以發展佛教,為一般人提供就學場所為目的,也是日本最早的學校,曾保存許多當時從朝鮮傳入日本的書籍。日本滕本幸夫考察了國會圖書館藏《桂苑筆耕集》所嵌「敬、復、齋」異型印及「圓光寺常住」(三要元佶)墨書,因三要元佶卒於慶長十七年(一六一二),故認為此本在此以前已經入藏,並推測此本為朝鮮明宗時(一五四六—一五六七)刻本。見《日本現存朝鮮本研究——集部》,京都大學學術出版會,二〇〇六。

〔三八〕參見金程宇《日本國會圖書館藏〈桂苑筆耕集〉的文獻價值》,《域外漢籍叢考》,中華書局,二〇〇七。

目録

卷第三 狀一十首

卷第四 奏狀一十首

卷第十　別紙二十首

卷第十一　檄書四首、書六首

卷第十二 委曲二十首

卷第十三 舉牒二十五首，内行墨勑、牒詞五首

卷第十四 舉牒二十五首

卷第十五 齋詞一十五首

卷第十八 書狀、啓二十五首

卷第十九 狀、啓、別紙、雜書共二十首

卷第二十 啓、狀、別紙、祭文、詩共四十首

孤雲先生文集

卷之一

賦

詩

贊

孤雲先生續集

孤雲先生續集

詩

序

記

贊

願文

傳

輯佚一

附錄：志疑作品

輯佚二

附錄

桂苑筆耕集

《桂苑筆耕》序〔一〕

淮南入本國兼送詔書等使，前都統巡官、承務郎、侍御史内供奉、賜紫、金魚袋臣崔致遠，進所著雜詩賦及表奏集二十八卷，具録如後：

《私試今體賦》五首一卷〔二〕

《五言七言今體詩》共一百首一卷〔三〕

《雜詩賦》共三十首一卷

《中山覆簣集》一部五卷〔四〕

《桂苑筆耕集》一部二十卷

右臣自年十二，離家西泛。當乘桴之際〔五〕，亡父誡之曰：「十年不第進士〔六〕，則勿謂吾兒〔七〕，吾亦不謂有兒。往矣勤哉〔八〕，無隳乃力！」臣佩服嚴訓，不敢弭忘，懸刺無遑，冀諧養志〔九〕，實得人百之，己千之〔一〇〕。觀光六年，金名牓尾〔一一〕。此時諷詠情性，寓物命篇〔一二〕，曰賦曰詩〔一三〕，幾溢箱篋。但以童子篆刻〔一四〕，壯夫所慙。及忝得魚，皆為棄物。尋以浪跡東道〔一五〕，筆作飯囊，遂有賦五首、詩一百首、雜詩賦三十首，共成三篇。尒後調授宣州溧水縣尉〔一六〕，禄厚官閑，飽食終日，仕優則學，免擲寸陰。公私所為，有集五卷。盖勵為山之志〔一七〕，爰標「覆匱」之名；地號「中山」，遂冠其首。及罷微秩，從職淮南，蒙高侍中專委筆硯〔一八〕，軍書輻至〔一九〕，竭力抵當〔二〇〕，四年用心，萬有餘首。然淘之汰之〔二一〕，十無一二。敢比披砂見寶〔二二〕，粗勝毁瓦畫墁，遂勒成《桂苑集》二十卷。臣適當亂離，寓食戎幕，所謂饘於是粥於是〔二三〕，輙以「筆耕」為目〔二四〕。仍以王韶之語〔二五〕，前事可憑。雖則傴僂言歸〔二六〕，有慙鳧雀；既墾既耨，用破情田。自惜微勞，冀達聖鑒。其詩賦表狀等集二十八卷，隨狀奉進。謹進。

中和六年正月日，前都統巡官、承務郎、侍御史內供奉、賜紫、金魚袋臣崔致遠狀奏。

〔校記〕

〔一〕《桂苑筆耕》序：《唐文拾遺》卷四三題作「進詩賦表狀等集狀」。桂：底本作「桂」，俗寫體。按：文中「桂」，底本皆作此形，「圭」及從「圭」之字如「珪」、「閨」等亦如此作，不另出校。苑：《四部叢刊》本作「苑」，俗寫體。《敦煌俗字典》「苑」字條收有此形。筆：《四部叢刊》本作「筆」，亦俗體，俗寫「竹」、「艹」不拘（下文「送詔書等使」的「等」，底本即從「艹」）。下從略，不另出校。

〔二〕私試今體賦：《孤雲先生文集》卷三後著錄崔致遠「集外書目」中作「私試時體賦」。私：《四部叢刊》本作「私」，俗寫體。唐顏元孫《干祿字書》：「私私：上俗，下正。」《敦煌俗字典》「私」字條收有此形。今：

底本、《四部叢刊》本作「仒」，俗寫體，《敦煌俗字典》「今」字條收載此形。按：從「今」之字如「吟」、「琴」、「黔」、「鈐」等，底本、《四部叢刊》本亦如此作。下不另出校。

〔三〕五言七言今體詩：《孤雲先生文集》卷三後著錄崔致遠「集外書目」中作「五言七言時體詩」。

〔四〕匱：徐有榘木活字本、《唐文拾遺》卷四三作「簣」。按：「匱」同「簣」。《漢書·王莽傳上》：「綱紀咸張，成在一匱。」顏師古注：「《論語》云：譬如爲山，未成一匱。」今本《論語·子罕》即作「簣」。下同，不另出校。又，句中「中山」代指溧水。明萬曆吴仕詮《溧水縣誌》卷四稱，「中山」在縣東十一里，為邑之鎮。

〔五〕乘：底本、《四部叢刊》本作「乗」，俗寫體。按：此形漢帛書中已見，後為日本常用漢字。下徑改不另出校。

〔六〕第：《四部叢刊》本作「苐」，俗寫體。唐顏元孫《干祿字書》：「苐第：上俗，下正。」《敦煌俗字典》「第」字條收有此形。下不另出校。

〔七〕兒：《四部叢刊》本作「児」，俗寫體。唐顏元孫《干祿字書》：「児兒：上俗，下正。」《敦煌俗字典》「兒」字條收有此形。又，從「兒」之字如「倪」、「鯢」等，底本、《四部叢刊》本亦如此作。下不另出校。

〔八〕往矣勤哉：《唐文拾遺》卷四三誤作「矣往勤哉」。往：《四部叢刊》本作「徃」，俗寫體。《碑別字新編》引明《涿州石徑山琬公塔院碑》，「往」即作此形。底本「往」字亦多作此形，下不另出校。

〔九〕兾：「冀」之俗寫體，《敦煌俗字典》「冀」字條錄有此形。按：從「冀」之字如「驥」等，底本、《四部叢刊》本亦如此作。下不另出校。

〔一〇〕己：底本、《唐文拾遺》卷四三作「巳」，《四部叢刊》本、徐有榘木活字本作「已」。按：俗寫三者不拘，下據文意徑改，不另出校。又，「人百之，己千之」，語本《禮記・中庸》：「人一能之，己百之；人十能之，己千之。果能此道矣，雖愚必明，雖柔必強。」意謂別人花一分氣力，自己用百倍力量。

〔一一〕牓：《四部叢刊》本作「牓」，異構字。《正字通・片部》：「牓，俗牓字。與《木部》榜通。」按：文中「旁」及從「旁」之字如「謗」、「滂」、「傍」等，《四部叢刊》本亦作「㫄」，下不另出校。又，《廣韻・蕩韻》：「牓，題牓。」其作用相當於現在所行通告之類。

〔一二〕命：《四部叢刊》本、徐有榘木活字本、《唐文拾遺》卷四三作「名」。按：二者義同，均指命名。《左傳・桓公二年》：「晉穆侯之夫人姜氏，以條之役生太子，命之曰仇。」《書・呂刑》：「禹平水土，主名山川。」孔傳：「禹治洪水，山川無名者主名之。」是其例。

〔一三〕曰：底本作「日」，《四部叢刊》本、徐有榘木活字本、《唐文拾遺》卷四三均作「曰」。按：俗寫二者不拘（如卷七《壁州鄭凝績尚書》：「况乃於國於家，曰忠曰孝。」句中「曰」，底本即作「日」），下據文意徑改，不另出校。

〔一四〕但：底本、《四部叢刊》本作「伹」，俗寫體，《敦煌俗字典》「但」字條收有此形。下不另出校。按：「童子篆刻」，語出漢揚雄《法言・吾子》：「或問：『吾子少而好賦？』曰：『然，童子雕蟲篆刻。』俄而曰：『壯夫不爲也。』」

〔一五〕浪：底本誤作「狼」，據諸本改。道：《四部叢刊》本、徐有榘木活字本、《唐文拾遺》卷四三作「都」。

〔一六〕調：《國譯孤雲崔致遠先生文集》（韓國慶州崔氏大同譜編委會編，一九八二）闕。溧水：《國譯孤雲崔致遠先生文集》誤作「水溧」。

〔一七〕盖：《四部叢刊》本、徐有榘木活字本、《唐文拾遺》卷四三作「益」。

〔一八〕專：底本原作「専」，「專」之俗寫體。唐顔元孫《干祿字書》：「専專：上通，下正。」《王二·仙韻》：「專，俗作専。」按：此形漢代簡牘帛書中已見，後成為日本常用漢字。又，文中從「專」之字，如「傳」、「轉」、「摶」、「塼」、「剸」等，底本、《四部叢刊》本均作「専」。下徑改不一一出校。

〔一九〕幅至：徐有榘木活字本作「輻至」。按：二者義同，句中謂軍書聚集而來。

〔二〇〕抵：底本作「扺」，俗體字，《敦煌俗字典》「抵」字條收有此形。茲據《四部叢刊》本、徐有榘木活字本、《唐文拾遺》卷四三改為通行字體。「抵當」謂承當。

〔二一〕淘之汰之：底本誤作「淘之沃之」，茲據《四部叢刊》本、徐有榘木活字本、《唐文拾遺》卷四三改。按：「淘之汰之」，又見《孤雲先生文集》卷一《與禮部裴尚書瓚狀》。沃：底本作「沃」，亦俗體，下不另出校。

〔二二〕砂：《四部叢刊》本、徐有榘木活字本、《唐文拾遺》卷四三作「沙」，異構字。敦煌辭書《正名要錄》（斯三八八號）：「沙砂：右字形雖別，音義是同。古而典者居上，今而要者居下。」

〔二三〕饘：底本作「饘」，俗寫體。按：從「亶」之字如「壇」、「擅」等，底本亦多如此作。下不另出校。於：底本原作「扵」。按：「扵」乃「於」之俗（俗寫「方」、「扌」多不拘）。唐顔元孫《干祿字書》：「扵於：上通，下正。」《敦煌俗字典》「於」字條收此俗形。下徑改不另出校。

〔二四〕以筆耕為目：《唐文拾遺》卷四三誤作「以耕為筆目」。

〔二五〕韶：潘仕成海山仙館叢書本作「詔」。

〔二六〕皈：徐有榘木活字本、《唐文拾遺》卷四三作「歸」，《四部叢刊》本作「歸」。按：「皈」、「歸」均「歸」之俗寫，《敦煌俗字典》「歸」字條收列此二形。下不另出校。

桂苑筆耕集一部二十卷

都統巡官侍御史內供奉崔致遠撰

桂苑筆耕集卷第一

表一十首

〔校記〕

〔一〕賀處斬阡䏧表：徐有榘木活字本作「賀處斬草賊阡能表」。

〔二〕賀殺戮黃巢表：徐有榘木活字本作「賀殺黃巢表」。

賀改年號表

臣某言：今月某日，得進奏院状報，奉十一日宣下，改廣明元年為中和元年者。展義龜城，易名鳳紀。美號既新於曆象〔一〕，歡聲遍振於寰區〔二〕。臣某誠抃誠躍，頓首頓首。

臣謹按《王制》云〔三〕：「天子西巡狩，命典禮，考時月，定日〔四〕，同律。」然則三秋啓候，萬乘省方，金郊興肅殺之風，玉壘應巡遊之地。遂遵覘於舉正〔五〕，爰降命於改元。且《大戴禮》曰：「中也者，天下之大本；和也者〔六〕，天下之達道〔七〕。致中和，天地位焉，萬物育焉。」故漢益州刺史王襄，俾蜀詞人王褒，作《中和》、《樂職》、《宣布》之詩，以歌君德，耆舊傳揚〔八〕。况及聖朝，曾編新樂。舉二月恬和之節，播八風調暢之音。永驗休譚，實諧昌運。伏惟聖神聰睿仁哲明孝皇帝陛下〔九〕，纂承寶位〔一〇〕，丕闡皇猷，將務格苗，暫勞避狄。風始行於地上，易象可徵；日再耀於天中，休禎斯在。是以紀年有裕，懸法無虧。帝業中興，則遠超於前漢、後漢；物情允洽，則近繼於元和、大和〔一一〕。足可使蠢植昭蘇，華夷悅服，掩神雀黄龍之瑞，應河清海晏之期〔一二〕。則彼蕞尔叛徒〔一三〕，搔然嘯聚〔一四〕，偶縱烟塵之患，即歸原野之誅。佇迴西幸之儀，便舉東封之禮。臣今者既獲成師以出，必𠰎仗義而行。跡泛戈舡〔一五〕，心馳劍閣，兾陳戎捷，永賀堯年〔一六〕。臨楚水以魂飛，朝天可待；望秦雲而目極，捧日為期。未獲榮列朝斑〔一七〕，稱慶行在，無任抃躍戰懼屏營之至。謹奉表，陳賀以聞。臣某誠歡誠喜，頓首頓首。謹言〔一八〕。

〔校記〕

〔一〕美：《四部叢刊》本作「美」，俗寫體，《敦煌俗字典》「美」字條收有此形。底本「美」字亦有作此形者，下徑改不另出校。曆：底本原作「暦」，《四部叢刊》本、徐有榘木活字本作「曆」，《唐文拾遺》卷三四作「歴」。按：「暦」乃「曆」之俗，「歴」則為「歷」字之俗寫；「暦」後為「曆」的日本用簡體漢字。下徑改不另出校。

〔二〕寰：底本作「寰」，《四部叢刊》本作「寰」，均「寰」之俗寫體，此據徐有榘木活字本、《唐文拾遺》卷三四改為正體。下不另出校。

〔三〕按：《四部叢刊》本、徐有榘木活字本、《唐文拾遺》卷三四作「案」，兩字通用。

〔四〕定日：《東文選》卷三一作「日定」。按：此引文出自《禮記·王制》，亦作「定日」。定：《四部叢刊》本作「𡧍」，俗寫體。唐顏元孫《干祿字書》：「𡧍定：上通，下正。」《敦煌俗字典》「定」字條收有此形。下不另出校。

〔五〕規：「規」之俗寫體，《敦煌俗字典》「規」字條即收此形。按：從「規」之「窺」，底本亦如此作。下不另出校。

〔六〕和也者：底本作「和者也」，《四部叢刊》本、徐有榘木活字本、《唐文拾遺》卷三四均作「和也者」，因據改。按：引文出自《禮記·中庸》，亦作「和也者」。

〔七〕達：《四部叢刊》本作「達」，減筆俗體，《敦煌俗字典》「達」字條收有此形。下不另出校。

〔八〕揚：《四部叢刊》本、潘仕成海山仙館叢書本作「楊」。按：俗寫二者不拘。

〔九〕聡：《四部叢刊》本作「聰」，徐有榘木活字本、《唐文拾遺》卷三四作「聰」。按：「聡」為「聰」之俗寫，《敦煌俗字典》「聰」字條收有此形。睿：《四部叢刊》本、《唐文拾遺》卷三四作「睿」，異構字。下不另出校。

〔一〇〕簒：底本為訛俗字（「目」減筆作「日」，卷一《賀收復京闕表》「簒臨寶位」的「簒」，底本亦作此形），《四部叢刊》本、徐有榘木活字本、《唐文拾遺》卷三四作「纂」。按：「簒」通「纂」，「纂承」即繼承。《後漢書·樂恢傳》：「陛下富於春秋，纂承大業，諸舅不宜幹正王室，以示天下之私。」唐劉禹錫《唐故相國李公集紀》：「後王纂承，多以國柄付文士。」是其例。

〔一一〕大和：《四部叢刊》本、徐有榘木活字本、《唐文拾遺》卷三四作「太和」。按：二者義同。「大」為「太」之古字（《駢雅訓纂》卷五《釋名稱》：「古人太字多不加點，如大極、大初、大素、大室、大廟、大學之類。後人加點，以別小大之大，遂分為二矣。」）。《易·乾》：「保合大和，乃利貞。」「大」，一本即作「太」。朱熹本義：「太和，陰陽會合沖和之氣也。」

〔一二〕河清海晏：《唐文拾遺》卷三四作「河清海宴」。按：二者同語異構。謂黃河水清，滄海波平，古代用以形容國內安定，天下太平。唐顧況《八月五日歌》：「率土普天無不樂，河清海晏窮寥廓。」明張居正《擬唐回鶻率衆內附賀表》：「垂衣而治，際河清海宴之期；乘鉞有虔，鼓雷厲風飛之烈。」亦作「河海清宴」。

〔一三〕蕞尒：徐有榘木活字本、《唐文拾遺》卷三四作「蕞爾」，《四部叢刊》本作「蕞尒」。按：三者同詞異寫，均形容小。「尒」同「介」、「爾」，為韓國古帝王名用字。刻本當從「尔」字微變而來。下文徑改正字，不另出校。唐劉禹錫《賀收蔡州表》：「蕞爾元濟，敢懷野心！」即其用例。

〔一三〕搔然：《四部叢刊》本、徐有榘木活字本、《唐文拾遺》卷三四作「騷然」。按：《東文選》卷三一亦作「搔然」。「搔然」與「騷然」乃同詞異寫，謂擾亂貌，動盪不安貌。《漢書·嚴助傳》：「夫以眇眇之身，託于王侯之上，內有饑寒之民，南夷相攘，使邊騷然不安，朕甚懼焉。」唐李華《詠史》之四：「幕府功未立，江湖已騷然。」是其例。搔：底本作「搔」，俗寫體。

〔一五〕舡：徐有榘木活字本、《唐文拾遺》卷三四作「船」。按：「舡」為「船」之俗。《集韻·僊韻》：「船，俗作舡。」《敦煌俗字典》「船」字條收列此形。下不另出校。

〔一六〕堯：底本原作「尭」，徐有榘木活字本、《四部叢刊》本作「堯」，「尭」為「堯」之俗寫體，後為日本常用漢字。凡從「堯」之字，底本皆從「尭」之形，如「曉」、「燒」、「繞」、「僥」等。下徑改不一一出校。

〔一七〕斑：《四部叢刊》本、徐有榘木活字本、《唐文拾遺》卷三四作「班」。按：「斑」通「班」，謂行列，位次。《楚辭·遠遊》：「騎膠葛以雜亂兮，斑漫衍而方行。」王夫之通釋：「斑，從行之衆列。」《隸釋·漢竹邑侯相張壽碑》：「登善濟可，登斑敘優。」即其例。

〔一八〕「臣某」句十二字：《東文選》卷三一闕。

賀通和南蠻表

臣某言：臣得進奏院狀報，入南蠻通和使劉光裕等廻，雲南通和兼進獻國信金銀器物疋段香藥馬等者。

天威遠振，星使遄歸。化外癡內黠之徒〔一〕，竭奉贄獻琛之禮。德既超於萬古，恩永洽於四夷〔二〕。臣某誠忻誠抃〔三〕，頓首頓首。伏以聖主卜征，既以用和為貴；遠人從化，自知犯義不祥。是得事尚從權，德資含垢；言皆荅響〔四〕，禮不違經。且南蠻嘗懷異謀，久稔邊患〔五〕。數年猾夏，獨虧拱北之誠〔六〕；列鎮徵兵，驟動征南之役〔七〕。則也乘虛可慮〔八〕，怙亂難防。今者鳳口銜書，纔飛遠地；狼心感德，永順皇風。有以見皇帝陛下法古為君，視人如子，以藏疾匿瑕為妙筞〔九〕，以玩兵黷武為良箴，舦昭利害之鄉〔一〇〕，不失羈縻之道。遂使要服修貢，賨旅歸仁〔一一〕。適當多事之秋，已見太平之兆。則彼驃信實狗封之族，尚革昏迷；賊巢迺蟻聚之群，何難撲滅？佇聆大捷〔一二〕，永賀中興。必可驅堯舜而殿禹湯〔一三〕，苑五岳而池四海。盛矣美矣，念茲在茲。臣頃者禦寇交州，董戎蜀郡，先則展馬援討除之勢，後乃設隨何說諭之機〔一四〕。仰託皇威〔一五〕，粗申將略〔一六〕。喜當今日，免負初心。臣限以藩條〔一七〕，不獲稱慶行在，無任賀聖戀恩、欣躍屏營之至。謹奉表，陳賀以聞。臣某誠抃誠躍，頓首頓首。謹言〔一八〕。

〔校記〕

〔一〕黠：《四部叢刊》本作「黠」，俗寫體。《祖堂集》卷一〇《隆壽和尚》：「俠客面前如奪劍，看君不是黠兒郎。」句中「黠」，原刻板（高麗朝覆刻本）即作「黠」。

〔二〕恩：《四部叢刊》本作「恖」，俗寫體。底本下文「恩」字亦多作「恖」，徑改不另出校。永：《四部叢刊》本、徐有榘木活字本、《唐文拾遺》卷三四作「已」。按：《東文選》卷三一亦作「永」。洽：《四部叢刊》本作「洽」，減筆俗體，《敦煌俗字典》「洽」字條所收二例，均如此作。下不另出校。

〔三〕忻：《四部叢刊》本、徐有榘木活字本、《唐文拾遺》卷三四作「欣」。按：二者古義有別，後合為一字。《說文・心部》「忻」字下引《司馬法》：「善者，忻民之善，閉民之惡。」段玉裁注：「忻，謂心之開發，與欠部『欣』謂『笑喜也』異義。《廣韻》合為一字，今義非古義也。」下不另出校。

〔四〕荅：徐有榘木活字本作「答」。按：「荅」為「答」之俗寫體。《廣韻・合韻》：「答，當也，亦作荅。」下不另出校。

〔五〕久：底本作「夂」，為「久」之訛俗字。《正字通・丿部》：「夂，久字之譌。」太田辰夫《唐宋俗字譜・祖堂集之部》「久」均作「夂」。下徑改不另出校。

〔六〕拱北：《四部叢刊》本、徐有榘木活字本、《唐文拾遺》卷三四作「控北」。按：《東文選》卷三一、《國譯孤雲崔致遠先生文集》亦作「拱北」，是。「拱北」猶拱辰，語本《論語・為政》：「為政以德，譬如北辰，居其所而眾星共（拱）之。」本指拱衛北極星，後喻指拱衛君王或四裔歸附。唐戴叔倫《贈徐山人》詩：「針自指南天窅窅，星猶拱北夜漫漫。」《樂府詩集・燕射歌辭三・後晉群臣酒行歌》：「劍佩儼如林，齊傾拱北心。」均其例。又，《筆耕集》卷一《賀廻駕日不許進歌樂表》、卷一九《與金部郎中別紙二首》均有「拱北之誠」語。

〔七〕《東文選》卷三一「役」後有「也」字。

〔八〕也：《四部叢刊》本、徐有榘木活字本、《唐文拾遺》卷三四闕。乘：《四部叢刊》本、潘仕成海山仙館叢書本作「築」。虗：《四部叢刊》本、徐有榘木活字本作「虛」。按：「虗」爲「虛」之俗體。

〔九〕藏：徐有榘木活字本、《唐文拾遺》卷三四作「藏」。按：「藏」乃「藏」之俗體，《敦煌俗字典》「藏」字條收有此形。策：《四部叢刊》本、徐有榘木活字本、《唐文拾遺》卷三四作「策」。按：「策」乃「策」之俗字，《敦煌俗字典》「策」字條所收五例，均如此作。下不另出校。

〔一〇〕鄉：底本原作「鄉」，「鄉」之減筆異構，秦簡、漢帛書中已見，後為日本常用漢字。下不另出校。

〔一一〕旅：《四部叢刊》本作「旅」，俗寫體。唐慧琳《一切經音義》卷一一《大寶積經序》音義：「旅，俗用從衣作旅，非也。」《敦煌俗字典》「旅」字條收有此形。下不另出校。

〔一二〕佇：《四部叢刊》本作「佇」，減筆俗體。《唐文拾遺》卷三四作「伫」，異體字。下同，不另出校。

〔一三〕驅：《唐文拾遺》卷三四、《四部叢刊》本作「駈」。按：「駈」乃「驅」之俗字。唐顏元孫《干祿字書》：「駈驅：上通，下正。」《敦煌俗字典》「驅」字條收有此形。下不另出校。

〔一四〕論：《唐文拾遺》卷三四作「論」，形近而誤。

〔一五〕託：底本作「託」，俗寫體，《敦煌俗字典》「託」字條收錄此形。按：文中從「乇」之字，如「杔」、「吒」、「宅」、「飥」等，底本、《四部叢刊》本皆如此作。下不另出校。《四部叢刊》本、徐有榘木活字本、《唐文拾遺》卷三四作「托」，異體字。

〔一六〕粗：《東文選》卷三一作「組」，形近而誤。

〔一七〕臣：《四部叢刊》本、徐有榘木活字本、《唐文拾遺》卷三四闕。按：《東文選》卷三一亦有「臣」。以：《四部叢刊》本、徐有榘木活字本、《唐文拾遺》卷三四作「守」。

〔一八〕「臣某」句十二字：《東文選》卷三一闕。

賀建王除魏博表

臣某言：臣得進奏院狀報，二月二十二日，恩制建王可開府儀同三司兼太保充魏博節度使者〔一〕。

維城茂德，列土殊榮〔二〕，遙分閫外之憂〔三〕，實表寰中之慶。臣某誠歡誠喜，頓首頓首。臣聆周歌麟趾〔四〕，漢譬犬牙，固須地處親賢〔五〕，方得天垂寵寄。伏以建王，修善為樂，居高不危，好書而既擅多材〔六〕，獻表而肯慙求試。今以鄴稱上鎮，魏有大名，將資盤石之宗〔七〕，遂錫分圭之寵。豈獨漳濱之俗，遠荷恩威；永令海內之人〔八〕，皆歌德業。臣限守藩鎮，不獲稱慶行在，無任踴躍屏營之至。謹奉表，陳賀以聞。臣某誠欣誠躍，頓首頓首。謹言〔九〕。

〔校記〕

〔一〕制：《四部叢刊》本、徐有榘木活字本、《唐文拾遺》卷三四作「除」。按：《東文選》卷三一亦作「制」。博：底本、《四部叢刊》本作「慱」，為「愽」之俗別字，「愽」為「博」之俗寫。按：唐顏元孫《干祿字書》：「愽博：上通，下正。」「慱」、「愽」、「博」並「博」之俗體，「博」後成為日本常用漢字。下徑改不另出校。

〔二〕土：底本作「土」，增筆俗字。榮：《四部叢刊》本、徐有榘木活字本、《唐文拾遺》卷三四作「勞」。

〔三〕遙：底本作「遥」。按：此形底本多見，後為日本常用漢字。下徑改不另出校。《四部叢刊》本、徐有榘木活字本、《唐文拾遺》卷三四作「逮」。按：《東文選》卷三一、《國譯孤雲崔致遠先生文集》亦作「遙」，「逮」字似形近而誤。

〔四〕聆：《唐文拾遺》卷三四作「聞」。

〔五〕須：底本作「湏」，徐有榘木活字本、《唐文拾遺》卷三四作「須」。按：「湏」為「須」之訛俗體。《五經文字》卷中「彡部」：「須，從水訛。」然漢簡中已作「湏」形。據他本改正字。處：底本作「䖏」，俗別字。敦煌辭書《正名要錄》（斯三八八號）：「處䖏：上正，下相承用。」據他本改正字。下不另出校。

〔六〕材：《四部叢刊》本、徐有榘木活字本、《唐文拾遺》卷三四作「才」，通用字。

〔七〕盤石：《四部叢刊》本、徐有榘木活字本、《唐文拾遺》卷三四作「磐石」。按：「盤」通「磐」，大石。《爾雅·釋山》「多大石，礐」晉郭璞注：「多盤石。」陸德明釋文引作「磐」。「盤石之宗」謂宗室封藩鞏固如磐石。《漢書·中山靖王劉勝傳》：「諸侯王自以骨肉至親，先帝所以廣封連城，犬牙相錯者，爲盤石宗也。」石：底本作「石」，俗寫體，《廣碑別字》引明《琢州石徑山琬公塔院碑》，「石」即作此形。本書卷七《鄭畋相公二首》：「用黃石公之妙略，蔚為帝師。」句中「石」，《四部叢刊》本亦作此形。下不另出校。

〔八〕令：潘仕成海山仙館叢書本作「命」。海：底本作「海」。按：此形底本經見，後為日本常用漢字。下徑改不另出校。

〔九〕「臣某」句十二字：《東文選》卷三一闕。

賀封公主表

臣某言：臣得進奏院狀報，奉去年十二月十四日勑㫖〔一〕，皇帝第十一妹封遂寧公主〔二〕，長女封唐興公主，次女封永平公主，待收復京闕，備禮册命者〔三〕。

芳舒玉葉，寵襲金根，鬱佳氣於高天，振歡聲於率土。臣某誠欣誠抃，頓首頓首。伏以遂寧公主德資元吉，考祥於歸妹之占〔四〕；唐興公主、永平公主譽洽肅雍，稟慶於降嬪之典。伴常娥於獨月〔五〕，分婺女於雙星〔六〕。秀發青春〔七〕，光浮碧落。伏惟皇帝陛下，齊家理國，恭己敬親。流鳳扆之殊恩〔八〕，舉鸞闈之美命〔九〕。猶以暫勞仙蹕，未復皇都，留具禮於宮闈，待成功於干羽〔一〇〕。捧日而榮滋九族，欽風而喜播四方。臣限守藩條，不獲陪位稱慶行在，無任抃蹈聳踴之至〔一一〕。謹奉表，陳賀以聞。臣某誠喜誠躍，頓首頓首。謹言〔一二〕。

〔校記〕

〔一〕勑：底本作「勅」，簡俗體，《敦煌俗字典》「勅」字條收有此形。下不另出校。㫖：「旨」之俗寫。唐顏元孫《干禄字書》：「㫖旨旨：上俗，中通，下正。」作「㫖」者，即上列諸形之變。又，從「旨」之字，如「指」、「詣」等，底本亦如此作。下不另出校。十二月：《四部叢刊》本、徐有榘木活字本、《唐文拾遺》卷三四作

「十月」。按：《東文選》卷三二、《國譯孤雲崔致遠先生文集》亦作「十二月」。

〔二〕妹：《四部叢刊》本作「姝」，形近而誤。

〔三〕備：《四部叢刊》本作「俻」。按：「俻」為「備」之俗字。《宋元以來俗字譜》：「備」，《金瓶梅》、《目連記》、《三國志平話》作「俻」。亦可簡作「俻」。唐顔元孫《干祿字書》：「俻備：上俗，下正。」下不另出校。

〔四〕歸妹：底本誤作「婦妹」，兹據《東文選》卷三二、《四部叢刊》本、徐有榘木活字本、《唐文拾遺》卷三四改。按：「歸妹」為《易》卦名，六十四卦之一。兑為少女，故謂妹，以嫁震男，故稱「歸妹」。《易·歸妹》：「歸妹，征凶，無攸利。」王弼注：「妹者，少女之稱也。兑為少陰，震為長陽；少陰而乘長陽，説（悦）以動，嫁妹之象也。」孔穎達疏：「婦人謂嫁曰歸，歸妹猶言嫁妹也。」

〔五〕常娥：《四部叢刊》本、徐有榘木活字本、《唐文拾遺》卷三四作「嫦娥」。按：二者同詞異寫。《文選·謝莊〈月賦〉》「引玄兔於帝臺，集素娥於後庭」唐李善注：「《淮南子》曰：『羿請不死之藥于西王母，常娥竊而奔月。』」唐徐凝《八月十五夜》詩：「皎皎秋空八月圓，常娥端正桂枝鮮。」即用「常娥」例。

〔六〕雙：底本作「雙」，《四部叢刊》本作「䨇」，俗别字。《字鑑·江韻》：「雙，俗作䨇。」唐顔元孫《干祿字書》：「䨇雙：上俗，下正。」據他本改正字，下不另出校。

〔七〕發：底本作「𤼵」，俗别字。《四部叢刊》本作「發」，異構字。唐顔元孫《干祿字書》：「𤼵發：上俗，下正。」據他本改正字，下不另出校。

〔八〕流：《四部叢刊》本作「流」，俗體字，《敦煌俗字典》「流」字條收録此形。鳳：徐有榘木活字本、《唐文拾遺》卷三四作「鳳」。底本為俗寫體。《字鑑·送韻》：「鳳，《説文》神鳥也，從鳥，凡聲。俗作鳯。」《敦煌俗字典》「鳳」字條收録此形。下同，不另出校。

〔九〕鸞：《四部叢刊》本作「鵉」，簡俗體，《敦煌俗字典》「鸞」字條收録此形。下不另出校。

〔一〇〕玏：「功」之俗寫體。唐顔元孫《干禄字書》：「玏功：上俗，下正。」下不另出校。

〔一一〕蹈：《四部叢刊》本作「蹈」，俗寫體。《敦煌俗字典》「蹈」字條收録此形。按：文中「蹈」，底本亦有作「蹈」者。下不另出校。

〔一二〕「臣某」句十二字：《東文選》卷三一闕。

賀殺黄巢徒伴表〔一〕

臣某言：臣得進奏院狀報，北路軍前定難軍節度使拓跋思恭、保大軍節度使東方逵等〔二〕，奏宜君縣南殺戮逆賊黄巢徒伴二萬餘人〔三〕，生擒三千人并賊將者。又鳳翔節度使李昌言奏，探知京中賊徒潰散。六月十三日，皇帝御宣政殿〔四〕，排仗受宰臣及百寮賀禮畢者〔五〕。

睿謀遠叶，戎捷遄陳。開雉扇而儼皇威，舉鸞旗而恭列辟〔六〕。天浮喜氣，地匝歡聲。臣某誠喜誠抃，頓首頓首。伏以逆賊黄巢，嘯聚兇狂〔七〕，偷生晷刻。養姦而惟日不足，恃暴而謂天可欺。敢驅螻蟻之群，累拒熊羆之衆。孽唯自作，罪欲何逃？拓跋思恭、東方逵等，身居重位，手握雄師，氣吞蠢彼之徒，志鮮赫斯之怒，齊驅於六步七步〔八〕，果刻於左之右之〔九〕。戰于野而騰威，戎難伏莽；拘諸原而騁勇，勢若焚枯。不唯剝面舂喉〔一〇〕，乃得連頭係頸。况李昌言鎮於歧下〔一一〕，伺彼京中，識虞譚鷹集之祥〔一二〕，辯師曠鳥聲之樂〔一三〕，遂飛吉語，遠達宸聰。佇看大戮之期，克踐中興之運。伏惟聖神聰睿仁哲明孝皇帝陛下，財成三極，敦叙九疇。出震位而臨人，方瞻堯日；執坤維而罪己〔一四〕，更闡舜風。暫勞遵養之師，遥委仁賢之將。既誅逆黨，爰列賀班。濯錦江邊，已睹霞舒綵仗；蒼龍闕下，即聆雷振鑾音。永清四海之波，遍灑九天之澤。臣謬操鈇鉞〔一五〕，尚默鼓鼙〔一六〕；未唱凱歌，唯知抃舞。顧彭野之久妨道路，怒髮雖衝；望秦原而將滅烟塵，愁眉已展。臣限拘守鎮，不獲稱慶行在，無任欣抃聳踴屏營之至。謹奉表，陳賀以聞。臣某誠歡誠躍，頓首頓首。謹言〔一七〕。

〔校記〕

〔一〕賀殺黄巢徒伴表：徐有榘木活字本題作「賀殺戮黄巢徒伴表」。殺：底本、《四部叢刊》本「殳」旁作「殳」，俗寫體。按：從「殳」之字，如「聲」、「役」、「段」、「擊」、「殷」、「磬」、「繫」、「盤」、「殿」、「馨」、「股」、「轂」、「没」、「投」、「設」等，底本、《四部叢刊》本多作「殳」。下不一一出校。

〔二〕跋：底本、《四部叢刊》本作「跋」，俗寫體。《廣碑别字》引唐《般若波羅密多心經》，「跋」即如此作。下不另出校。

〔三〕宜君縣：《四部叢刊》本、徐有榘木活字本、《唐文拾遺》卷三四作「宣君縣」。按：《東文選》卷三一、潘仕成海山仙館叢書本亦作「宜君縣」，是。「宣」乃「宜」之誤。宜君縣在陝西中部，本書中多見，如卷六《賀殺黄巢賊徒狀》中即有「於宜君縣南，殺戮賊徒」句。

〔四〕御：底本作「御」，俗寫體。按：文中「御」字多見，底本、《四部叢刊》本均作此俗形，下不另出校。

〔五〕仗：《四部叢刊》本作「仗」，俗寫體。下不另出校。寮：徐有榘木活字本、《唐文拾遺》卷三四作「僚」，兩字相通，下不另出校。《四部叢刊》本作「僚」，亦即「僚」之减筆俗體。

〔六〕旌：《四部叢刊》本作「旋」。按：「旋」為「旋」之俗體（考證見卷一一《檄黄巢書》校注〔二〇〕），句中為「旌」之誤字，他本均作「旌」，可為證。句中「鸞旌」義即「鸞旗」，指天子儀仗中的旗子。因上繡鸞鳥，故稱。唐司空曙《迎神》詩：「鸞旌圓蓋望欲來，山雨霏霏江浪起。」是其例。辟：底本作「辟」，俗寫體。《敦煌俗字典》「辟」字條所收四例，均如此作。下不另出校。

〔七〕兇：底本「儿」作「几」，俗寫體。下不另出校。狂：《東文選》卷三一誤作「犴」。

〔八〕步：底本、《四部叢刊》本作「歩」，按：「歩」為「步」之俗訛。《正字通·止部》：「歩，俗從少作歩，非。」「歩」後為日本常用漢字。據徐有榘木活字本、《唐文拾遺》卷三四改正字。又，文中從「步」之字，如「頻」、「涉」、「陟」、「蘋」等，底本、《四部叢刊》本亦作「歩」。下徑改不一一出校。

〔九〕刻：《四部叢刊》本、徐有榘木活字本、《唐文拾遺》卷三四作「剗」，《東文選》卷三一、《國譯孤雲崔致遠先生文集》作「效」。按：作「剗」義長。

〔一〇〕春：底本作「舂」形，實為「春」字之俗寫，《唐文拾遺》卷三四即作「春」。《四部叢刊》本作「舂」，乃「春」之俗寫體。徐有榘木活字本作「搼」，通用字。

〔一一〕歧下：徐有榘木活字本、《唐文拾遺》卷三四作「岐下」。按：《東文選》卷三一、《四部叢刊》本亦作「歧下」。二者同詞異寫。「岐（歧）下」乃地名，本指陝西岐山縣之岐山下，句中代指鳳翔府。

〔一二〕虞譚：《唐文拾遺》卷三四作「虞潭」。

〔一三〕辯：《國譯孤雲崔致遠先生文集》作「辨」，通用字。

〔一四〕執：《四部叢刊》本、徐有榘木活字本、《唐文拾遺》卷三四作「幸」。

〔一五〕鈇：《東文選》卷三一作「鉄」。

〔一六〕默：《唐文拾遺》卷三四作「點」，形近而誤。

〔一七〕「臣某」句十二字：《東文選》卷三一闕。

賀處斬草賊阡䏶表

臣某言〔一〕：得進奏院狀報，西川都將高仁厚部領兵馬，收捉草賊阡䏶，已於十月十八日並處置訖〔二〕。二十一日，聖駕出羅城北樓，宣慰廻戈將士，各賜優賞，放歸本營者。

遠耀日旗，高張天網，梟師已歸於大戮〔三〕，鴻圖永耀於中興。臣某誠歡誠抃，頓首頓首。臣伏以草賊阡䏶，跡陷迷津〔四〕，心辜聖澤。短狐稔射人之毒，瘈狗喧吠主之聲。高仁厚逐惡志雄，擒奸氣勇，仰資睿略，靜剗兇徒。伏惟皇帝陛下，有罪必誅，無思不服。歌採薇而遣卒〔五〕，念破竹之成功〔六〕。親降如綸之言，遍安被練之卒〔七〕。妖氛息而綿山益翠，喜氣浮而錦水先春。自此遠振軍聲，深摧寇黨。覆頑巢而在即，廻法駕以何遥？臣方事專征，先聆吉語，限拘藩鎮〔八〕，不獲稱慶行在，無任踴躍屏營之至。謹奉表，陳賀以聞。臣某誠歡誠喜，頓首頓首。謹言〔九〕。

〔校記〕

〔一〕臣某言：《國譯孤雲崔致遠先生文集》闕「某言」二字。

〔二〕置：底本作「畳」，俗體字，《廣碑別字》引唐《大弘道觀主故三洞法師侯敬忠誌文》，「置」即如此作。下不另出校。

〔三〕師：底本「𠂤」旁作「㠯」，俗寫體，《敦煌俗字典》「師」字條收録此形。徐有榘木活字本、《唐文拾遺》卷三四作「帥」。按：俗寫二者不拘，據文意，似當作「帥」。「梟帥」謂驍勇的首領。《文選・李陵〈答蘇武書〉》：「滅跡掃塵，斬其梟帥。」李善注引張晏《漢書》注：「驍勇也。」戮：底本作「戮」，《敦煌俗字典》「戮」字條收載此形。《四部叢刊》本「翏」旁作「翏」，亦俗寫體。下不另出校。

〔四〕陷：底本、《四部叢刊》本作「陥」，徐有榘木活字本、《唐文拾遺》卷三四作「陷」，《東文選》卷三一作「蹈」。按：「陥」為「陷」之俗，「陷」、「蹈」二者俗寫亦不拘。茲據改正字，下徑改不另出校。

〔五〕薇：底本作「微」，「微」之俗體字，茲據《四部叢刊》本、徐有榘木活字本、《唐文拾遺》卷三四改。按：「采

(採)薇」是《詩・小雅》篇名，該詩序云：「文王之時，西有昆夷之患，北有玁狁之難，以天子之命命將率，遣戍卒，以守衛中國，故歌《采薇》以遣之。」後遂以「采(採)薇」作調遣士卒的典實。

〔六〕念：底本、《四部叢刊》本作「念」，俗寫體。《碑別字新編》引魏《元愔墓誌》，「念」即作此形。又，從「念」之字如「稔」等，底本、《四部叢刊》本亦如此作。下不另出校。

〔七〕被：底本、《四部叢刊》本作「被」，俗寫體，《敦煌俗字典》「被」字條收載此形。下從略，不另出校。

〔八〕拘：《東文選》卷三一作「抱」，形近而誤。

〔九〕「臣某」句十二字：《東文選》卷三一闕。

賀收復京闕表

臣某言：臣得河中節度使王重榮牒報，四月十日，當道與鴈門節度使李克用，及都監楊復光下諸都馬軍，齊入京城，與賊交戰，約殺却賊步軍一萬餘人。其馬軍賊便走出城〔一〕，往東南路去。其賊軍家口錢帛，並皆遺下，黃巢亦未知存亡。其逃遁賊徒，尋差兵馬追奔，並已收復京闕訖者。

天威耀武，月捷傳聲。望宸階而初奏凱歌，舉區宇而咸增抃舞。臣某誠喜誠躍，頓首頓首。臣竊窺曩代〔二〕，旁採前經。靜理邦家，必須以殺止殺；保安社稷，固在雖休勿休。是故不得已而用兵，無所私而煦物。伏惟皇帝陛下，纂臨寶位，丕闡宏圖，匝四溟而不見揚波，安九野而皆怯偃草。而乃逆賊黃巢，暗遵邪徑，深入禍門。久騰吠噪之聲，敢恣穿窬之便。穢黷宮闕，淹延歲時〔三〕。偷安暫戲於鼎中，戮暴難逃於机上。今者風行睿略，雨集王師，楊復光任在信臣，李克用名為勇將。各思報効，競奮驍雄，齊心而覆滅梟巢，勠力而尅收鳳里〔四〕。賊巢拒輪不暇，亂轍潛奔，干戈則雹散風飛，金帛則填街塞巷。更展追逃之勢〔五〕，必擒稔惡之徒〔六〕。自此日月重光，烟塵永息。唯望宸遊之返駕，佇觀盛禮於登封。臣職忝董戎，功慙徇難。雖手無重柄，數年虧奮擊之肱；而耳得嘉聲，遠地倍歡呼之切〔七〕。臣限拘藩鎮，不獲稱賀行在，無任手舞足蹈、慶抃屏營之至。謹奉表，陳賀以聞。
臣某誠喜誠躍，頓首頓首。謹言〔八〕。

〔校記〕

〔一〕走：《東文選》卷三一、《國譯孤雲崔致遠先生文集》作「步」。按：似當作「走」。「走」者跑也，此处指奔逃，卷六《賀收復京城狀》此句正作「走」，可為證。

〔二〕窺：底本作「窺」，俗寫體，《敦煌俗字典》「窺」字條收錄此形。下不另出校。

〔三〕歲：底本、《四部叢刊》本作「嵗」，俗寫體。唐顏元孫《干祿字書》：「嵗歳歲：上俗，中通，下正。」《敦煌俗字典》「嵗」字條收錄此形。按：「嵗」後為日本常用漢字。下不另出校。

〔四〕勠：《四部叢刊》本、徐有榘木活字本、《唐文拾遺》卷三四作「戮」。按：「戮」通「勠」，謂並、合。《國語・

吳語》：「今伯父曰：『戮力同德。』」韋昭注：「戮，並也。」

〔五〕追逃：《四部叢刊》本、徐有榘木活字本、《唐文拾遺》卷三四作「追遊」。按：《東文選》卷三一、《國譯孤雲崔致遠先生文集》亦作「追逃」，是。《筆耕集》卷八《徐州時溥司空三首》中即有「追逃之勢」語，可為證。追：底本、《四部叢刊》本作「追」，減筆俗體，《敦煌俗字典》「追」字條收錄此形。又，從「追」之字如「搥」等，底本、《四部叢刊》本亦如此作。下不另出校。

〔六〕惡：《四部叢刊》本作「恶」，俗寫體。唐顏元孫《干祿字書》：「恶惡：上俗，下正。」按：北齊顏之推《顏氏家訓·書證》中曾列舉了許多「鄙俗」字，其中就有「『惡』上安『西』」者，知「恶」早在南北朝時期已經流行。敦煌寫卷中亦習見，參見《敦煌俗字典》「惡」字條。下從略，不另出校。

〔七〕切：《四部叢刊》本、徐有榘木活字本作「功」，潘仕成海山仙館叢書本作「初」。按：作「功」、作「初」皆不辭，乃形近而誤，《東文選》卷三一、《唐文拾遺》卷三四、《國譯孤雲崔致遠先生文集》均作「切」。

〔八〕「臣某」句十二字：《東文選》卷三一闕。

賀殺黃巢表

臣某言：臣得武寧節度使時溥狀報，逆賊黃巢、尚讓分隊，並在東北界。於六月十五日，行營都將李師悅〔一〕、陳景瑜等，於萊蕪縣北，大滅群兇。至十七日，遂被賊將偽僕射林言梟斬黃巢首級〔二〕，并將徒伴降部下都將李惟政、田球等訖。其黃巢函首，已送行在者。

聖日重耀，狂氛暗銷。戎捷超於古今，歡聲振於夷夏。臣某誠抃誠躍，頓首頓首。臣伏以歲有四時，則秋行肅殺之令；武有七德，則兵貴禁戢之能。是故歲以無相奪而克成〔三〕，兵所不得已而方用。自革結繩之政，皆勞祝網之仁。賊巢食土懷頑，含沙稔毒，深犯天紀，廣挻地灾〔四〕。九州則半致侵淩，三輔則久經穢瀆〔五〕。擢髪而既難數罪，舂喉而只待懲姦〔六〕。今者窮寇廻心，元兇授首，殺傷差少〔七〕，歸附居多。有征無戰之言，實符王道；以靜待勞之勢，深叶軍機。伏惟皇帝陛下，運啓中興，功資下武。睹天鑒而實為大警，聽風謠而非止小康〔八〕。永當銷干戈之鋒，便可鑄耒耜之器〔九〕。况廼西山八國，數年飽廵幸之恩；東岳百神，終日渴登封之禮〔一〇〕。佇迎雲馭〔一一〕，俯納巖音。臣宻迩寇戎〔一二〕，撫安疆境，不暇爭鋒而進〔一三〕，實防代俎之譏。慙虧犬馬之勞，喜睹鯨鯢之戮。手舞足蹈，魂飛膽揚。臣限守藩條，不獲奔走稱賀行在，無任慶抃兢越之至。謹奉表，陳賀以聞。臣某誠歡誠喜，頓首頓首。謹言〔一四〕。

〔校記〕

〔一〕李師悦：徐有榘木活字本、《國譯孤雲崔致遠先生文集》作「李師說」。悦，《字彙》：「俗悅字。」按：《新唐書》卷一八八載：「(時)溥遣將李師悦等追黄巢至萊蕪，大破之。」知作「悦」字是。

〔二〕僕：底本作「僕」，俗寫體。按：此俗形多見於日本古鈔本。唐張鷟《遊仙窟》：「僕從汧隴，奉使河源。」句中「僕」字，日本古鈔本均作「僕」。又，從「僕」之字如「濮」等，底本亦如此作。下徑改不另出校。

〔三〕無：《東文選》卷三一作「元」。按：「無」簡體為「无」，俗寫遂與「元」不拘，《敦煌俗字典》「無」字條即收此形。

〔四〕挻：徐有榘木活字本作「致」，《四部叢刊》本、《唐文拾遺》卷三四闕。按：「挻」謂招致。唐李白《鄂州刺史韋公德政碑》：「孽胡挻災，大人有作。雷霆發揚，欃槍有落。」即其例。此義辭書未收。

〔五〕穢瀆：《四部叢刊》本、徐有榘木活字本、《唐文拾遺》卷三四作「穢黷」，同詞異寫。

〔六〕春：徐有榘木活字本作「摏」，通用字。

〔七〕殺傷差少：《東文選》卷三一作「殺復差少」。差，徐有榘木活字本作「者」；《四部叢刊》本、《唐文拾遺》卷三四作「老」。

〔八〕聽：底本作「聽」，「聽」之俗字。唐顏元孫《干祿字書》：「聽聽：上通，下正。」敦煌辭書《箋注本切韻》一（斯二〇七一號）平聲青韻載「聽」字。敦煌藏卷斯二六〇七號《浣溪沙》詞：「萬家枯（砧）杵擣衣聲，坐更寒，懶頻聽。」「聽」後為日本常用漢字。下徑改不另出校。小康：《四部叢刊》本、徐有榘木活字本、《唐文拾遺》卷三四作「少康」。按：「小」、「少」俗書無別，此當指「少康」。「少康」為夏代中興之主，帝相之子。

〔九〕耜：《四部叢刊》本作「耟」。按：「耟」（古代一種農具，犁屬）乃「耜」字之誤。「耒耜」指古代耕地翻土的農具，亦作為農具的總稱。

〔一〇〕渴：《東文選》卷三一作「竭」。

〔一一〕佇迎：《東文選》卷三一作「迎佇」。

〔一二〕宻：「密」之俗寫體。《集韻·質韻》：「密，俗作宻。」《宋元以來俗字譜》：密，《列女傳》、《通俗小說》、《三國志平話》等作「宻」。按：此俗形底本、《四部叢刊》本多見，下不另出校。迩：《四部叢刊》本作「邇」，亦俗寫體。

〔一三〕暇：底本「叚」旁作「㕟」，俗寫體。按：從「叚」之字，如「遐」、「瑕」、「假」等，底本亦如此作。下不另出校。《四部叢刊》本「叚」旁作「段」，乃訛俗體。

〔一四〕《東文選》卷三一闕「臣某」句十二字。

賀降德音表

臣某言：臣得進奏院狀報，司天臺奏六月十六日夜大陰虧〔一〕。伏奉六月二十三日德音，應三川管內見禁囚徒等，宜委所在長吏五日內疎理決遣〔二〕；其京畿四面暴露骸骨，宜委諸鎮切准前後勑旨，差人收拾埋瘞者。

望舒匿影，曲赦流恩，化洽泣辜，義資掩骼。振歡聲於蜀壘，蕩妖氣於秦川〔三〕。臣某誠抃誠躍，頓首頓首。臣伏以日能順晷而照臨，不失其所；月以順時而盈缺，則維其常。況當蓂葉初凋，桂輪自滅〔四〕。兵銷下土，非石麟暗鬬於東陵〔五〕；謫見上天，致玉兔暫虧於西汜〔六〕。既同君子之過，乃軫聖人之憂。伏惟聖神聰睿仁哲明孝皇帝陛下，光闡睿圖，保寧區宇，仁䑧及遠，德以勝妖〔七〕。爰當展義之辰，克舉眚灾之典。慈傷痍死〔八〕，牢囚免滯於風霜；義貫幽魂，道殣皆沾於雨露〔九〕。可使涪水耀千年之色，巴山呼萬歲之聲。道䑧繼於垂衣，法無妨於委轡。佇迴巡幸，仰賀登封。臣限守戎藩，不獲稱賀行在，無任抃躍屏營之至。謹奉表，陳賀以聞。臣某誠歡誠喜，頓首頓首。謹言〔一〇〕。

〔校記〕

〔一〕臺：《四部叢刊》本作「臺」，徐有榘木活字本、《唐文拾遺》卷三四作「臺」。按：「臺」、「臺」乃「臺」之俗寫，《敦煌俗字典》「臺」字條收錄「臺」形，下不另出校。大陰：《四部叢刊》本、徐有榘木活字本、《唐文拾遺》卷三四作「太陰」。按：「大」、「太」古今字，此當指「太陰」。「太陰」謂月亮。虧：底本作「虧」，俗寫體，《敦煌俗字典》「虧」字條收有此形。《四部叢刊》本「虧」旁作「虍」下著「丘」之形，亦俗寫體。下不另出校。

〔二〕宜：《四部叢刊》本作「冝」，減筆俗字，《敦煌俗字典》「宜」字條收此形。下不另出校。

〔三〕氣：《四部叢刊》本、徐有榘木活字本、《唐文拾遺》卷三四作「氛」。

〔四〕自：底本闕，據《四部叢刊》本、徐有榘木活字本、《唐文拾遺》卷三四補。

〔五〕鬪：徐有榘木活字本、《唐文拾遺》卷三四作「鬭」，異構字。《玉篇·鬥部》：「鬭，上同（鬬），俗。」「鬪」，亦作「門」、「閂」。下不另出校。

〔六〕汜：《東文選》卷三一誤作「沼」。按：「西汜」謂日入處。《文選・謝瞻〈九日從宋公戲馬臺集送孔令〉詩》：「扶光迫西汜，歡餘譙有窮。」呂延濟注：「扶光，日也。迫，薄也。西汜，日入處也。」

〔七〕妖：底本作「娀」，俗寫體，《敦煌俗字典》「妖」字條收錄此形。下不另出校。

〔八〕痍：底本、《東文選》卷三一、《四部叢刊》本、《國譯孤雲崔致遠先生文集》作「瘦」。按：「瘦」為「痍」之俗訛，此據徐有榘木活字本、《唐文拾遺》卷三四改。

〔九〕殣：《東文選》卷三一誤作「瑾」。

〔一〇〕「臣某」句十二字：《東文選》卷三一闕。

賀廻駕日不許進歌樂表

臣某言：臣得進奏院狀報，伏審勑旨〔一〕，廻駕日應沿路州縣切不得輒進歌樂及屠殺者〔二〕。聲除飾喜，味減薦珍〔三〕，遠遵罪己之言，深播好生之德。凡於蠢動，孰不歡呼？臣某誠抃誠躍，頓首頓首。伏惟皇帝陛下，日月運行，雷雨作解，體堯、舜之理䏸咸若，法禹、湯之興必勃焉。退庭舞而撤宮懸〔四〕，惡衣服而菲飲食。一慈二儉，守玄祖之格言；沐雨櫛風，稟太宗之丕訓。今則冕旒東顧，梐枑西移〔五〕。師乙收心，無以逞鏗鏘之曲；庖丁斂手，何由挫觳觫之形？義感六牲，恩加萬姓。

則乃蜀山力士，既無煩役之虞；漢水老人，豈有深譏之事？帝業永資於下武，物情皆慶於中興。臣方擁戎旃，阻隨仙蹕。遥思盛禮，空馳拱北之誠；願報深恩，但勵鎮南之志。無任抃躍屏營之至。謹奉表，陳賀以聞。臣某誠歡誠喜，頓首頓首。謹言〔六〕。

〔校記〕

〔一〕審：底本、《四部叢刊》本作「審」，減筆俗字，《敦煌俗字典》「審」字條收有此形。按：文中從「番」之字，如「播」、「藩」、「鄱」、「潘」、「磻」等，底本、《四部叢刊》本亦作「畨」。下不另出校。

〔二〕㳂：「沿」之俗體，《正字通》：「同沿，俗省。」《敦煌俗字典》「沿」字條收有此形。下不另出校。

〔三〕珎：底本、《四部叢刊》本「尔」作「尒」。徐有榘木活字本、《唐文拾遺》卷三七作「珍」。按：「珎」為「珍」之俗寫體。《玉篇·玉部》：「珍，張陳切，寶也，貴也，美也。又重也。珎，同上，俗。」作「尒」者，乃「尔」之微變，韓國刻本用字。下不另出校。

〔四〕舞：《國譯孤雲崔致遠先生文集》誤作「舜」。撤：《東文選》卷三一誤作「撒」。

〔五〕梐：底本、《四部叢刊》本、《唐文拾遺》卷三四「木」旁作「扌」，俗寫體。枒：徐有榘木活字本作「枑」。按：《四部叢刊》本亦作「枒」。「枒」為「枑」之俗字。「梐枑」謂用木條交叉製成的柵欄，置於官署前遮攔人馬，又稱「行馬」。《周禮·天官·掌舍》：「掌王之會同之舍，設梐枑再重。」鄭玄注引杜子春曰：「梐枑，謂行馬。」

〔六〕「臣某」句十二字：《東文選》卷三一闕。

桂苑筆耕集卷第二

表一十首

〔校記〕

〔一〕謝御制真贊表：徐有榘木活字本作「謝賜御製眞贊表」。贊：底本原作「賛」，為「贊」之異構字。《集韻・換韻》：「贊，隸作賛。」「賛」後為日本常用漢字。按：從「贊」之字如「鑽」、「酇」、「濽」、「瓚」、「讚」、「纘」等，底本、《四部叢刊》本多如此作。下徑改不另出校。

〔二〕札：底本作「扎」。按：俗書「札」、「扎」不分。襟：底本、《四部叢刊》本作「襟」，亦俗別體。按：俗書「衤」、「礻」不拘，文中從「衤」之字，如「被」、「裕」、「袂」、「袍」、「褐」等，底本、《四部叢刊》本多從「礻」。下不另出校。

謝加太尉表

臣某言：今月某日，宣慰使供奉官嚴遵美至，奉宣聖旨，慰諭臣及將校等，并賜臣勅書、手詔各一封，加臣檢校太尉〔一〕，依前充淮南節度使兼東面都統者〔二〕。仰窺鳳詔，謂對龍顔，寵榮極而何力負山，戰灼深而自容無地。臣某誠抃誠感〔三〕，頓首頓首。臣伏以大司馬之威權，百官所仰；上將軍之法令，十道皆遵。豈唯整戢五兵，實在諧和七政。況當今日，宜屬全材。如臣者德乏潤身，智虧周物，於儒則筆慙五色，在武則劒敵一夫。但以荷寵天庭，分憂水國。擁旄重寄，榮冠絶於一時；仗鉞專征，冀折衝於萬里。幸逢聖鑒，得盡忠誠。今者已率雄師，將誅巨猾。征旗指路，遠趁堯日之光〔四〕；戰艦凌波，方託舜風之力。豈期王人遠降，帝命俄臨，獎其外鎮之微勞，授以上司之劇任。未著緇衣之美，旋叨錦被之榮。況乃兼提利權〔五〕，廣潤軍食。瑞節不移於南兗，兵符亦綰於東陲。將何異能，勝此寵寄？謹當氷為夕飲〔六〕，蘖作朝湌。褰帷則面撫蒸黎〔七〕，建旆則身先士卒〔八〕。群寇既蝟毛而起，偶恣侜張；諸侯必馬首是瞻，共成剪滅〔九〕。唯力斯視，何心自安？必也臨難忘身〔一〇〕，見危致命。仰觧焦勞之念，粗申式遏之功〔一一〕。臣既當下瀨屯師〔一二〕，佇欲中流設誓。枕彫戈而輟寐〔一三〕，跡寄轅門；瞻帝座以馳誠〔一四〕，魂飛輦路。未獲稱謝行在，無任感恩戀聖、榮抃戰懼之至。謹因宣慰使嚴遵美廻，附表陳謝以聞。臣某誠感誠懼，頓首頓首。謹言。

〔校記〕

〔一〕檢：底本原作「撿」，《四部叢刊》本、徐有榘木活字本、《唐文拾遺》卷三四作「檢」，據改。按：俗書二者不拘。下文徑改不另出校。

〔二〕充：底本作「亢」，俗寫體，亦作「宂」，唐碑、敦煌寫卷中習見。《四部叢刊》本作「兗」，乃訛俗字。兼：底本作「兼」，俗寫體，《敦煌俗字典》「兼」字條收錄此形。按：從「兼」之字如「謙」、「歉」、「慊」、「縑」、「鶼」、「傔」等，底本、《四部叢刊》本亦如此作。下徑改不另出校。

〔三〕誠抃誠感：底本「抃」下闕「誠」，據《四部叢刊》本、徐有榘木活字本、《唐文拾遺》卷三四補。

〔四〕趍：《唐文拾遺》卷三四作「趨」。按：「趍」為「趨」之俗。《廣韻・虞韻》：「趨，走也。趍，俗。」下不另出校。

〔五〕提：《四部叢刊》本、徐有榘木活字本、《唐文拾遺》卷三四作「制」。

〔六〕氷：「冰」之異體。唐顏元孫《干祿字書》：「氷冰：上通，下正。」《敦煌俗字典》「冰」字條收此俗形。「氷」後亦為日本常用漢字。下不另出校。飲：《四部叢刊》本、徐有榘木活字本、《唐文拾遺》卷三四誤作「飯」。按：「氷為夕飲」又見於卷一三《前婺州金華縣尉李涵攝天長縣尉》、卷二〇《祭巉山神文》。

〔七〕蒸黎：《四部叢刊》本、徐有榘木活字本、《唐文拾遺》卷三四作「烝黎」。按：二者同詞異寫，指百姓、黎民。漢王符《潛夫論·班祿》：「太古之時，烝黎初載。」唐杜甫《石龕》詩：「奈何漁陽騎，颯颯驚蒸黎。」是其例。

〔八〕旆：「旆」之俗寫體，徐有榘木活字本、《唐文拾遺》卷三四即作「旆」。下不一一出校。

〔九〕剪滅：《唐文拾遺》卷三四作「翦滅」。按：二者同詞異寫，指殲滅。《左傳·成公二年》：「余姑翦滅此而朝食。」三國魏曹冏《六代論》：「掃除凶逆，剪滅鯨鯢。」是其例。又，「剪」乃「翦」之俗。唐顏元孫《干祿字書》：「剪翦：上俗，下正。」

〔一〇〕難：《四部叢刊》本、徐有榘木活字本、《唐文拾遺》卷三四作「亂」。

〔一一〕申：徐有榘木活字本作「伸」，通用字。

〔一二〕屯：底本作「屯」，俗寫體。按：此形他處鮮見，底本則多如此作。下不另出校。

〔一三〕枕：底本、《四部叢刊》本作「枕」，俗寫體，《敦煌俗字典》「枕」字條收此俗形。下不另出校。彫戈：《四部叢刊》本、徐有榘木活字本、《唐文拾遺》卷三四作「雕戈」。按：二者同詞異寫，指鐫有花紋的戈，亦泛指戈。《國語·晉語三》：「穆公衡雕戈，出見使者。」韋昭注：「雕，鏤也。戈，戟也。」寐：底本、《四部叢刊》本、《唐文拾遺》卷三四作「寐」，俗寫體，《敦煌俗字典》「寐」字條收錄此形。下不另出校。

〔一四〕以：徐有榘木活字本作「而」。

謝示南蠻通和事宜表

臣某言：二月二十六日，宣慰使供奉官李從孟至。伏奉勑旨，入鶴拓使胄嗣王龜年、閤門使劉光裕等廻，得驃信表并國信兼布燮揚奇肱與西川節度使書〔一〕，皆備述情誠，無不順命。其表及書白并荅信物數，並令錄往。此事首末，自卿良謀者。

遠降王言，深窺使節。跪閱上天之旨，坐知外域之心〔二〕。寵飾踰涯，憂惶若厲。臣某誠抃誠躍，頓首頓首。臣才非間代，智不濟時。但以每鎮窮邊〔三〕，粗安荒服，免使飽飛飢附，欲令前倨後恭。頃者忝守成都，冀申遠略〔四〕，遂憑釋子，善諭蒙王。仰稟天威，得揚風教，永戢干戈之患，俾陳玉帛之儀。雖群議沸騰，競衒鑠金之口〔五〕；而宸衷剸斷，早推匪石之心。是以暫事西巡，或虞南叛。爰遣維城貴胄，直閤近臣。廻聖德以降尊，遠傳玄化；譯訛言而獻欸，備寫真誠。既令抱義戴仁，果見奉琛執贄。此皆陛下威德，臣何力之有焉？而廼謂臣有先見之䏦，知未來之事，設和蠻之良筞，備幸蜀之嚴城。俯錄勤勞，過垂稱獎〔六〕。睹雕題之章奏〔七〕，書軌既同；息猾夏之猜嫌，梯航相接。驗南琛之贖咎，知北極之紓憂。雖云五利有餘，敢希茂賞；唯願四方無事，永贊昌期。臣限守藩條〔八〕，不獲稱謝行在，無任欣躍感戴兢惕之至。謹因供奉官李從孟廻，附表陳謝以聞。臣某誠惶誠恐，頓首頓首。謹言。

〔校記〕

〔一〕揚奇肱：按：史書上作「楊奇肱」。據《資治通鑒》卷二五五載，中和三年「南詔遣布燮楊奇肱來迎公主」，曾至成都。《國譯孤雲崔致遠先生文集》中即錄作「楊奇肱」。奇：底本作「竒」，「竒」之俗寫體。《正字通・大部》：「奇，俗作竒。」《敦煌俗字典》「奇」字條收此形。按：文中從「奇」之字，如「騎」、「倚」、「綺」、「攲」、「羇」等，底本、《四部叢刊》本皆作「竒」旁。下不一一出校。又，「布燮」，亦作「布燮」，古代南詔官名。五代何光遠《鑒戒錄・布燮朝》：「南蠻所都之地，號曰長和國，呼宰相爲布燮。」《新唐書・南蠻傳上・南詔》：「（南詔）官曰坦綽、曰布燮、曰久贊，謂之清平官，所以決國事輕重，猶唐宰相也。」

〔二〕坐：《四部叢刊》本作「㘴」，俗寫體。唐顏元孫《干祿字書》：「㘴坐𡋯：上俗，中、下正。」《敦煌俗字典》「坐」字條收有「㘴」、「𡋯」之形。域：底本「或」旁作「𢦔」，亦俗體，《敦煌俗字典》「域」字條錄有此形。按：文中「或」，底本均作「𢦔」，從「或」之字，如「國」、「惑」、「域」、「閾」、「馘」等，底本亦如此作。下不一一出校。

〔三〕每：底本原作「毎」，徐有榘木活字本作「毎」。按：「毎」為「每」之俗寫體，此形武威漢簡中已見，後成為日本常用漢字。又，從「每」之字，如「海」、「敏」、「慜」、「繁」、「誨」等，底本、《四部叢刊》本皆如此作。下徑改不另出校。

〔四〕申：底本作「由」，形近而誤，兹據《四部叢刊》本、徐有榘木活字本、《唐文拾遺》卷三四改。

〔五〕競：底本作「竸」，《四部叢刊》本、《唐文拾遺》卷三四作「竸」，均「競」字之俗寫，《敦煌俗字典》「競」字條收有此二形。下不另出校。

〔六〕迥：「迴」之俗寫體。唐顔元孫《干祿字書》：「逈迴：上俗，下正。」下不另出校。

〔七〕章：底本、《四部叢刊》本作「章」，俗寫體。《敦煌俗字典》「章」字條收有此形。下不另出校。

〔八〕條：《四部叢刊》本作「偹」。按：「偹」乃「備」之俗。唐顔元孫《干祿字書》：「偹備：上俗，下正。」然句中為「條」之形訛。

謝立西川築城碑表

臣某言：伏奉十一月六日勑旨，以臣在任西川節度使日，創築羅城，昨因有勑嘉獎，方進所賜碑詞，今已付所司鐫寫建立者。

一片石文，皫初戴立；九重天語，鳳已銜來〔一〕。雕銘莫繼於色絲，寵飾遽超於華衮。仰窺恩獎，泣抱憂惶〔二〕。臣某誠感誠懼，頓首頓首。頃者幸夢三刀，久臨益部，遥提一劔，得挫蒙兵。但以其玉壘可稱，金城未設，山口則空吞蠻蜑，水頭則斜枕犍牂〔三〕。含溪抱谷之形〔四〕，雖云天險；比屋連甍之勢，實類野居。臣是以運度籌謀，斟量板築，盖從人欲，果致子來。遂得役興而草偃川中，誠感而土生石上。長圍於三十六里，高鎮於百千萬年。不愧鐵名，可將錐試。隼墉烏堞，儼若騫飛；錦浪綿峰，逈然裝飾。遂蒙陛下辱褒稱之重，許刊勒之榮，以為事實可觀，足得詞華不朽〔五〕。臣雖遇泥封激賞，豈將油素矜誇？非敢彰謙，所期避謗。今者伏遇皇帝陛下，遠巡勝槩，親覽微功。徵舊賜之碑詞，命新鐫之筆跡〔六〕。永使卓立琴臺之境，平欺劒閣之銘。且杜元凱之峴亭，無非自衒；阮德規之齊國，蓋是衆成。謾傳身後之虛名，豈睹目前之盛事？曷若彩毫見獎，翠琰斯刊？因成下土之功，終應上天之意。得逢今日，别振孤風。向非陛下錄善恩深，酬勞德厚，則何以未有出師之業，篆刻叨榮；曾無興學之規，傳揚竊美？臣限拘鎮守，不獲稱謝行在，無任感戴欣躍戰懼之至。謹奉表，陳謝以聞。臣某誠惶誠恐，頓首頓首。謹言。

〔校記〕

〔一〕衘：底本作「衘」，為「銜」之訛俗字。按：此形他處鮮見，底本、《四部叢刊》本中則經見。下不另出校。

〔二〕泣：《四部叢刊》本、徐有榘木活字本、《唐文拾遺》卷三四作「俯」。

〔三〕犍牂：潘仕成海山仙館叢書本作「牂牁」。犍：底本作「⿰牜隶」。按：此形未見字書載錄，當為「犍」之俗訛，兹據《四部叢刊》本、徐有榘木活字本、《唐文拾遺》卷三四改。「犍」指「犍為」，古郡名，漢置，治所在今四川省宜賓市，屬益州。牂：同「牂」，《字彙·羊部》：「牂，與牂同。」此為地名「牂牁」的簡稱，漢置，亦屬益州。

〔四〕含：底本作「含」，《四部叢刊》本作「含」，並「含」之俗寫體。按：下篇《謝賜御製真贊表》中有「愧無鸞頷之奇」句，「頷」所從之「含」，底本、《四部叢刊》本亦如此作。又，唐張文成《遊仙窟》：「斂咲偷殘靨，含羞露半脣。」句中「含」，日本諸刻本均作「㓞」。下不另出校。溪：底本作「渓」，同「溪」，「渓」後為日本常用漢字。

〔五〕朽：底本作「杇」，《敦煌俗字典》「朽」字條收錄此形。下不另出校。

〔六〕鐫：底本作「鎸」，《四部叢刊》本作「鐫」。按：「鎸」為「鐫」、「鐫」之俗體。唐顏元孫《干祿字書》：「鎸鐫：上通，下正。」《敦煌俗字典》「鐫」字條收有「鎸」形。俗寫又作「雋」。《龍龕手鏡・隹部》：「鎸，《新藏》作雋，鑽斲也，在《續高僧傳》第廿九卷。」亦變作「雋」，見於日本古鈔本、刻本《遊仙窟》中。

謝賜御製真贊表

臣某言：二月二十六日，宣慰使供奉官李從孟至。伏奉勑旨，已令於大慈寺卿真院寫朕真并扈從宰臣等真〔一〕，列卿儀貌，俱會此堂。今先寄卿真軸，并朕親製贊述。賜卿冀表顯恩〔二〕，式彰異禮者。

銀璫降使，玉簡傳詞。受宣而頂踵光輝，拜賜而神魂驚越。臣某誠感誠懼，頓首頓首。臣志欽渭訣，業鍊圯書。敢憑涓滴之勞〔三〕，自安寵寄；願掃氛霧之患，永竭忠誠。遂在先朝，便從戎役。南征北伐，豈暇寧居；東鎮西藩〔四〕，累叨重任。遇陛下龍飛之後，委微臣隼擊之能。蜀國防蠻，則粗申遠略〔五〕；楚宮捍寇，則偶遂良機。旋令移節於海門，復許建牙於淮甸。是以常拘戎閫，未覲宸階。唯披天上之詔書〔六〕，似睹日中之玉字〔七〕。空增戀闕，莫遂歸朝〔八〕。頃者虔託仁祠，寫留麼質。豈致去思於舊鎮，唯慙取笑於空門。伏遇陛下，展義陳詩，停鑾駐蹕，遂徵繪事，俾寫聖容。其於侍從之臣，宜居左右；豈料孱微之者〔九〕，得潤丹青？愧無鸞頷之奇〔一〇〕，永侍龍顏之側。况蒙宸襟顧矚，御筆贊揚。高題而素壁爭輝，卓立而浮埃不染。然後遠飛寵詔，特遣貴臣。乍捧綵牋〔一一〕，驟竊游揚之譽；初開寶軸，深驚刻畫之恩。窺看而形影自慙，感激而肺腸何極？昔漢朝中興，聖帝下念功臣，列形像於禁宮，載勳名於史筆。雖令贊述，不自稱揚。豈如陛下暫事巡遊，近垂獎飾〔一二〕，別降絲綸之命，親編錦繡之詞？俾臣位掛於鳳皇池中〔一三〕，名超於騏驎閣上。遐尋故實，獨荷殊榮。有何出衆之能，見此非常之寵？所謂千年嘉遇，萬代美談。唯當志勵風霜，永驗松筠之不改；身霑雨露，免憂蒲柳之先衰。臣限守藩條，不獲稱謝行在，無任感恩戀聖榮躍兢懼之至。謹因供奉官李從孟迴，附表陳謝以聞。臣某誠惶誠恐，頓首頓首。謹言。

〔校記〕

〔一〕卿：徐有榘木活字本、《唐文拾遺》卷三四作「御」。按：《四部叢刊》本亦作「卿」。

〔二〕冀：底本作「⿱艹異」，《四部叢刊》本作「兾」，均俗寫體，《敦煌俗字典》「冀」字條收有此二形。下不另出校。

〔三〕涓：底本作「涓」，為「涓」之俗字。據徐有榘木活字本改正字。俗寫尖口、方口不拘，「肙」旁常寫作「肙」。下文此類字徑改不另出校。按：宋天和子《善謔集》「方口尖口」條：「唐之進士有姓單者，就試有司，有司誤書爲『單』，生訴云：『雖則陋宗，然姓氏不欲爲人所轉易，乞改正之。』有司曰：『方口尖口，亦何足辨？』單生曰：『若不足辨，則「台州吳兒縣」改作「吕州矣兒縣」，可乎？』主司無以應。」「員」之作「貟」，亦此類也。

〔四〕西：徐有榘木活字本作「南」。
〔五〕申：徐有榘木活字本作「伸」，通用字。
〔六〕天上：徐有榘木活字本作「上天」。
〔七〕玉：《唐文拾遺》卷三四、潘仕成海山仙館叢書本、《國譯孤雲崔致遠先生文集》作「王」。
〔八〕朝：《四部叢刊》本、徐有榘木活字本、《唐文拾遺》卷三四作「期」。
〔九〕者：《四部叢刊》本、徐有榘木活字本、《唐文拾遺》卷三四作「質」。
〔一〇〕奇：《四部叢刊》本、徐有榘木活字本、《唐文拾遺》卷三四作「姿」。
〔一一〕乍捧綵牋：《國譯孤雲崔致遠先生文集》誤作「乍彩綏箋」。
〔一二〕近：《四部叢刊》本、徐有榘木活字本、《唐文拾遺》卷三四作「迥」。
〔一三〕皇：《四部叢刊》本、徐有榘木活字本、《唐文拾遺》卷三四作「凰」。按：「皇」、「凰」古今字。

謝御札衣襟并國信表

臣某言：二月二十六日，宣慰使李從孟至。伏蒙聖恩，別賜臣御札衣襟，并御服衫一領，龍腦香一金合，金鈒花散椀一口，金花銀榼一隻者。

字窺神筆〔一〕，恩襲御衣。仙香氣撲於鼻根，寶器光騰於眼界。仰霑寵錫，俯積憂兢，臣某誠感誠懼，頓首頓首。臣每念業紹弓裘，任叨斧鉞，誓傾忠節，終報聖朝。去年親率驍雄，願殲兇醜。旋承綸旨〔二〕，已駐舟師。既慙叩檝之言，徒切枕戈之望。豈期貂冠傳命，龍衮裁書，辱宣尼一字之褒，過光武十行之詔。加以彩分御笥〔三〕，香滿雕奩。花鐫麗水之珎〔四〕，雪透任山之器〔五〕。捧玩而實驚寮吏，緘藏而永耀子孫。雖有幸逢時，輝榮驟集；而無功受賞，愧耻難居。徒荷鴻私，何申豹略？身依楚水，未陳告捷之書；目斷蜀天，但灑感恩之淚。臣限守藩鎮，不獲稱謝行在，無任荷戴激切榮抃兢懼之至。謹因供奉官李從孟迴，附表陳謝以聞。臣某誠惶誠恐，頓首頓首。謹言。

〔校記〕

〔一〕字：《四部叢刊》本、徐有榘木活字本、《唐文拾遺》卷三四闕。

〔二〕旨：《四部叢刊》本、徐有榘木活字本、《唐文拾遺》卷三四作「音」。

〔三〕彩：《四部叢刊》本、徐有榘木活字本、《唐文拾遺》卷三四作「粉」。

〔四〕花鐫麗水之珎：《四部叢刊》本、徐有榘木活字本、《唐文拾遺》卷三四、潘仕成海山仙館叢書本「鐫」後有「乃」字。鐫：《四部叢刊》本、潘仕成海山仙館叢書本作「錐」。按：「乃」為衍文，《四部叢刊》本、潘仕成海山仙館叢書本作「錐」、「乃」，實為「鐫」（同「鐫」）字之訛。《東文選》卷三三無「乃」字，亦可為證。

〔五〕雪透任山之器：《四部叢刊》本、徐有榘木活字本、《唐文拾遺》卷三四作「雪□透任山之器」。按：上句「乃」為衍文，則該句實無缺文。《東文選》卷三三亦無缺文，可為證。

謝加侍中表〔一〕

臣某言：臣伏奉去年十一月十一日恩制，加授臣侍中，依前淮南節度使階，勳封並如故，仍加食實封一百户者。

有命自天，處身無地，感深以泣，寵極而驚。臣某誠抃誠懼〔二〕，頓首頓首。伏以黜陟分科，聖君至教；行藏守道，達士良規。慮受爵以斯亡，在持盈而不殆。臣自提榷筦，便遇兵戈。郡邑為征戰之埸，山海是逋逃之藪〔三〕。既難聚利，莫遂成功。況乃權有他門，刃無餘地，動見越庖代俎，無非避柱觸楹。遂虧漕輓之程，僅壞銅塩之法。伏蒙皇帝陛下俯詳直道，不寘嚴誅；選用良才，改移重務。而乃察臣在公之節，念臣戀主之誠，重委將壇，更增封邑。刱乏一時之秀，許攀七葉之榮〔四〕。唯慮慙卿，或譏竊位。然臣今所以自賀者，三朝獨立，七鎮榮遷。每當拜爵王庭，不省謝恩私室。以茲勵己，永免愧人。謹當激發壯圖，殲夷窮寇。粗息四方之患，仰寬萬乘之憂〔五〕。臣限守藩條，不獲稱謝行在，無任感恩戰灼屏營之至〔六〕。謹奉表，陳謝以聞。臣某誠慙誠懼，頓首頓首。謹言。

〔校記〕

〔一〕謝加侍中表：徐有榘木活字本題作「謝就加侍中表」。

〔二〕某：《四部叢刊》本、徐有榘木活字本、《唐文拾遺》卷三四闕。

〔三〕是：《四部叢刊》本、徐有榘木活字本、《唐文拾遺》卷三四作「足」。按：當作「是」，「是」與上句「為」對文義同。

〔四〕葉：《國譯孤雲崔致遠先生文集》誤作「第」。

〔五〕寬：底本作「寛」，減筆俗字。下不另出校。

〔六〕無任：《四部叢刊》本、徐有榘木活字本、《唐文拾遺》卷三四闕。

謝加侍中兼實封表〔一〕

臣某言：六月十六日，供奉官劉叔齊至，奉宣聖旨，慰諭臣及將校，并賜臣勑書、手詔各一封，官告一通，就加臣侍中，仍加食實封一百戶，餘如故者。

自天降命，無地安身。啓鳳詔而魂驚，對貂冠而股慄〔二〕。臣某誠感誠懼，頓首頓首。臣早因薄效，每忝殊榮。勤王而素乏實勤，受爵而但多虛受。負山寡力，臨谷戒心。況自戎馬生郊，陣蚍出穴，妖氛蔽闕，法駕省方。臣久鎮雄藩，嘗提重柄〔三〕，一無成績，兩拜寵章。前者以上將軍為大司馬，今則兼納言之任，加真食之榮。累年虧横草之功，終日抱伐檀之恥。且《易》曰：「或錫鞶帶，終朝三褫之。」《詩》云：「受爵不讓，至于已斯亡。」遍覽格言，是懲貪禄。不能報國，苟欲榮家，臣實何心，自靦面目〔四〕。但遇王人遠降，聖澤滂流〔五〕，仰睹綸言〔六〕，深嘉秕政。以為師徒輯睦〔七〕，黎庶安寧。俯念忠誠，特行懋賞。臣也方寸之地可倚，咫尺之顔不違。豈敢矯俗陳情，飾詞讓爵？難効一辭而退，唯期三命益恭。既除勞力於利權〔八〕，終願勵心於閫寄。臣伏限守藩，不獲奔赴行在稱謝，無任感恩戀聖戰汗屏營之至。謹附供奉官劉叔齊奉表，陳謝以聞。臣某誠惶誠戀，頓首頓首。謹言。

〔校記〕

〔一〕謝加侍中兼實封表：徐有榘木活字本作「謝賜宣慰兼加侍中實封表」。

〔二〕對：底本、《四部叢刊》本作「對」，俗别字。《碑别字新編》引隋《宫人陳花樹墓誌》、唐《曲阜縣文宣王廟記》之「對」，均作此形。下不另出校。

〔三〕嘗：「嘗」之俗寫體，《敦煌俗字典》「嘗」字條收載此形。按：此形底本多見，下不另出校。

〔四〕自靦面目：《四部叢刊》本、徐有榘木活字本、《唐文拾遺》卷三四作「有靦于目」。按：《國譯孤雲崔致遠先生文集》中亦作「自靦面目」。該句出自《詩・小雅・何人斯》：「爲鬼爲蜮，則不可得，有靦面目，視人罔極。」毛傳：「靦，姡也。」馬瑞辰通釋：「靦與姡皆人面之貌。」

〔五〕滂：徐有榘木活字本作「旁」，《四部叢刊》本、《唐文拾遺》卷三四作「傍」。按：「滂流」謂廣泛流布。《藝文類聚》卷一二引漢蘇順《和帝誄》：「洪澤滂流，茂化沾溥。」唐劉肅《大唐新語・郊禪》：「陛下功則高矣，而人未懷德；德雖厚矣，而澤未滂流。」均其例。作「旁流」或「傍流」，乃同詞異寫。

〔六〕睹：《唐文拾遺》卷三四作「賭」，形近而誤。言：《四部叢刊》本、徐有榘木活字本、《唐文拾遺》卷三四作「音」。按：《國譯孤雲崔致遠先生文集》亦作「言」。

〔七〕睦：《四部叢刊》本作「目」。按：「輯目」不辭，當作「輯睦」，謂和睦。《管子・五輔》：「和協輯睦，以備寇戎。」《周書・齊煬王憲傳》：「卿宜規以正道，勸以義方，輯睦我君臣，協和我骨肉。」唐陸贄《誅李懷光後原宥河中將吏並招諭淮西詔》：「輯睦士旅，安慰流庸。」均其例。

〔八〕除：《國譯孤雲崔致遠先生文集》作「餘」。

請巡幸江淮表

臣某言：臣伏以舜伐有苗〔一〕，修德而終能率服；湯征自葛，行恩而競望來蘇。斯皆今古之美談，實乃帝王之盛事。固敢踞天負責，向日裁誠。仰陳利害之端，冀副華夷之望。不量狂瞽，遠黷聖聰。臣某誠惶誠懼，頓首頓首。臣聞日月以運行為德，永麗于天；江河以委輸是期〔二〕，必朝于海。上舷昭其煦育，下方遂於通流。況乃天灾非人力舷除，地分有兵戎不起。將獻永安之兆，輒陳可復之詞。伏自寇陷上京，兵徵外鎮，猛鋭始從於鶴列，旋致徒歸；頑兇尚固於蟻封，難成盡殪。臣豈唯投袂，實至衝冠。昨率舟師，暫屯江次。必欲朝離楚岸〔三〕，暮及漢濱。旗張商嶺之風，劍拂秦川之霧。願言薄伐〔四〕，冀效微勞。尋蒙陛下遠許分憂，不令離任。臣進退惟命，始終無虧。寧招曠職之譏，敢涉争功之責？又緣淮海乍息烟塵，忽若去兵，必當致寇。則迺江南沃壤，盡成蚕食之資；淮北强隣，暗展鯨吞之勢。輿賦既無所倚，軍須將必屢空。是以仰奉敕書，已班師旅。四境之赤眉歸伏，八州之黔首謐寧。遍布皇恩，粗申將略。然而關中縱敵〔五〕，閫外偷安〔六〕，既乖踴躍以身先，每切忸怩於顔厚。伏惟皇帝陛下，省方展義，駐蹕經時。龜城壯麗之形，金湯雖固；鳳輦巡遊之費，桂玉可虞。况舊謂西川富强〔七〕，秖因北路商旅，託其茶利，贍彼軍儲。今則諸道發表章則半載始迴，徵貢獻則經年不達〔八〕。實緣道路遼敻，兼值干戈阻囏〔九〕。值剽掠者斯多，至行朝者甚少。加以僦雇所費，耗蠹不輕。每當水運陸般〔一〇〕，只可率鍾致石。以此征税則漸成抗弊，軍兵則未遂飫饒。伏慮扈從實繁，宴犒仍廣。盡搜資於三蜀，難濟用於百司。苟興旰食之憂，實慊庶寮之望。又以蜀川僻居卭僰，密邇蠻戎〔一一〕，虺毒潛吹，獸心難測〔一二〕。儻或乘虛犯境，率衆渡瀘，六軍之熊豹騰威，縱飿制敵；八詔之豺狼作暴〔一三〕，不免喧驚。事可酌於將來，禍須防於未兆。伏惟陛下，覽臣忠懇，察臣直言，暫迴西幸之儀，更舉南巡之禮，使處處息後予之怨，人人安戀主之心。天下幸甚！天下幸甚！且如遠狩河陽，僞遊雲夢，將興霸王，俯順權宜。况江淮為富庶之鄉，吴楚乃繁華之地。陛下九年理國，四海為家，豈比周之東遷，非擬晉之南渡。賊巢兇狂久聚，穢黷難除，縱使收城〔一四〕，未宜迴駕。豈如楊都粵壤〔一五〕，桂苑名區，四夷之賔易朝天，九牧之貢無虛月。伏乞陛下俯迴鳳扆，略泛龍舟，必想山靈卷三峽之風，水伯寢九江之浪〔一六〕，遐尋禹跡，允叶堯巡。昔也日耀錦川，天不傾於西北；今則風行澤國，地無缺於東南〔一七〕。然後發使清宮，舉章司隸。振盛儀於帰闕，告休績於登封。臣雖識昧變通，而志勤匡濟〔一八〕，敢憑草奏，輒貢管窺，無任戀聖感恩戰越屏營之至。謹奉表，陳請以聞。臣某誠惶誠懼，頓首頓首。謹言〔一九〕。

〔校記〕

〔一〕臣：《四部叢刊》本、徐有榘木活字本、《唐文拾遺》卷三四闕。按：《東文選》卷四一「伏」前亦有「臣」。

〔二〕是：《國譯孤雲崔致遠先生文集》作「為」。按：二者義同。

〔三〕朝：底本作「朝」，俗寫體。《廣碑別字》引魏《元祐妃常季繁墓誌》，「朝」即如此作。下不另出校。

〔四〕薄：底本作「薄」，訛俗字，茲據《四部叢刊》本、徐有榘木活字本、《唐文拾遺》卷三四改。

〔五〕闕：底本作「闕」，俗寫體。唐張文成《遊仙窟》：「何處闕天事，辛苦漫追尋。」句中「闕」，日本諸刻本均作此形。下不另出校。

〔六〕闥：底本作「闥」。按：字書未見此字，當為「闥」字之誤，茲據《四部叢刊》本、徐有榘木活字本、《唐文拾遺》卷三四改。

〔七〕富：底本作「富」，減筆俗字。强：底本作「強」，亦俗體。下不另出校。

〔八〕不：《四部叢刊》本、徐有榘木活字本、《唐文拾遺》卷三四作「未」。按：《東文選》卷四一亦作「不」。

〔九〕囏：《四部叢刊》本、徐有榘木活字本、《唐文拾遺》卷三四作「艱」。按：「囏」，「艱」之古字。《漢書・揚雄傳上》：「騁驊騮以曲囏兮，驢騾連蹇而齊足。」顔師古注：「囏，古艱字。」下不另出校。

〔一〇〕般：徐有榘木活字本作「船」。按：「船」乃形近而訛。「般」即「搬」之古字（《國譯孤雲崔致遠先生文集》中即作「搬」），「水運陸般」恰相儷偶。

〔一一〕又以蜀川僻居邛僰宻邇蠻戎：徐有榘木活字本、《國譯孤雲崔致遠先生文集》作「又以蜀川僻居邛僰，□人密邇蠻戎」，《四部叢刊》本、《唐文拾遺》卷三四、潘仕成海山仙館叢書本作「又以蜀川僻居邛棘，□人宻邇蠻戎」。按：《東文選》卷四一此句亦無缺文，知「棘」、「人」實為「僰」字之訛。邇：底本、《四部叢刊》本作「邇」，俗寫體。下不另出校。

〔一二〕猷：底本作「猷」，俗寫體，《敦煌俗字典》「猷」字條收有此形。下不另出校。

〔一三〕豺：《國譯孤雲崔致遠先生文集》訛作「豹」。狼：底本作「狼」。按：「狼」字書未見，當涉「豺」字而類化。茲據《四部叢刊》本、徐有榘木活字本、《唐文拾遺》卷三四改。

〔一四〕使：《四部叢刊》本、徐有榘木活字本、《唐文拾遺》卷三四作「便」。

〔一五〕楊都：潘仕成海山仙館叢書本作「揚都」。按：「楊都」即「揚都」之俗寫，此指揚州。唐李白《永王東巡歌》之七：「王出三江按五湖，樓船跨海次揚都。」即其例。下篇《第二表》中有「直幸楊都」句，潘仕成海山仙館叢書本亦作「揚都」。粵壤：《國譯孤雲崔致遠先生文集》、潘仕成海山仙館叢書本作「奥壤」。按：作「奥壤」義長。「奥壤」謂腹地。《晉書・孝武帝紀》：「三吴奥壤，股肱望郡，而水旱併臻，百姓失業。」《文選・沈約〈齊故安陸昭王碑文〉》：「姑蘇奥壤，任切關河。」李善注：「奥壤，猶奥區也。」

〔一六〕寢：底本作「寑」，《四部叢刊》本作「寢」，均俗寫體。下不另出校。

〔一七〕缺：底本、《四部叢刊》本作「鈌」，俗寫體。按：俗寫「⿱𠂉土」、「缶」不拘。如「御」中之「⿱𠂉土」，底本、《四部叢刊》本均作「缶」；「罇」中之「缶」，底本、《四部叢刊》本又作「⿱𠂉土」，均其例。

〔一八〕匡：底本作「⿷匚主」，俗寫體。按：此形底本多見，敦煌寫卷中亦習見。下不另出校。

〔一九〕「謹奉表」句十九字：《東文選》卷四一闕。

第二表〔一〕

臣某言：臣聞聖人能以天下為一家〔二〕，以中國為一人者，必關於其義〔三〕，達於其患，然後能為之。臣遂自前年繼陳短識，請移車駕，巡幸江淮〔四〕。計資於避險就安，事叶於暫勞永樂〔五〕。未迴聖鑒，再獻瞽言。臣某誠懃誠懼，頓首頓首。臣尚阻擒姦，敢言伐善？然但願愚夫之一得，難追賢者之三思。臣頃鎮成都，偶諧遠慮，克符天意，亟就土功。別營雉堞之雄規，永壯龜城之峻境。爰憑釋子，善誘蒙王。果悛倔强之愆，便附懷柔之信〔六〕，皆資帝力，能肅物心。伏遇陛下遠耀珠旗，高臨玉壘，樂降絲綸之旨，深嘉毫髮之勞〔七〕，謂臣有先見之機，念臣以至誠所感。仰銜睿獎，倍激忠誠。然則當年已往之功，粗成籌畫；今日未來之事，竊有管窺。苟或緘詞〔八〕，則為負德；不辭鼎鑊，輒貢芻蕘。臣近者俯察時情，仰瞻乾象，荆州道路，群寇將侵，蜀國封疆，微灾似起。儻或未收鳳闕，尚駐鑾輿，忽有妖氛潛興，近境必恐。烏合蚕食之徒，占據江陵，把斷峽路，則列藩貢賦〔九〕，無計通流〔一〇〕，行在詔書，亦難傳降。若見東西阻絕，固當遐邇動搖。伏惟陛下，斷自宸衷，斥其横議。念江淮之進獻，涉遠多虞〔一一〕；察蠻蜑之姦兇〔一二〕，乘虚可懼。早移仙蹕，直幸楊都。滅星辰交錯之灾，叶日月運行之理。則乃九州斧鉞，討戎而齊願風驅；四海梯航，捧贄而必䏻雲集〔一三〕。盛矣美矣〔一四〕，念兹在兹。且逆賊黄巢，久黷皇居，多成穢跡，直到克收之後〔一五〕，須勞繕葺之功。更俟二三年之間，可興千萬世之業〔一六〕。慮不先定，事難速成。伏乞陛下，覽竭節之言，闡随時之義，俯從衷懇〔一七〕，暫事宸遊。天下幸甚！天下幸甚！臣粗識古今，略詳利害〔一八〕。自非激以為智〔一九〕，豈敢知而不言？謹奉表，陳請以聞。臣某誠惶誠懼〔二〇〕，頓首頓首。謹言〔二一〕。

〔校記〕

〔一〕第二表：徐有榘木活字本作「請巡幸第二表」。

〔二〕臣：《四部叢刊》本、徐有榘木活字本、《唐文拾遺》卷三四闕。按：《東文選》卷四一「闡」前亦有「臣」。

〔三〕闢：徐有榘木活字本、《唐文拾遺》卷三四作「闡」。按：《東文選》卷四一、《四部叢刊》本亦作「闢」。《國譯孤雲崔致遠先生文集》、潘仕成海山仙館叢書本作「辟」。「辟」、「闢」古今字。

〔四〕廵幸：徐有榘木活字本作「廵行」。按：二者義近，「廵(巡)幸」特指皇帝巡遊駕幸。《漢書·郊祀志上》：「上(武帝)始巡幸郡縣，寖尋於泰山矣。」「廵(巡)行」則指出行巡察或巡視。《禮記·月令》：「(孟夏之月)命司徒巡行縣鄙，命農勉作，毋休於都。」北魏酈道元《水經注·河水五》：「明年渠成，帝親巡行。」

〔五〕叶：《國譯孤雲崔致遠先生文集》作「協」。

〔六〕附：《四部叢刊》本、徐有榘木活字本、《唐文拾遺》卷三四作「付」。

〔七〕嘉：徐有榘木活字本作「加」。按：作「嘉」是。同卷《謝加侍中兼實封表》中有「深嘉秕政」句，亦用「深嘉」。

〔八〕詞：《四部叢刊》本、徐有榘木活字本、《唐文拾遺》卷三四作「辭」。

〔九〕藩：《四部叢刊》本、徐有榘木活字本、《唐文拾遺》卷三四作「鎮」。

〔一〇〕通流：《四部叢刊》本、徐有榘木活字本、《唐文拾遺》卷三四作「流通」。按：《東文選》卷四一亦作「通流」。

〔一一〕涉遠：《四部叢刊》本、徐有榘木活字本、《唐文拾遺》卷三四作「遠涉」。按：《東文選》卷四一亦作「涉遠」。

〔一二〕蠻蜑：《四部叢刊》本作「蠻延」。按：作「蠻蜑」是。「蠻蜑」為南方少數民族名。《陳書·徐世譜傳》：「世居荆州爲主帥，征伐蠻蜑。」唐劉恂《嶺表録異》卷中：「邕州舊以刺竹爲墻，蠻蜑來侵，竟不能入。」即其例。

〔一三〕捧：《四部叢刊》本、徐有榘木活字本、《唐文拾遺》卷三四作「奉」。按：「奉」、「捧」古今字。

〔一四〕盛：《四部叢刊》本作「感」，形近而誤。

〔一五〕克：徐有榘木活字本作「剋」，《四部叢刊》本、《唐文拾遺》卷三四作「虎」。按：《東文選》卷四一亦作「克」。「克」，「剋」之簡化字。作「虎」者，形近而誤。

〔一六〕世：《國譯孤雲崔致遠先生文集》作「歲」。

〔一七〕衷：底本作「衷」，俗寫體。下不另出校。

〔一八〕害：底本作「害」，俗寫體。下不另出校。

〔一九〕激：徐有榘木活字本作「徼」。

〔二〇〕恐：《四部叢刊》本、徐有榘木活字本、《唐文拾遺》卷三四作「懼」。

〔二一〕「臣某」句十二字：《東文選》卷四一闕。

讓官請致仕表

臣某言〔一〕：臣伏以聖君御宇，必先塞彼倖門；良士省躬，唯慮妨其賢路。苟速官謗，是辜主恩。況臣關中無乏難之勳，閫外乏分憂之效，強欲晏安寵禄，其如玷浼刑章？永言量力而行，固在奉身以退。既知無隱，寧避有辭？臣某誠慙誠懼，頓首頓首。臣少勵琢磨，晚師擒縱，不以一經介意，粗於三略留心，願紹家勳，免虧堂搆〔二〕。先皇帝念臣孤直，試以諸難，出分大將之威權，坐受上卿之爵秩。故得內稟聿修之訓，外申式遏之能〔三〕。北掃虜塵〔四〕，則胡雛不敢南牧；南清貕海，則蠻諜無由北窺。及覲彤墀，暫司緹騎〔五〕。俄屬齊郊聚孽，鉅野興師。臣也不才，謬膺斯任。伏遇皇帝陛下，纂臨宸極，警諭戎藩，舉旄鉞以分榮〔六〕，聽鼓鼙而軫念〔七〕。謂臣有戢兵之奇略，察臣立降寇之微勞，遂令位假中台，名編外相。夢想既通於鳳沼，威稜益峻於龍旌。其後瀘水波驚，蜀山霧暗。久稔雕題之患〔八〕，遍流黔首之災。又蒙命臣曰俞，為師於彼〔九〕。爰遵薄伐，得解倒懸。豈敢貪天之功，願銘鍾鼎；秖能因地之利，別建溝隍。伏蒙陛下俯奬忠誠，特行懋賞〔一〇〕。開國授周司徒之貴，立家超漢丞相之榮〔一一〕。臣此時早誡持盈，輒思請老，必願告休錦里，退隱羅浮。不料壠上耕夫，盡解揭竿斬木；草間惡子，競謀蟻聚蜂飛。當荊門失守之時，乃楚塞宿兵之際。忝趍戎旆，兼綰牢盆〔一二〕。僶俛而未能報恩，驅馳而何敢言病？或猰㺄磨牙於原野，或鯨鯢噴毒於江湖。尋提招討之權，來撫句吴之俗。遠憑睿略，深挫群兇。洎解印海門，建牙淮甸〔一三〕，上將軍之劇任，首冠列藩；大司馬之雄資，先沾宥禮。揣頂踵而偏濡雨露，扼咽喉而莫效涓埃。且自黃冠憑凌〔一四〕，翠華巡狩，仰天勠力〔一五〕，竊嘗服王導之言〔一六〕；終日痛心，何止灑袁安之淚？及至成軍已出，又緣奉詔却迴。行藏雖順於綸詞，進退實慙於物論。遂見時溥興北林戎役，周寶致南鄰責言。玉每慮於俱焚，金亦憂於衆鑠。幸蒙陛下涵之以海量，炤之以天光，如見肺腸，得保首領。然臣也先軫以直言逞志，曹植以深過責躬〔一七〕。則二年忝都統之名，不能誅姦戮暴；四載主銅鹽之務，不能富國贍軍。是以兵權則屢見改移，利柄亦久為分割〔一八〕。凡此辱君之命，莫非職臣之由。臣猶自知，況在陛下？擢髮而既難數罪，乞骸而誰願辭榮〔一九〕。今者大憝奔逃〔二〇〕，上京克復，氛祲即當殄滅，寰區永見廓清。臣有忝登壇，無能報國，行當耆齒〔二一〕，居亦胡顏？兼以頃鎮蠻陬，久栖瘴嶺，蒙犯其妖烟毒霧，剗除其封豕長蛇。當年而靡憚勤劬，晚歲而皆成疾疹。不將筋力為禮〔二二〕，既載前經；苟或身心自讎，難逃後患。雖思强飯，實愧素飡。況廣陵為楚澤上游〔二三〕，鹺府乃漢朝大任〔二四〕。以臣衰老，當此重難，必恐終無所成，遂希不可則止。伏惟皇帝陛下，知人為哲，多士以寧，選英才而代處是邦，俾微臣而退居散地。鬬於菟之逃富，固是忠貞；王内史之辭官，誠非矯飾。幸遇舜風無外，漢日再中。陛下既已除旰食之憂，微臣亦希免夜行不息。臣無任望恩戀聖懇迫兢灼之至。謹奉表，陳請以聞。臣某誠感誠懼，頓首頓首。謹言〔二五〕。

〔校記〕

〔一〕臣某言：《四部叢刊》本、徐有榘木活字本作「臣言」。按：《東文選》卷四三、《唐文拾遺》卷三四亦作「臣某言」，當為原文之舊。

〔二〕堂搆：《唐文拾遺》卷三四、徐有榘木活字本作「堂構」。按：二者同詞異寫。「堂構」出自《書·大誥》：

「若考作室，既底法，厥子乃弗肯堂，矧肯構。」意謂父親要蓋房子，並已確定房子的蓋法，而兒子卻不肯去築堂基，蓋房子。後以「堂構」喻繼承祖先的遺業。

〔三〕申：《四部叢刊》本、徐有榘木活字本、《唐文拾遺》卷三四作「伸」，通用字。

〔四〕塵：《四部叢刊》本、徐有榘木活字本、《唐文拾遺》卷三四作「庭」。按：《東文選》卷四三亦作「塵」。

〔五〕緹騎：《四部叢刊》本誤作「緹綺」。按：「緹騎」指穿紅色軍服的騎士，亦泛稱貴官的隨從衛隊。

〔六〕旄鉞：《四部叢刊》本、徐有榘木活字本、《唐文拾遺》卷三四作「旌鉞」。按：二者義同，均喻權柄。《三國志・蜀志・諸葛亮傳》：「臣以弱才，叨竊非據，親秉旄鉞以厲三軍。」唐無名氏《仙傳拾遺・唐若山》：「(李紳)後果入相，連秉旄鉞。」即其例。榮：《四部叢刊》本、徐有榘木活字本、《唐文拾遺》卷三四作「勞」。按：《東文選》卷四三亦作「榮」。

〔七〕軫：底本作「軫」，俗寫體，《敦煌俗字典》「軫」字條收錄此形。下不另出校。

〔八〕稔：《四部叢刊》本、徐有榘木活字本、《唐文拾遺》卷三四作「念」。按：《東文選》卷四三亦作「稔」，當為原文之舊。卷一《賀通和南蠻表》中有「久稔邊患」句，亦用「久稔」一詞。

〔九〕師：《四部叢刊》本、徐有榘木活字本、《唐文拾遺》卷三四作「帥」。按：《東文選》卷四三亦作「師」。據文意，似當作「帥」。

〔一〇〕懋：《東文選》卷四三誤作「攀」。

〔一一〕超：《四部叢刊》本、徐有榘木活字本、《唐文拾遺》卷三四作「紹」。按：《東文選》卷四三亦作「超」。

〔一二〕牢盆：潘仕成海山仙館叢書本訛作「牢盤」。按：「牢盆」本指煮鹽器具。《漢書・食貨志下》：「官與牢盆。」王先謙補注：「此是官與以煮鹽器作，而定其價直，故曰牢盆。」明李時珍《本草綱目・金石五・食鹽》（集解）引蘇頌曰：「煮鹽之器，漢謂之牢盆。」亦借指鹽政或鹽業。如唐孫樵《康公墓誌銘》：「芸閣清秩，牢盆美聲。」本句即借指鹽政或鹽業。

〔一三〕淮甸：《四部叢刊》本、潘仕成海山仙館叢書本作「雄甸」。按：「雄」乃形訛。同卷《謝賜御製真贊表》中有「復許建牙於淮甸」之句，卷八《史館蕭遘相公》中亦有「撫寧淮甸」之語，並可為證。

〔一四〕淩：底本作「凌」，俗寫體，《敦煌俗字典》「淩」字條收錄此形。《四部叢刊》本、徐有榘木活字本、《唐文拾遺》卷三四作「陵」，通用字。

〔一五〕勠：底本寫作「勠」，俗寫體；《四部叢刊》本、徐有榘木活字本、《唐文拾遺》卷三四作「戮」。按：「勠力」、「戮力」同詞異寫，均指合力。

〔一六〕導：底本作「道」，《四部叢刊》本、徐有榘木活字本、《唐文拾遺》卷三四作「導」。按：「道」、「導」古今字。「王導」乃東晉名相，《筆耕錄》中凡四見，他處均作「王導」，因據改。

〔一七〕曹：底本作「曺」，「曹」之俗體，唐顏元孫《干祿字書》：「曺曹：上通，下正。」按：文中從「曹」之字，如「漕運」的「漕」、「遭遇」的「遭」，底本、《四部叢刊》本亦作「曺」。下不另出校。

〔一八〕亦久：《四部叢刊》本、徐有榘木活字本、《唐文拾遺》卷三四作「則變」。按：《東文選》卷四三亦作「亦久」。割：底本作「割」，俗體。《碑別字新編》引隋《梁環墓誌》，「割」即作此形。下不另出校。

〔一九〕誰：徐有榘木活字本、《唐文拾遺》卷三四作「唯」。

〔二〇〕奔逃：《四部叢刊》本、徐有榘木活字本作「奔赴」。按：當作「奔逃」。「奔逃」書中凡四見，如卷五《奏誘降成令瓌狀》「尋自擘隊奔逃，所在焼刼」，即其例。作「奔赴」，與文意未合。《國譯孤雲崔致遠先生文集》作「奔越」，義同「奔逃」。

〔二一〕朞：潘仕成海山仙館叢書本誤作「暮」。

〔二二〕筋：底本作「觔」，俗訛體，《四部叢刊》本、徐有榘木活字本、《唐文拾遺》卷三四均作「筋」。按：「筋力為禮」，語出《禮記·曲禮》：「貧者不以貨財為禮，老者不以筋力為禮。」

〔二三〕況廣陵為楚澤上游：《四部叢刊》本、徐有榘木活字本、《唐文拾遺》卷三四闕「況」字。按：《東文選》卷四三亦有「況」。陵：底本作「陵」，俗寫體。唐顔元孫《干禄字書》：「陵陵：上通，下正。」《敦煌俗字典》「陵」字條所收四例，均作此形。按：文中從「夌」之字，如「淩」、「綾」、「菱」等，底本亦如此作。下不一一出校。

〔二四〕鹺：《四部叢刊》本、徐有榘木活字本、《唐文拾遺》卷三四作「醝」。按：「醝」同「鹺」，鹽之別名。唐范攄《雲溪友議》卷上：「有歸評事任江陵醝院，常懷卹士之心。」一本作「鹺院」。下不另出校。

〔二五〕「臣某」句十二字：《東文選》卷四三闕。

桂苑筆耕集卷第三

狀一十首

謝詔狀

右臣伏奉四月十日詔旨：黄巢兇逆，穢黷宫城，罪惡貫盈，人神共怒。尋東兵合勢，剪滅元兇，想副朕懷，已遵途路〔一〕。佇聞克復，永耀功名者。

十行天語，萬里星飛。捧窺而壯膽初驚〔二〕，跪讀而愁眉頓豁〔三〕。竊以黄巢禍心斯極，佷力既衰〔四〕，肉已太醎，果將自落〔五〕。暫起烟塵之患，則歸原野之誅。臣每當永夜枕戈，早願中流叩欃〔六〕。自啓行十乘，已屯駐五旬〔七〕。伏緣江路多虞，風波未便，蹔淹行色，用候良時。非致役於遷延，但興懷於矍鑠〔八〕。今則仰覩鳳銜之詔〔九〕，況乘隼擊之秋〔一〇〕。俯勵軍謀，仰遵睿筭〔一一〕，即巢朝離江北，暮到漢南，長驅背水之師，永破滔天之孽。率奮義感恩之衆，氣已淩雲；殄藏姧匿暴之徒，勢如沃雪。伏惟陛下，歲巡備禮，時邁傳歌，將示罪於三危，乃宣威於七德。臣遠承獎諭，誓盡勤勞，身暫寄於戈船，心每馳於劍閣。唯願西都獻捷，早申收復之微功；東嶽告成，得覩登封之盛事。臣無任感激兢懼之至。謹奉狀，陳謝以聞。謹奏〔一二〕。

〔校記〕

〔一〕途路：《四部叢刊》本、徐有榘木活字本、《唐文拾遺》卷三五作「道路」，二者義同。

〔二〕膽：底本、《四部叢刊》本作「膽」，俗寫體。下同，不另出校。

〔三〕眉：底本作「眉」，俗寫體。敦煌藏卷《切韻》殘頁二（伯三六九六號）平聲脂韻：「眉，古作𥄂。武悲反。」《敦煌俗字典》「眉」字條收此形。按：文中從「眉」之字，如「楣」、「湄」、「媚」、「嵋」等，底本、《四部叢刊》本多作此形。頓：底本作「頓」，俗寫體。下從略，不另出校。

〔四〕佷：徐有榘木活字本作「狠」，《四部叢刊》本、《唐文拾遺》卷三五作「根」，《國譯孤雲崔致遠先生文集》作「狼」。按：「佷」、「狠」義同，「根」、「狼」形誤。

〔五〕果將自落：《四部叢刊》本、徐有榘木活字本、《唐文拾遺》卷三五作「果□將落」。按：《東文選》卷四七亦作「果將自落」。《國譯孤雲崔致遠先生文集》作「果亦自落」。

〔六〕叩檝：《國譯孤雲崔致遠先生文集》作「擊檝」，二者義同。

〔七〕乇：《東文選》卷四七誤作「長」。

〔八〕懐：底本作「懐」，俗别體。《碑别字新編》引漢《景君碑陰》，「懐」即作此形。「懐」後成為日本常用漢字。下不另出校。

〔九〕覩：《東文選》卷四七作「覩」。

〔一〇〕况：《國譯孤雲崔致遠先生文集》作「恍」。

〔一一〕筭：「算」之俗寫，《唐文拾遺》卷三七即作「算」。《四部叢刊》本作「筭」，亦俗寫。《敦煌俗字典》「算」字條收「筭」。下不另出校。

〔一二〕謹奏：《東文選》卷四七闕。奏：底本作「奏」，俗寫體。《碑别字新編》引魏《元恩墓誌》，「奏」即作此形。下不另出校。

謝詔示權令鄭相充都統狀

右臣伏奉去年九月九日詔旨：卿曾間道獻章，諸鎮飛檄，便欲長驅甲馬，親議專征。未即便來，須權制置，遂命鄭畋等分為京城四面都指揮諸道師徒。慮卿偶未委知，故兹詔示者。

伏以《書》曰：無偏無黨〔一〕，王化乃興。《詩》云：不識不知，帝謀是稟。况兵當伐叛，事合從權。

臣去年先因淮北侵疆，後值江南阻路，久長師旅〔二〕，未遂戰征。陛下妙選群才，近分重寄。鄭畋等莫不身先貔武，手運豹韜。既當怒髪争衡，固謂賊胷可揕〔三〕。仰酬睿獎，競勵忠誠〔四〕。臣也遠鎮臨戎，强隣結憾，唯慙曠職，豈望成功？伏蒙陛下尚念勤勞，曲垂慰諭。覩上天之慈旨〔五〕，鮮外地之憂心〔六〕。既許將軍獨舉柳營之令，終期叛卒必歸竹町之誅。臣限守戎藩，不獲稱謝行在，無任感激戰懼之至。謹奉状，陳謝以聞。謹奏。

〔校記〕

〔一〕儻：徐有榘木活字本、《唐文拾遺》卷三五作「黨」。按：「儻」通「黨」。句出《書・洪範》：「無偏無黨，王道蕩蕩。」蔡沈集傳：「黨，不公也。」

〔二〕長：《四部叢刊》本、徐有榘木活字本、《唐文拾遺》卷三五均作「屯」。按：據文意，作「屯」為佳。「長」簡體為「长」，與「屯」形近易誤。

〔三〕胷：底本作「㚷」，異構字。揕：底本作「堪」，形近而訛，兹據《四部叢刊》本、徐有榘木活字本、《唐文拾遺》卷三五改。「揕」謂刺。《史記・刺客列傳》：「（荆軻）因左手把秦王之袖，而右手持匕首揕之。」司馬貞索隱：「揕謂以劍刺其胸也。」

〔四〕競：底本作「竸」，俗寫體，《敦煌俗字典》「競」字條收此形。下不另出校。《四部叢刊》本、徐有榘木活字本、《唐文拾遺》卷三五作「竟」。

〔五〕旨：《四部叢刊》本、徐有榘木活字本、《唐文拾遺》卷三五作「意」。
〔六〕憂心：徐有榘木活字本作「深憂」，《四部叢刊》本、《唐文拾遺》卷三五作「憂深」。

謝宣慰狀

右宣慰使供奉官李從孟至，伏奉去年九月九日勑書、手詔，兼宣恩旨，慰諭臣及將士等者。

伏以感恩効命，武士常規；杖順摧兇〔一〕，元戎素分。賊巢偶乘姧便，尚逭嚴誅。臣願膾彼逆鱗，臠其邪膽，掃重氛於魏闕，迎法駕於蜀都。是以去年據馬援之鞍，敢矜獨勇；杖辛毗之鉞，親率諸軍。久在江干，再承天旨，不令離任，遂已班師。豈料伏蒙陛下念及老臣，撫兹衆卒〔二〕，特迃星使〔三〕，遠降泥封。綸傳萬乘之言〔四〕，纖微不間〔五〕；纊被百夫之體〔六〕，慰暖皆均。歡呼而聲已振雷，感泣而淚將成雨。唯期勵節，共願報恩。臣限守藩條，不獲稱謝行在。臣無任感戴榮抃戰懼之至〔七〕。謹因供奉官李從孟廻，奉狀陳謝以聞。謹奏。

〔校記〕

〔一〕杖：《四部叢刊》本、徐有榘木活字本、《唐文拾遺》卷三五作「仗」。摧：《國譯孤雲崔致遠先生文集》誤作「推」。
〔二〕卒：《四部叢刊》本作「率」，形近而誤。

〔三〕迃：底本、《四部叢刊》本作「迃」。按：「迃」為「迂」之本字。《正字通·辵部》：「迃，迂本字。」「迂」則為「迃」之俗寫體。下同，不另出校。

〔四〕傳：底本、《四部叢刊》本作「傳」，俗寫體。《碑別字新編》引唐《不空禪師碑》，「傳」即作此形。下不另出校。

〔五〕間：《四部叢刊》本誤作「聞」。

〔六〕被：《四部叢刊》本、徐有榘木活字本、《唐文拾遺》卷三五作「彼」，形近而誤。

〔七〕懼：《四部叢刊》本作「懽」，形近而誤。

謝詔獎飾進奉狀

進奉院逵到恩賜手詔一封〔一〕。

右臣伏奉詔旨：以臣先差供軍應接使駱潛等進奉銀事〔二〕，特賜獎飾者。

伏以收功示賞，乃聖主之異恩；寓物輸誠，固藩臣之常事。但屬釁滋隣境〔三〕，寇阻道途，運綱而既闕先登，贄禮而僅侔錫貢，早成稽滯〔四〕，况涉尠微。是以雖憑孱水之珎，難逭塗山之罪〔五〕。豈料鴻毛比價，方申懇悃之心；鳳口銜書〔六〕，遠降褒稱之旨。感激而懷榮為懼，揣脩而報德何期〔七〕？臣限守藩條，不獲稱謝行在，無任荷恩戀聖屏營之至。謹奉狀，陳謝以聞，謹奏。

〔校記〕

〔一〕遆：《四部叢刊》本作「逓」，徐有榘木活字本、《唐文拾遺》卷三五作「遞」。按：「遆」、「逓」並「遞」之俗寫體。下不另出校。

〔二〕差：《四部叢刊》本、徐有榘木活字本、《唐文拾遺》卷三五闕，《國譯孤雲崔致遠先生文集》作「遣」。

〔三〕釁：《四部叢刊》本、徐有榘木活字本、《唐文拾遺》卷三五作「敵」。

〔四〕稽：底本作「𥡴」，異構字。《四部叢刊》本、徐有榘木活字本、《唐文拾遺》卷三五闕。按：「稽滯」謂拖延，延誤。漢蔡邕《幽冀二州刺史久缺疏》：「選既稽滯，又未必審得其人。」《宋書・夷蠻傳・倭國》：「每致稽滯，以失良風。」是其例。

〔五〕塗：底本作「塗」，減筆俗字。下不另出校。

〔六〕銜：《四部叢刊》本、《唐文拾遺》卷三五作「衘」，俗寫體。《敦煌俗字典》「衘」字條收此形。下不另出校。

〔七〕揣脩：《唐文拾遺》卷三五作「揣修」。按：「脩」、「修」古通用。脩：底本作「脩」，俗寫體，《敦煌俗字典》「脩」字條收此形。下同，不另出校。

謝詔示徐州事宜狀

右臣先奉詔旨：據時溥奏，卿本道差兵侵境殺傷〔一〕，令務止遏者。臣遂具時溥誣謗事由申奏。伏奉二月二十五日詔旨：今則寇孽不日勦除〔二〕，藩方務息争競，所宜和叶〔三〕，各保封疆者。

臣伏以天德既高，側管者固難窺測；日恩至廣，戴盆者自阻照臨。是以遠竭愚誠，動違聖慮。時溥既銜睿獎，得縱兵威，早成熊據之謀〔四〕，更展鯨吞之勢，累興師旅，來犯封疆。焚郭邑於山陽，掠資財於淮上。臣遂令捍禦，略挫兇狂。而乃時溥，姧計已成根株，巧言頗有枝葉，不思己過，敢惑宸聰！今者再奉絲綸〔五〕，仰遵徽纆，唯期寬則得衆，粗可和而不同。且臣分閫無功〔六〕，戢兵為務。至於草冠，猶許歸降，况是隣藩，豈謀侵擾？彼無此詐，此無彼虞。臣限拘鎮守，不獲稱謝行在，無任感激屏營之至。謹奉狀，陳謝以聞。謹奏。

〔校記〕

〔一〕差：徐有榘木活字本作「羌」，《唐文拾遺》卷三五作「羗」。按：「羌」、「羗」異體字，句中均為「差」字之形誤。《四部叢刊》本作「差」，乃「差」之俗體（《碑別字新編》引魏《元欽墓誌》，「差」即如此作）。又，同書卷一一《浙西周司空書》中有「當使差都將梁楚」，句中「差」，《四部叢刊》本、徐有榘木活字本作「羌」，與此誤同。傷：底本作「傷」，俗體字，《敦煌俗字典》「傷」字條收此形。下不另出校。

〔二〕除：潘仕成海山仙館叢書本作「降」。

〔三〕叶：《國譯孤雲崔致遠先生文集》作「協」。

〔四〕熊：底本、《四部叢刊》本作「熋」，俗體字。按：底本、《四部叢刊》本「能」作「䏻」、「罷」作「罷」，「熊」作「熋」，「態」字亦從「䏻」，呈現出頗有規律的「俗」化現象。下徑改不另出校。

〔五〕絲：底本作「緣」，俗體字。下同，不另出校。

〔六〕且：《四部叢刊》本、徐有榘木活字本、《唐文拾遺》卷三五闕。

謝詔止行墨敕狀

右臣伏奉詔旨：去春權降詔命，許諸道承制除官，已兩度降敕止絶〔一〕，自今後凡有要甄奬者，並於急遆奏聞，不得更議承制者。

臣伏以漢朝鄧禹〔二〕，始啓倖門；魏室曹瞞，敢專重柄。欲敦於自家形國〔三〕，所惜者唯器與名。伏遇陛下，遠事宸遊，慮妨爵賞〔四〕，遂降無私之澤，遍資諸道之權。不料人人而競弄筆端〔五〕，處處而皆誇墨敕。長虵封豕，猶匿暴於神州；狗尾羊頭〔六〕，已成群於列鎮。臣前年雖奉詔旨〔七〕，未欲施行。却緣親率軍兵，遠期征討。此時久屯南浦，將泛西江，忽被鎮海節度使周寶欲感群情〔八〕，潛施狡計〔九〕，便以無功將吏，悉皆超授官榮。臣所領士卒既多，將校不少。彼安坐者猶為甄奬，此遠行者豈免怨嗟？遆口聲傳，從頭憤激。臣若不依周寶，必恐事生，遂准詔書，得行軍賞。已曾一一具事由申奏訖。自奉前年十一月一日敕旨，仰遵成命，靜守常規。至於近日所招賊徒，只與往時先賜官告，曾無僭越，豈可隱藏？今者外將忠誠，永當無二；大君善教，已至于三〔一〇〕。泣告而天何未聆，憂懷而地謂可入。臣限拘藩鎮，不獲稱謝行在，無任戰越屏營之至。謹奉狀，陳謝以聞。謹奏。

〔校記〕

〔一〕度：徐有榘木活字本作「道」。
〔二〕鄧禹：《國譯孤雲崔致遠先生文集》作「鄧通」。
〔三〕形：《四部叢刊》本、徐有榘木活字本、《唐文拾遺》卷三五作「刑」。
〔四〕妨：《四部叢刊》本、徐有榘木活字本、《唐文拾遺》卷三五作「防」。
〔五〕弄：底本作「弄」，俗體字。《碑別字新編》引魏《元寶建墓誌》，「弄」即作此形。下不另出校。
〔六〕狗：底本作「狗」，俗字，《敦煌俗字典》「狗」字條收有此形。下不另出校。
〔七〕前年：徐有榘木活字本作「年前」。
〔八〕感：《唐文拾遺》卷三五作「惑」。群情：《四部叢刊》本、徐有榘木活字本、《唐文拾遺》卷三五作「軍情」。
〔九〕狡：《四部叢刊》本、徐有榘木活字本、《唐文拾遺》卷三五作「巧」。
〔一〇〕已至于三：《四部叢刊》本、徐有榘木活字本、《唐文拾遺》卷三五作「已至再三」。

謝郄公甫充監軍手詔狀

伏奉某月日勅書、手詔各一封。

右新授當道監軍郄公甫，四月十日到。伏蒙聖恩，賜臣勅書、手詔，兼慰喻臣及將校等〔一〕。九天降詔，萬里宣恩。柳營之列將歡呼，桂苑之群寮感泣。伏以郄公甫素懷材略，久撫軍戎，漢南之職業可觀，江北之物情獲賴〔二〕。既見寬皓得衆，必令師克在和。臣仰窺五色之書，俯慰三行之士〔三〕，喜氣高侵於畏日，歡聲遠振於薰風。臣與將校等，無任感恩激切榮抃屏營之至。謹奉狀，陳謝以聞。謹奏。

〔校記〕

〔一〕喻：徐有榘木活字本作「諭」，通用字。

〔二〕賴：底本原作「頼」，為「賴」之俗。唐顔元孫《干祿字書》：「頼賴：上通，下正。」然漢碑中已見，後為日本常用漢字。下不另出校。

〔三〕行：《四部叢刊》本作「竹」。按：「竹」為形誤。「三行」謂春秋晉國軍制之名。《左傳・僖公二十八年》：「晉侯作三行以禦狄。荀林父將中行，屠擊將右行，先蔑將左行。」杜預注：「晉置上、中、下三軍，今復增置三行，以辟天子六軍之名。」

謝除鍾傳充江西觀察使狀

右臣先奏請授鍾傳江西觀察使，其高茂卿乞別除廉鎮。伏奉七月五日詔旨，允許特賜獎飾者〔一〕。

天從素望，風遆仙音。既諧舉善之誠，實叶分憂之寄〔二〕。伏以鍾傳比從屬郡來援府城〔三〕，撫綏而便洽衆情〔四〕，禦侮而肱成遠略。高茂卿既多梗阻，不免佪翔，固難掉鞅而旋〔五〕，豈許垂橐而入〔六〕？臣以戒之在鬪，事可從權，遂具奏論，輒陳利害。不料一言之善，遽得動天〔七〕；終令二將之才，皆榮列土。鍾陵江徼，銅柱海隅，政成而必有可觀，恩重而各得其所〔八〕。臣限拘鎮守，不獲稱謝行在，無任感激兢灼之至。謹奉狀，陳謝以聞。謹奏。

〔校記〕

〔一〕飾：底本作「餝」，《四部叢刊》本作「餙」，徐有榘木活字本、《唐文拾遺》卷三五作「飾」。按：「餙」、「餝」均「飾」之俗寫。唐顔元孫《干祿字書》：「餝飾：上俗，下正。」作「餙」或「餝」者，即其微變。下不另出校。

〔二〕叶：《國譯孤雲崔致遠先生文集》作「協」。

〔三〕比：底本作「北」。按：俗寫二者不拘，敦煌寫卷、佛典禪錄中習見。此當指「比」（先前之義）。《四部叢刊》本、徐有榘木活字本、《唐文拾遺》卷三五均作「比」，據改。

〔四〕便：《四部叢刊》本、徐有榘木活字本、《唐文拾遺》卷三五作「使」。

〔五〕鞅：底本「央」作「史」，俗寫體。按：「掉鞅」句，語出《左傳·宣公十二年》：「吾聞致師者，左射以菆，代御執轡，御下兩馬，掉鞅而還。」杜預注：「掉，正也，示閒暇。」本謂駕戰車入敵營挑戰時，下車整理馬脖子上的皮帶，以示御術高超，從容有餘。後泛指從容駕馭或掌握戰鬥的主動權。

〔六〕櫜：底本作「櫜」，俗寫體。《四部叢刊》本、徐有榘木活字本、《唐文拾遺》卷三五作「櫜」，通用字。按：「垂櫜而入」，語出《左傳·昭公元年》：「伍舉知其有備也，請垂櫜而入，許之。」杜預注：「垂櫜，示無弓。」陸德明釋文：「櫜，弓衣也。」亦即倒垂著空的弓箭袋，示無用武意。

〔七〕遽：《國譯孤雲崔致遠先生文集》誤作「協」。

〔八〕所：底本作「所」，俗別字。唐顏元孫《干祿字書》：「所所：上俗，下正。」下不另出校。

謝就加侍中兼實封狀

右臣得進奏院狀報，伏奉某月日恩制，加授臣侍中，餘並如故，仍加食實封一百戶者。九重降命，萬里傳聲。側聆而踊躍忘疲，內揣而怔忪失措。伏以納言進秩，頒邑賞功，固須德望鎮時，仍有勳勞濟物，然後方可謂君無虛授，臣無虛受。如臣者謬提旄鉞，免墜弓裘，空有志於四方，竟無能於一割〔一〕。況自群兇蝟結，戰陣蛇奔，狂鱗久戲於鼎中，聖駕遠巡於劍外。臣也動不能剗烟塵之患，靜不能贍山海之資，遂蒙改易兵權，分張榷課。雖值盤根錯節，其如有斧無柯？安邦之計策何成，富國之機謀莫就。唯甘黜爵，以警慢官〔二〕。豈期陛下恩洽無偏，義深宥過，特超衆例，許陟高資。印標石鵲之祥〔三〕，早槧不次；冠聳金貂之飾，愈覺非宜。況叨真食之榮，實愧素飡之咎。但屬狼星未滅，鯨浪猶飜〔四〕，方期抗旆以專征，不敢懸車而請老。謹當訓兵是務，殄寇為期。粗申武弁之威〔五〕，仰報彤門之賞。臣限守藩鎮，不獲稱謝行在，無任感恩戀聖戰汗屏營之至。謹奉狀，陳謝以聞。謹奏〔六〕。

〔校記〕

〔一〕割：底本均作「割」，俗寫體。下不另出校。

〔二〕慢：底本、《四部叢刊》本作「㥶」，俗寫體，《敦煌俗字典》「慢」字條收載此形。下不另出校。

〔三〕標：底本作「摽」，為「標」之俗別字（俗書從「木」從「扌」不拘），《四部叢刊》本、徐有榘木活字本、《唐文拾遺》卷三五均作「標」，據改。下文徑改不另出校。

〔四〕飜：底本、《四部叢刊》本「番」作「畨」，俗寫體，徐有榘木活字本、《唐文拾遺》卷三五作「翻」，異構字。

〔五〕申：《四部叢刊》本作「中」，當為「申」字之破損。

〔六〕「謹奉」句九字：《東文選》卷四七闕。

謝秦彥等正授刺史狀

新授和州刺史秦彥。

新授滁州刺史許勍。

右件官，臣先奏請，各授管內刺史。今月某日，得進奏院狀報，伏奉某月日勅旨允許者。

九天降寵，兩地分榮。覩降將之懷恩，喜元戎之獲請。伏以秦彥等，比者為梟為獍，維虺維蛇，久流螫蠚之災〔一〕，未有誅鋤之便。臣偶令招諭，旋自歸投。遂假分符，皆觖守節。誠宜獎勸，輒具奏論。今者聖澤濡枯〔二〕，皇風盪垢，纔擲黃巾之飾，許登皂蓋之資。秦彥等既荷新恩，永除舊惡，必也出榮建隼，入効懸魚，學其守土之規，贖彼滔天之罪。臣限拘藩鎮，不獲稱謝行在，無任抃戴兢灼之至。謹奉狀，陳謝以聞。謹奏。

〔校記〕

〔一〕螫蠚：《四部叢刊》本、徐有榘木活字本、《唐文拾遺》卷三五作「螫蠹」。按：「蠚」謂毒蟲咬刺，螫痛。《漢書・田儋傳》：「蝮蠚手則斬手，蠚足則斬足。何者？爲害於身也。」顔師古注引應劭曰：「蠚，螫也。」「螫蠚」猶「螫蠹」。

〔二〕濡枯：底本模糊不清，據殘存筆勢推斷，當作「濡枯」，《四部叢刊》本、徐有榘木活字本、《唐文拾遺》卷三五均作「濡枯」。

桂苑筆耕集卷第四

奏状一十首

〔校記〕

〔一〕奏請僧弘鼎充僧正状：徐有榘木活字本「充」後有「管內」二字。下文題目亦有「管內」二字。

〔二〕謝許弘鼎充僧正状：底本、《四部叢刊》本闕「許」字。按：下文題目中有「許」字，徐有榘木活字本亦有「許」，因據之補。

〔三〕瓊：底本、《四部叢刊》本作「瓊」字，俗寫體。唐張文成《遊仙窟》：「每有香菓瓊枝，天衣錫鉢，自然浮出，不知從何而至。」句中「瓊」，日本諸刻本亦作此形。下不另出校。

〔四〕揚州左司馬狀：徐有榘木活字本「揚州」後有「大都府」三字。又，徐有榘木活字本將本篇題目與下篇題目「奏請侄男昐轉官狀」順序顛倒。

〔五〕奏薦：《四部叢刊》本、徐有榘木活字本作「奏請」。薦：底本作「薦」。按：「薦」為「薦」之俗字（太田辰夫《唐宋俗字譜・祖堂集之部》「薦」字條收此形），底本二者混用不拘，兹改為正字。

〔六〕奏薦：《四部叢刊》本、徐有榘木活字本作「奏請」。知廬州軍州事狀：《四部叢刊》本闕「軍州事」三字。

奏請從事官狀

營田判官、將仕郎、殿中侍御史內供奉、賜緋魚袋宋絢。

右件官，相門傳慶，詞苑成名。退居安東郭之貧，就養奉南陔之詠。自絫戎幕，備見良籌。佐理而星霜屢遷，清勤而風雨不改。久裨重任〔一〕，敢覬殊榮。伏請轉官，改章服，依前充職。

攝塩鐵巡官、朝議郎、守京兆府咸陽縣尉、柱國高彥休。

右前件官，訓稟儒宗，才兼吏術〔二〕。王畿結綬〔三〕，早見勤勞；賔席曳裾，頗多婉畫〔四〕。望憲臺之清秩〔五〕，助榷筦之重權。伏請轉官，依前充職。以前件狀如前〔六〕。

伏以臣子之所以立身者，以孝以忠，慎終如始。若遂榮親之望，必勤事主之誠。且如擇隣卜居，断織勵學〔七〕，至于成立，色養無虧，舷報慈母之恩，則宋絢有焉。又如教以義方，退而學禮，至于仕官〔八〕，力行有覘，觟遵嚴父之訓，則彥休有焉。臣是以久籍謨猷〔九〕，仍嘉德行，事堪勵俗，志切薦賢。伏惟皇帝陛下，恩流域中，孝理天下，特廻睿獎，許假寘榮〔一〇〕。巢令修己從知，盡以敬親務本。干黷宸扆，無任兢惶。謹録奏聞，伏聽勑旨。

【校記】

〔一〕裨：底本作「稗」，《四部叢刊》本作「禆」，徐有榘木活字本、《唐文拾遺》卷三五作「裨」。按：「稗」、「禆」均「裨」之俗寫（俗寫「禾」、「ネ」、「衤」三者不拘，「卑」、「甲」二者亦無別）。兹改為正字。

〔二〕術：底本、《四部叢刊》本作「術」，減筆俗字。唐張文成《遊仙窟》：「得黃石之靈術，控白水之餘波。」句中「術」，日本古鈔本、刻本均作此形。下不另出校。

〔三〕譏：《四部叢刊》本作「幾」，形近而誤。

〔四〕婉：底本作「女」旁著「死」之形，俗寫體。唐張文成《遊仙窟》：「蟠龍婉轉，野鵠低昂。」句中「婉」，日本古鈔本、刻本均作此形。畫：底本、《四部叢刊》本作「畵」，俗體字，《敦煌俗字典》「畫」字條收有此形。兹據徐有榘木活字本、《唐文拾遺》卷三五改為通行字體。下不另出校。

〔五〕秩：底本作「ネ」旁著「夬」之形，訛俗字。兹據《四部叢刊》本、徐有榘木活字本、《唐文拾遺》卷三五改作「秩」。

〔六〕以前件狀如前：底本、《四部叢刊》本、徐有榘木活字本、《唐文拾遺》卷三五於「以前件」前均缺一字。

按：「以前件狀如前」又見於同卷《奏李楷己下条軍等狀》、卷六《請轉官從事狀》等，似無闕文。

〔七〕断：《四部叢刊》本作「斷」，徐有榘木活字本、《唐文拾遺》卷三五作「斷」。按：「断」為「斷」之簡俗體（唐顏元孫《干祿字書》：「断斷：上俗，下正。」今之簡化字即取此俗形），「斷」亦「斷」字之俗寫。下不另出校。又，「断織勵學」句，事見漢劉向《列女傳·鄒孟軻母》。言孟軻少時，廢學歸家，孟母方績，因引刀斷其機織，曰：「子之廢學，若吾斷斯織也。」軻因勤學自奮，師事子思，遂成大儒。後遂用為母親督子勤學之典實。

〔八〕官：徐有榘木活字本、《唐文拾遺》卷三五作「宧」。按：「仕官」、「仕宧」義同，均指為官。《史記·魯仲連鄒陽列傳》：「魯仲連者，齊人也。好奇偉俶儻之畫策，而不肯仕宧任職，好持高節。遊於趙。」《漢書·疏廣傳》：「今仕官至二千石，宧成名立，如此不去，懼有後悔。」即其例。又，同卷《謝弟再除綿州刺史》中，亦有「仕宧既榮」句。

〔九〕籍：《四部叢刊》本、徐有榘木活字本、《唐文拾遺》卷三五作「藉」。按：俗寫二者不拘。

〔一〇〕榮：《四部叢刊》本、徐有榘木活字本、《唐文拾遺》卷三五闕，《國譯孤雲崔致遠先生文集》作「銜」。

奏請僧弘鼎充管内僧正狀〔一〕

右件僧，跡洗四流，心拘八政，演法於有緣之衆，致功於無等之言〔二〕。伏自翠華遠省於風謠，丹詔屢徵於月捷。兇渠未滅，鋭旅猶勤。弘鼎常令僧三十人晝夜轉念功德，張開覺道，教化闔城。所願早覆梟巢，便廻鑾駕〔三〕。雖不關於至理，實自發於精誠。兼緣當道屬郡既多，仁祠不少，若無綱領，難肅緇流。伏乞聖慈，俯詳所請，許充當道管內僧正，仍賜紫衣。所冀身掛金襴〔四〕，逞養鷹之雋氣；手持玉柄，制醉象之狂徒。謹録奏聞〔五〕，伏聽勑旨。

〔校記〕

〔一〕弘：《唐文拾遺》卷三五、潘仕成海山仙館叢書本避清諱作「宏」。

〔二〕致：底本作「致」，俗寫體。下不另出校。無等之言：《四部叢刊》本、徐有榘木活字本、《唐文拾遺》卷三五闕「等」字，《國譯孤雲崔致遠先生文集》作「無遮之言」。按：「無等」、「無遮」均佛教語，前者指無與倫比，亦為佛的尊號；後者指無遮止限制。據文意，作「無等」（無與倫比）義長。

〔三〕鑾：《四部叢刊》本、徐有榘木活字本、《唐文拾遺》卷三五作「鸞」。按：「鑾駕」、「鸞駕」義同，均指天子的車駕。《後漢書・荀彧傳》：「今鑾駕旋軫，東京榛蕪，義士有存本之思，兆人懷感舊之哀。」唐李庾《兩都賦・東都》：「鸞駕鶴車，往來於中天。」即其例。

〔四〕襴：《四部叢刊》本作「欄」，形近而誤。按：「金襴」指佛教僧尼穿著的金色袈裟。《古尊宿語録》卷二一：「世尊傳金襴外，別傳何法？」

〔五〕録：《四部叢刊》本、潘仕成海山仙館叢書本作「緣」，形近而訛。

謝許弘鼎充僧正狀

右件僧，臣先具狀申奏，請充當道管內僧正，仍賜紫衣。伏奉敕旨依允者。

伏以弘鼎久勤轉念，輒具薦論。貽資十地之因，遽荷九天之寵。元戎獲請，喜三教之並行；法侶歡呼，驚一佛之或出。唯冀永持功德，上報慈悲。苟不貽盪火宅之餘灾，則何以稱水田之華服？必可潛燃慧炬〔一〕，助滅妖氛。臣限守藩條，不獲陳謝行在，無任感戴兢灼之至。謹奉狀，陳謝以聞。謹奏。

〔校記〕

〔一〕炬：《四部叢刊》本作「矩」，形近而訛。按：「慧炬」為佛教語，謂智慧能照破無明之闇，使眾生知曉道途之險難，而以燈炬為喻，故稱「慧炬」。北本《大般涅槃經》卷二一：「汝於佛性猶未明瞭，我有慧炬能為照明。」

謝除姪瓊官狀〔一〕

前守京兆府鄠縣尉高瓊。

右件官，是臣姪男。今得進奏院狀報，伏蒙敕旨，除授彭州九隴縣令，仍賜緋魚袋者。

伏以高瓊早乏藝能，忝從禄仕，佐理未閑於吏道，列官已陟於王畿。昨者背秦嶺而脫烟塵，面蜀川而就雲日。雖有心於葵藿，且無託於萍蓬。豈料不由薦論，便賜超擢。纔抛黄綬，遽沾墨綬之榮；始佩銅章，又竊銀章之貴。況乃濛陽屬邑，益部名區，正當巡幸之邦，實謂來蘇之地。豈伊孱劣〔二〕，能此勝當？臣也必令行慎履冰〔三〕，坐勤飲水，勉追芳於花縣，無致辱於竹林。臣限守戎藩，不獲稱謝天庭，無任感恩戰懼之至。謹奉狀，陳謝以聞。謹奏。

〔校記〕

〔一〕謝除姪瓊官狀：徐有榘木活字本作「謝除姪男瓊授彭州九隴縣令狀」。

〔二〕孱劣：《四部叢刊》本、徐有榘木活字本、《唐文拾遺》卷三五作「殘劣」。

〔三〕履：底本、《四部叢刊》本作「履」，俗寫體，《碑別字新編》引隋《宮人沈氏墓誌》「履」與此形近。下同，不另出校。

謝弟再除綿州刺史〔一〕

綿州刺史高棁。

右件官，是臣堂弟。今得進奏院狀報，奉某月某日恩制，除授金吾將軍，被軍州官衆狀舉留，續准勑旨〔二〕，依前授綿州刺史者。

恩資鳳扆，喜集鴒原。形影光輝，精魂震越。伏以高梲早從裾履，免墜箕裘。既懸報主之誠，得習牧人之術。昨者忝膺寵寄，粗舉政條。銀水金山曾無自潤，帶牛佩犢或有可觀。振家聲廉慎之名，致郡俗舉留之請〔三〕。況乃秩假帝之喉舌，官登王之爪牙〔四〕。仕宧既榮〔五〕，分憂又重。梲也必遵勗勵，更慎撫綏，不辜署劒之恩，以謝擁轅之衆。臣亦申教誨，俾贖貪叨。俱在朝之盛儀，雖慙前哲；各為郡之清譽，可畏後生。共資綽綽之詩，冀播優優之政〔六〕。臣限拘藩鎮，不獲稱謝行在，無任感恩抃躍之至。謹奉狀陳謝。謹奏。

〔校記〕

〔一〕謝弟再除綿州刺史：徐有榘木活字本作「謝弟梲再除綿州刺史狀」。再：底本作「再」，俗寫體。《古今韻會舉要·隊韻》：「再，俗作再。」按：此俗形來源於古文字「再」。下不另出校。

〔二〕准：《四部叢刊》本作「淮」。按：「淮」為「准」之增筆俗字。下不另出校。

〔三〕致：《國譯孤雲崔致遠先生文集》誤作「政」。

〔四〕爪：底本、《四部叢刊》本作「爪」，俗寫體。下不另出校。

〔五〕宧：底本、《四部叢刊》本作「宧」，俗寫體。《碑別字新編》引魏《張整墓誌》「宧」即如此作。下不另出校。《國譯孤雲崔致遠先生文集》作「官」。

〔六〕播：底本作「播」，俗寫體。下不另出校。

謝姪男弘約改名濟除授楊州大都府左司馬狀〔一〕

朝散大夫、前行閏州上元縣令、柱國高弘約〔二〕。

右件官，是臣姪男。先具奏請，除授楊州司馬，并請改名濟。伏奉勑旨依允者。九天渥澤，萬里塗程。沐恩命於堯階，泛光輝於阮巷。負山既重，臨谷何安？臣以高濟早列官裳〔三〕，頗聞吏術。建業字人之政，曾有微勞〔四〕；惟揚典午之資，敢希薄授〔五〕？始陳丹請〔六〕，驟竊殊榮〔七〕。濟也譽雖讓於王晞，名不慙於程昱。聖君如父，照臨實表於無偏；猶子比兒，訓勵必遵於匪懈。俾申勤效，少贖貪叨。臣限守藩條，不獲稱謝行在，無任感恩激切兢灼之至。謹奉狀，陳謝以聞。謹奏。

〔校記〕

〔一〕徐有榘木活字本將本篇與下篇「奏請姪男𠷣轉官狀」順序顛倒。楊：徐有榘木活字本、《唐文拾遺》卷三五作「揚」。按：俗寫二者多不拘。

〔二〕閏州：《唐文拾遺》卷三五、潘仕成海山仙館叢書本作「潤州」。按：「閏」通「潤」。《素問・痿論》：「陽明者，五藏六府之海，主閏宗筋。」即其例。然「閏州」史書均作「潤州」。「潤州」，隋開皇十五年置，以州東有潤浦而得名。

〔三〕裳：潘仕成海山仙館叢書本作「常」。按：「常」、「裳」本異構字。《説文·巾部》：「常，下裙也。」又：「裳，常或從衣。」後「裳」表衣裳，「常」表恒常。

〔四〕勞：《四部叢刊》本、徐有榘木活字本、《唐文拾遺》卷三五作「功」。按：二者義同，均指功勞。

〔五〕薄：底本作「薄」，《四部叢刊》本作「薄」，均俗寫體，《敦煌俗字典》「薄」字條收有相近之形。下不另出校。

〔六〕丹請：《四部叢刊》本、徐有榘木活字本作「丹青」。按：當作「丹請」。「丹請」猶懇請，《筆耕録》中多見，如卷一二《楚州張雄》中即有「今日又申丹請」。潘仕成海山仙館叢書本作「上請」，《國譯孤雲崔致遠先生文集》作「內請」。

〔七〕竊：底本均作「竊」，俗寫體。下不另出校。

奏請姪男劭轉官狀

前鄂州都團練副使、朝議郎、檢校祠部郎中兼侍御史、柱國、賜緋魚袋高劭〔一〕。

右件官，是臣親姪男。粗詳吏術，早忝官裳〔二〕。始佐理於江陽，旋從知於塞壤〔三〕。實得片言以折獄，未嘗枉道而事人。遂荷寵榮，已登班列。尋叨命服，久倅廉車〔四〕。方當寇盜喧驚，亦有籌謀施展。加以每遵家法，願報國恩。宗族稱孝悌之名〔五〕，僚友許溫恭之行。臣是以輒思內舉，敢具上陳。引而進之〔六〕，守《戴禮》之深義；惟善所舉，憑《魯書》之美談。伏乞聖慈，俯鑒忠懇，特賜除授峽內刺史。勆也必䏶勵心從政，常銘馬援之言〔七〕；竭力分憂，不負謝安之舉。干黷宸扆，無任兢惶。謹録奏聞，伏聽勑旨。

〔校記〕

〔一〕鄂：底本、《四部叢刊》本「咢」旁作「咢」，俗寫體。按：從「咢」之字，如「愕」、「蕚」、「鱷」、「鶚」等，底本、《四部叢刊》本均作此形。下不一一出校。

〔二〕裳：潘仕成海山仙館叢書本作「常」。

〔三〕塞：《四部叢刊》本、徐有榘木活字本、《唐文拾遺》卷三五作「寒」。

〔四〕倅：底本作「伜」，俗寫體。下不另出校。

〔五〕稱：底本、《四部叢刊》本作「稱」，俗寫體。按：「稱」俗寫多作「稱」（《碑別字新編》、《敦煌俗字典》「稱」字條均收），作「稱」者乃其減筆。下不另出校。

〔六〕而：《四部叢刊》本、徐有榘木活字本、《唐文拾遺》卷三五作「以」。

〔七〕言：《國譯孤雲崔致遠先生文集》作「書」。

奏薦歸順軍孫端狀〔一〕

歸順軍都知兵馬使、銀青光禄大夫、檢校國子祭酒兼左武衛將軍、御史中丞、上柱國孫端〔二〕。

右件官，巢鳥知風，園葵向日。能投善教，永戢姦圖。既悛抗斧之心，可在執殳之列。仰希甄奬，輒具奏論。伏乞聖慈，特授一官，勒在軍前驅使。巢率感恩之衆，永除稔惡之徒。謹録奏聞，伏聽勑旨。

〔校記〕

〔一〕薦：徐有榘木活字本作「請」。

〔二〕祭：底本作「祭」，俗寫體。

奏李楷已下条軍等狀〔一〕

以前件狀如前。

伏以臣當府淮海奧區〔二〕，州縣多事。永言屬吏，實籍得人〔三〕。每憂輿賦闕懸，漸難責辦〔四〕。若俟銓衡注擬，恐失舉賢。前件官等，皆為君子儒，有古人志。學優則仕，既知禄在其中；見善若驚，不愧藝成而下。可以条臣軍事，可以代臣邑僚。試假缺員，頗彰殊效。况抱斑衣之樂〔五〕，巢攀黄綬之榮。伏乞聖慈，允臣所請。干冒宸鑒，無任兢惶。謹録奏聞，伏聽勑旨。

〔校記〕

〔一〕奏李楷已下条軍等狀：徐有榘木活字本作「奏李楷已下条軍縣尉等狀」。李楷：底本作「李揩」，《四部叢刊》本、徐有榘木活字本、《唐文拾遺》卷三五作「李楷」。按：俗寫「扌」、「木」多無別，據改正字。

〔二〕奥：徐有榘木活字本作「粤」，形近而誤。

〔三〕籍：徐有榘木活字本作「藉」，通用字。

〔四〕辦：《四部叢刊》本、徐有榘木活字本作「辯」。按：「辯」通「辦」。《漢書・食貨志下》：「明年，天子始出巡郡國。東度河，河東守不意行至，不辯，自殺。」是其例。

〔五〕斑衣：《四部叢刊》本作「班衣」。按：二者同詞異寫。「班衣」指相傳老萊子為戲娛其親所穿之彩衣，見《北堂書鈔》卷一二九引《孝子傳》。宋劉克莊《賀新郎・實之用前韻為老者壽戲答》詞：「老去聊攀萊子例，倒著班衣戲舞。」「班」，一本即作「斑」。

奏楊行敏知廬州軍州事〔一〕

右臣伏以武士所先，惟忠與勇；忠勇兼著，行敏有之。自假郡符，飭勤政理〔二〕。銳旅有爭先之志，齊甿無胥怨之詞〔三〕。盖乃訓練齊戎〔四〕，撫綏周室，在於巡屬，實越輩流。累具奏論，請賜正授。伏慮道塗囏阻，未達宸聰。每籍幹能，再陳薦舉。永言成績，可使頒條。伏乞聖慈，特賜允許。干黷宸鑒，無任兢惶。謹録奏聞，伏聽勑旨。

〔校記〕

〔一〕奏楊行敏知廬州軍州事：徐有榘木活字本題作「奏楊行敏知廬州軍州事狀」，潘仕成海山仙館叢書本題作「奏請楊行敏知廬州軍州事狀」。

〔二〕觝勤政理：徐有榘木活字本、《唐文拾遺》卷三五作「能勤□理」，潘仕成海山仙館叢書本作「□能政理」，《四部叢刊》本作「觝勤到」。按：《國譯孤雲崔致遠先生文集》亦作「能勤政理」，當為原文之舊。

〔三〕胥怨：《四部叢刊》本、徐有榘木活字本、《唐文拾遺》卷三五作「背怨」。按：作「胥怨」是，「背」乃形近而訛。「胥怨」即相怨，多指百姓對上之怨恨。語出《書·盤庚上》：「盤庚五遷，將治亳殷，民咨胥怨。」《後漢書·楊彪傳》：「移都改制，天下大事，故盤庚五遷，殷民胥怨。」李賢注：「胥，相也。遷都於亳，殷人相與怨恨。」

〔四〕訓練：《四部叢刊》本、徐有榘木活字本、《唐文拾遺》卷三五作「訓鍊」。按：二者同詞異寫。

桂苑筆耕集卷第五

奏狀十首

〔校記〕

〔一〕奏姪劭華州失守請行軍令狀：徐有榘木活字本「姪」下有「男」字。

〔二〕奏請叛將鹿晏弘授興元狀：徐有榘木活字本「興元」下有「節度使」三字。

〔三〕進綾絹錦狀：徐有榘木活字本作「進綾絹錦綺等狀」。

奏誘降成令瓌狀〔一〕

草賊黄巢下擘隊賊將成令瓌徒伴四萬人，馬軍七千騎。

右件賊徒，元受黄巢指使，占據潼關。尋自擘隊奔逃，所在焼刧。就中蘄、黄管内，最甚傷殘。臣伏以肅齊王者之師，必期無戰；遵奉聖君之德，可恕有瑕。暫緩討除，先加告諭。臣昨者專差押衙丁威，賫委曲，深入招誘，果願歸降，兼乞委任郡符，展效忠節。其成令瓌，臣當時補充軍前押衙，兼給空名檢校國子祭酒兼御史中丞官告一通〔二〕，權知楚州軍州事。以今月二十三日，部領手下兵士到楚州倒戈訖。伏緣楚州與徐州，漣水對岸，今春曾被寇戎驟來攻刧，雖頻頻討逐，未盡誅擒。況漣水賊徒，久蓄姦謀，潛行偵諜，常排戰艦，欺視孤城〔三〕，再欲奔衝，終為患害。臣以此特將此郡權授令瓌。既能投信義而來，必得破頑兇之窟。臣久臨戎事，素習軍謀，以為先則惠而後則誅〔四〕，兵家所貴；遠者懷而近者悦，帝道方興。上窺含垢之恩，下察慕羶之志。不勞寸刃，唯假尺書〔五〕。成令瓌遂革野心〔六〕，鴟從天意。叛徒四萬，盡為樂業之齊人；精騎七千，皆作輸忠之烈士。既當恕罪，倍見感恩。蜂飛之小寇旋銷，蝟結之元兇可殄。斯乃陛下祝除三網〔七〕，舞耀兩階，信既洽於豚魚，化鴟移於梟獍。善師不陣，敢矜止殺之權；至道無私，但仰好生之德。其成令瓌下願在軍門及放散人數，請續具申奏。謹録奏聞。謹奏。

〔校記〕

〔一〕奏誘降成令瓌狀：徐有榘木活字本題作「奏誘降黄巢下賊將成令瓌狀」，與卷首標題同；《四部叢刊》本題作「奏誘降成令瓌」。瓌：底本、《四部叢刊》本作「瓌」，俗寫體。按：文中又寫作「瓌」，亦俗寫。下不另出校。

〔二〕空名：《四部叢刊》本、徐有榘木活字本、《唐文拾遺》卷三五作「功名」。

〔三〕孤：底本、《四部叢刊》本作「孤」，俗寫體。下不另出校。

〔四〕以為先則惠而後則誅：《四部叢刊》本作「以為惠而後則誅」，潘仕成海山仙館叢書本作「以為前則惠而後則誅」。按：《文選》卷四四鍾會《檄蜀文》中有「先惠後誅，好生惡殺」句，《筆耕錄》中亦多見「先惠後誅」（卷一一《檄黄巢書》、卷一二《光州王緒》），知「先（前）」斷不可少。惠：底本作「恵」，乃俗寫體，此形漢碑、漢簡中已見，後成為日本常用漢字。又，從「惠」之字如「蕙」等，底本、《四部叢刊》本亦如此作。下不另出校。

〔五〕假：底本作「假」，俗寫體。按：「𠬛」、「殳」不分，是底本用字特點之一，如下文「段」之作「段」、「葭」之作「葭」，即其例也。

〔六〕革：底本作「革」，俗寫體，《敦煌俗字典》「革」字條收錄「革」、「革」之形。下不另出校。

〔七〕網：底本作「䋄」，俗寫體，《敦煌俗字典》「網」字條收錄此形。下不另出校。《四部叢刊》本作「綱」，乃形近而誤。按：「祝除三網」典出《史記·殷本紀》：「湯出，見野張網四面，祝曰：『自天下四方，皆入吾網。』湯曰：『嘻，盡之矣！』乃去其三面，祝曰：『欲左，左；欲右，右；不用命，乃入吾網。』」後因以「祝網」為帝王施行仁德之典。

奏招降福建道草賊狀〔一〕

福建道溪洞草賊何嶠、張延、鄂璩悚等徒伴共八萬人〔二〕。

右件賊徒，自去年冬，侵刼信州界内。臣以其道途阻闊，溪洞險艱，若欲討除，恐為勞役，遂於今年二月内，差節度衙推諸葛成充東面招諭使判官〔三〕，便賫委曲職牒，招誘其賊首何嶠等三人〔四〕。雖行匪有師，而卜𧗠從吉。一時應響〔五〕，三窟除姦。纔當言下歸投，兼乞軍前展效。臣再與委曲補職名〔六〕，追赴軍前，俾申忠節。臣伏以小人興叛，所迷者貪競之心〔七〕；上帝垂恩，所惡者殺傷之事。終𧗠耀德，固可弭兵。與其繼獻捷書，曷若盡收降欵〔八〕？是以遠飛折簡，便倒群戈。塵不假於曳柴，風自行於偃草。溪頭洞口，免汚烟霞〔九〕；閩嶺鄱江〔一〇〕，豁通道路。况乃各期後效，盡願前驅。𧗠令八萬餘人，永不二三其意。有以見陛下皇威天覆，玄德日新。四郊之烟壘將銷，萬國之梯航競集。則乃軍中士卒，安身而永別戰場；宇内生靈，携手而齊登壽域。臣無任歌詠屏營之至。其何嶠等下補職名，願随臣征行及放散人數，請續具申奏。謹録奏聞。謹奏。

〔校記〕

〔一〕奏招降福建道草賊狀：徐有榘木活字本作「奏誘降福建道草賊狀」，與卷首標題同。

〔二〕何嶠：《四部叢刊》本、徐有榘木活字本、《唐文拾遺》卷三五作「何嵪」，《國譯孤雲崔致遠先生文集》作「何嵩」。

〔三〕葛：底本、《四部叢刊》本作「葛」，俗寫體。下不另出校。

〔四〕誘：徐有榘木活字本作「諭」。

〔五〕響：底本、《四部叢刊》本作「響」，俗寫體。按：此形已見於漢碑，《敦煌俗字典》「響」字條亦收此形，後與「郷」均爲日本常用漢字。下不另出校。

〔六〕再與委曲補職名：《四部叢刊》本、徐有榘木活字本、《唐文拾遺》卷三五闕「再與」二字。

〔七〕貪：底本作「貪」，俗寫體。《四部叢刊》本「今」旁作「令」，亦俗寫。競：《四部叢刊》本作「競」，俗寫體。下不另出校。

〔八〕曷：底本、《四部叢刊》本作「曷」，俗寫體。按：從「曷」之字，如「竭」、「揭」、「渴」、「歇」、「遏」、「蝎」、「碣」、「褐」等，底本、《四部叢刊》本多作「曷」。下不一一出校。

〔九〕汚：「汚」之俗構，《敦煌俗字典》「汚」字條收載此形。下同，不另出校。

〔一〇〕鄱：底本、《四部叢刊》本「番」旁作「畨」，俗寫體。

奏姪男劭華州失守請行軍令狀

具銜高劭。

右臣伏以僨軍之將，禮所興譏；大義滅親，傳曾垂訓。將肅安危之本，必嚴賞罰之科〔一〕。竊自巨猾增驕，王師致討。臣堂姪男劭，比任河中司録〔二〕，得受李都指揮〔三〕，領昭義之甲兵，收華州之城邑。稍申鷹犬之力，暫挫梟狼之聲。已蒙特降殊恩，俯旌微效，服榮金紫，位忝星郎。始離蒲坂之具寮，遽假蓮峯之通守。誠合率忠勵勇，馘醜摧兇〔四〕，稟進尺退寸之規，決萬死一生之計，終申誠節，仰報寵光。昨者狂孽併來，疲兵再戰，既絶安西之救〔五〕，難申逐北之威。然而不能潤草塗原〔六〕，永忘苟活；仰使靡旗亂轍〔七〕，旋見脫帰。致諸道之星分，縱姦徒之霧結。職此之過，罪無所逃。豈可當二峰保守之時，遽沾寵賞；及一陣奔亡之後，得免誅夷？國有常刑，軍無貸法。懲一勸百〔八〕，念兹在兹。伏乞聖恩，特行嚴典，徇于藩鎮〔九〕，警彼師徒。所冀聖主國章〔一〇〕，永能安於社稷；微臣家法，亦不昧於神祇。干冒宸聰，無任責躬泣血戰越之至。謹奉狀，陳請以聞，謹奏。

〔校記〕

〔一〕罰：底本作「罸」，增筆俗字。下不另出校。

〔二〕任：《四部叢刊》本、徐有榘木活字本、《唐文拾遺》卷三五作「在」。

〔三〕李都：《四部叢刊》本、徐有榘木活字本、《唐文拾遺》卷三五作「李□都」。按：原文實無缺字。據《資治通鑑》卷二五三載，乾符五年（八七八）九月至廣明元年（八八〇）十一月以戶部尚書、判戶部事為河中節度使者為李都。另據《唐方鎮年表》卷四〇考，李都進士及第後，初從事荊南，乾符五年（八七八）自戶部尚書、判戶部事出為河中節度使，加同平章事。廣明初，黄巢克長安，稱臣於黄巢，後以節鉞歸副使王重榮，歸行在，授太子少傅。中和元年（八八一）遷檢校僕射，復遷戶部尚書，充鹽鐵轉運等使。指：底本作「指」，減筆俗字。下不另出校。

〔四〕摧：徐有榘木活字本作「推」，形近而誤。

〔五〕救：底本、《四部叢刊》本作「救」，減筆俗字。下不另出校。

〔六〕原：底本作「原」，減筆俗字，茲據《四部叢刊》本、徐有榘木活字本、《唐文拾遺》卷三五改為正體。按：從「原」之字如「願」、「源」等，底本亦作「原」。下不另出校。

〔七〕仰：《四部叢刊》本、徐有榘木活字本、《唐文拾遺》卷三五作「抑」，《國譯孤雲崔致遠先生文集》作「乃便」。

〔八〕勸：潘仕成海山仙館叢書本作「勵」。

〔九〕徇：《唐文拾遺》卷三五作「狥」。按：「狥」，亦作「迿」，用同「徇」。

〔一〇〕所巽聖主國章：徐有榘木活字本、《國譯孤雲崔致遠先生文集》作「所冀□□國章」，《四部叢刊》本、《唐文拾遺》卷三五、潘仕成海山仙館叢書本作「所冀國章」。

奏請天征軍任從海衣粮狀〔一〕

天征軍都將任從海及節級軍將并官健揔二百八十七人〔二〕。

右臣得都將任從海及節級狀，稱自赴征行，已逾五載，累曾沿海襲賊，上江防虞，去年軍都放廻本道，從海等且在當府，願随行營者，各得家信，知西川已停衣粮〔三〕。伏緣從海等皆是貧寒，更無營業，彼處父母親屬，便須委壑填溝，請具奏論，乞還衣粮者。

謹案《史記》釋云〔四〕：「天子車駕所至，則人臣為僥幸。賜人爵有級數，或賜田租之半，故因謂之幸也。」伏以任從海等萬里從戎，五年于役，不辭艱險，願盡勤勞。今者身在東吴，職居西蜀。此方苦於羈旅〔五〕，彼已停其衣粮。遠路音書，難寫征人之恨；貧家親戚，先懷餓殍之憂。伏遇陛下暫幸龜城，未廻龍闕，三川草木别有光榮，萬戶蒸黎永能蘇息〔六〕。而任從海等久離本鎮，不睹殊恩，望雨露之均沾〔七〕，恨烟波之逈隔〔八〕。固堪傷憫，輙具奏論。伏乞聖慈，允臣所請，特令本道，却給全糧。所兾鳳駕巡遊，士卒皆知其有幸；鴻慈煦育，君親必表於無私〔九〕。謹具録奏聞，伏聽勑旨。

〔校記〕

〔一〕奏請天征軍任從海衣粮狀：徐有榘木活字本、《唐文拾遺》卷三五作「奏論天征軍任從海等衣粮狀」。

〔二〕官健：《國譯孤雲崔致遠先生文集》作「官從」。揔：《四部叢刊》本作「捴」，徐有榘木活字本、《唐文拾遺》卷三五作「揔」。按：三者均「總」之異構字；作「捴」者，乃俗别體（《碑别字新編》引隋《寧贊碑》，即如此作。又，敦煌寫卷中從「悤」之字亦多作「怱」，如「聰」、「驄」、「蔥」等）。下不另出校。

〔三〕西川：《唐文拾遺》卷三五作「四川」。按：「四」為「西」之形近而訛。

〔四〕案：《四部叢刊》本、徐有榘木活字本、《唐文拾遺》卷三五作「按」，通用字。

〔五〕此方：《國譯孤雲崔致遠先生文集》作「北方」。

〔六〕蒸黎：《四部叢刊》本、徐有榘木活字本、《唐文拾遺》卷三五作「烝黎」。按：二者義同，指百姓，黎民。

〔七〕均：底本、《四部叢刊》本作「均」，俗寫體。按：下文「松筠」的「筠」，其所從之「均」，底本、《四部叢刊》本亦如此作。下不另出校。

〔八〕隔：底本、《四部叢刊》本作「隔」，俗寫體，《敦煌俗字典》「隔」字條收載此形。下不另出校。

〔九〕表：底本作「𧘝」（即「袁」之俗寫體），形近而誤，兹據《四部叢刊》本、徐有榘木活字本、《唐文拾遺》卷三五改。

奏論抽發兵士狀

當道先准詔旨，抽廬、壽、滁、和等州兵馬共二萬人，仍委監軍使押領赴軍前者。臣當時已各帖諸州，令排比點檢。次又得進奏院狀報，近奉詔旨，更於諸州催促兵士者。

右臣伏以兵惟飾怒，雖尚勇於戰征；師克有和〔一〕，固推誠於輯睦。苟非得衆，何以成功？臣當管廬州與和州，舊有讎嫌〔二〕，至今疑忌。唯謀以怨報怨，未遂知和而和。孫端新授滁州，又與秦彦有隙。既是滁、和接境，動有他虞；若於光、蔡會軍，必酬舊憾。事非便穩，理合奏論。臣自得招降，多方控馭，粗能禁戢，免有動搖。如令各出兵戈，必恐自相魚肉。輒陳利害，兾慎始終。謹録奏聞，伏聽勑旨。

〔校記〕

〔一〕有：潘仕成海山仙館叢書本作「在」。

〔二〕舊：底本作「舊」，俗寫體。按：此形底本多見，下不另出校。

奏請叛卒鹿晏弘授興元節度使狀〔一〕

右當道賀正子將許令琮等今月日廻，得狀稱三月五日，陳許軍潰散，節級鹿晏弘領兵馬二萬餘人，打破金、洋等州，突入興元府坐〔二〕，節度使牛勗四日夜領隨從人并家累約二千餘人，奔投龍州西山谷者〔三〕。

伏以天未悔禍，地多受灾。既當易動難安，非可懲一勸百。鹿晏弘早驅散卒，廣集叛夫，始聆焚刼東都，旋見奔衝西路。本道節度使周岌累令招諭，終不歸降。豈興破浪之風，但熾燎原之火。今者逆黨則鯨吞盛府，元戎則鼠竄危塗〔四〕，爪距已成，根株難剗。儻或未恕亂常之咎，别興伐叛之師，即恐終成一秦，固應不利三蜀。且列藩貢獻，諸道表章，得達刀州，皆由劍路。况乃鳳城已復〔五〕，鑾輅將旋。縱令鵰鶚在天〔六〕，飪摧狡窟；若更豺狼當道〔七〕，必礙行宫。峽路雖通，水程多慮。不唯險阻，實且遐遙。兼至上江，皆為賊境。唯憂進獻，莫遂通流。臣久竊寵光，深懷驚憤，遠詳事意，輒具奏陳。伏乞聖慈霽雷霆之威，迴雨露之澤，速飛寬大之詔，特委撫綏之權。鹿晏弘免致磨驚，便飪豹變〔八〕，必當克己，永務安人。聖主含弘〔九〕，既宥其窮斯濫矣；姦臣警悟〔一〇〕，亦免於尤而効之。謹録奏聞，伏聽勑旨。

〔校記〕

〔一〕卒：徐有榘木活字本作「將」。鹿晏弘：《唐文拾遺》卷三六、潘仕成海山仙館叢書本避清諱作「鹿晏宏」。

〔二〕突：底本作「突」，俗寫體，《敦煌俗字典》「突」字條收此形。《四部叢刊》本作「突」，減筆俗體。下不另出校。

〔三〕龍：底本、《四部叢刊》本作「龍」，俗寫體，《敦煌俗字典》「龍」字條收有此形。按：文中從「龍」之字，如「壟」、「寵」、「籠」、「襲」、「隴」、「龔」等，底本、《四部叢刊》本亦如此作。下不另出校。

〔四〕鼠：底本、《四部叢刊》本作「鼡」，俗寫體，《敦煌俗字典》「鼠」字條收録此形。按：文中從「鼠」之字如「竄」字等，底本、《四部叢刊》本亦如此作。下不另出校。

〔五〕復：底本作「復」，俗寫體。下不另出校。

〔六〕令：《東文選》卷四七作「今」，形近而誤。

〔七〕豺：底本作「豺」，《四部叢刊》本作「犲」。按：「豺」、「犲」均「豺」之俗，俗寫「才」、「寸」不拘。又可寫作「犲」。唐顔元孫《干禄字書》：「豺犲：上通，下正。」兹據徐有榘木活字本、《唐文拾遺》卷三六改為正體。下不另出校。

〔八〕能：《四部叢刊》本、徐有榘木活字本、《唐文拾遺》卷三六作「當」。按：《東文選》卷四七亦作「能」。

〔九〕弘：《唐文拾遺》卷三六、潘仕成海山仙館叢書本避清諱作「宏」。

〔一〇〕警：徐有榘木活字本、《國譯孤雲崔致遠先生文集》作「驚」，形近而誤。

進金銀器物狀

金器，銀器〔一〕。

右臣伏以烟塵向息，道路猶虞。每慙仗鉞之榮，多曠獻琛之禮。得申遠貢，唯有輕賫。前件金器、銀器等，質變披沙，形分鑄礫，雖愧易盈之用，且資虚受之功。固敢竭航波梯巘之心，助麟趾馬蹄之瑞。貢金三品，空陳任土之宜；望闕九重，未遂朝天之願。感恩何極，戀聖徒勤。今差押衙王虔隨狀奉進。謹進。

〔校記〕

〔一〕器：底本作「噐」，訛俗字。按：此形漢簡、漢碑中已見，後成為日本常用漢字。下徑改不另出校。

進漆器狀〔一〕

當道造成乾符六年供進漆器一萬五千九百三十五事。

右件漆器，作非淫巧，用得質良。巽資尚儉之規，早就惟新之製。雖有慙於瓊玉，或可代於瑠瓶〔二〕。伏緣道路多虞，星霜屢換〔三〕，器貢難通於萬里，綱行遂滯於三年。既失及時，唯憂虛月。臣今差押衙銀青光禄大夫、檢校太子賔客兼御史中丞、上柱國辛從實押領〔四〕，随狀奉進。謹進。

〔校記〕

〔一〕漆：底本作「漆」，俗寫體。下不另出校。

〔二〕瑠瓶：徐有榘木活字本作「琉瓶」。按：二者同詞異寫。

〔三〕換：底本作「換」，俗寫體。下不另出校。

〔四〕衙：《四部叢刊》本、徐有榘木活字本闕。檢校：底本原作「撿挍」，《四部叢刊》本、徐有榘木活字本、《唐文拾遺》卷三六作「檢校」，據改。唐顔元孫《干禄字書》：「挍校：上比較，下校尉。」俗書「撿」、「檢」，「校」、「挍」不拘。下文均徑改不另出校。太子：底本作「大子」，《四部叢刊》本、徐有榘木活字本、《唐文拾遺》卷三六均作「太子」。「大」、「太」古今字，「大子」即「太子」。下不另出校。

進御衣段狀

當道先兼鹽鐵使織造中和四年已前御衣羅折造布并綾錦等〔一〕，除先進納外〔二〕，續織造九千六百七十八段，謹具如後物色〔三〕。

右臣久權筦貨，素乏籌謀，多虧山海之資，莫報雲天之澤。前件御衣并綾錦綺等，薄慚蟬翼，輕愧鴻毛。然而舒張則凍雪交光〔四〕，疊積則餘霞鬪彩。既成功於鳳杼，希入用於龍衣。儉德彌彰〔五〕，致美宜先於黻冕〔六〕；皇恩遠燭，輸誠必鑒於絲毫。其疋段物等，臣謹差某官某押領，隨狀奉進。謹進。

〔校記〕

〔一〕鹽：《四部叢刊》本作「鹽」，俗寫體。綾：底本作「綾」，亦俗寫體。《敦煌俗字典》「綾」字條收有此形。下不另出校。

〔二〕先：《四部叢刊》本作「光」，形近而誤。

〔三〕後：《國譯孤雲崔致遠先生文集》闕。

〔四〕凍雪：《國譯孤雲崔致遠先生文集》作「凍雲」。

〔五〕彌：底本作「弥」，俗寫體。下不另出校。

〔六〕先：《唐文拾遺》卷三六作「光」，形近而誤。

進綾絹錦綺等狀

進奉綾絹銀錦綺等一十萬疋段兩〔一〕，謹具色目如後物色。

右臣伏以兵戈充熾，郡邑凋殘，仰思御輦巡遊，唯恨賦輿懸闕。況乃當道巡屬之内，招降頗多，皆請占留，將充供贍。貴息寇戎之患，難豐進獻之儀。前件綾絹錦綺等，雖製自鴛機，而價慚鮫室。夐謝八蚕之號〔二〕，劣登三品之名。祇將申任土之宜，豈足備補天之用？輕微既甚，隕越何安？其疋段物色，謹差節度散兵馬使王審球等押領，隨狀奉進。謹進。

〔校記〕

〔一〕綾絹銀錦綺：《四部叢刊》本、徐有榘木活字本作「綾絹錦銀綺」，《唐文拾遺》卷三六作「綾絹錦綺銀」。段：底本、《四部叢刊》本作「叚」，俗寫體。綺：底本、《四部叢刊》本作「綺」，亦俗體。下不另出校。

〔二〕蚕：「蠶」之俗寫體。唐顔元孫《干祿字書》：「蚕蠶：上俗，下正。」按：「八蠶（蚕）」謂一年八熟之蠶。《文選·左思〈吴都賦〉》：「國稅再熟之稻，鄉貢八蠶之緜。」李善注引《交州記》曰：「一歲八蠶繭出日南也。」

桂苑筆耕集卷第六

堂狀十首

〔校記〕

〔一〕蝕：底本作「餓」，俗寫體。下同，不另出校。

賀入鑾使迴狀

右臣得進奏院狀報〔一〕，入南鑾通和使劉光裕等迴，雲南通和兼進獻國信金銀器物疋段香藥信馬等。

漢使傳詔，則星廻象林；蒙王奉琛，則雲集龍闕。飭舉羈縻之術，果悛倔强之心〔二〕。若非聖上德叶弃瑕〔三〕，化敷柔遠〔四〕，則何以感鐻耳鏤身之衆，啓隳肝瀝膽之誠？彼越雉呈祥，未為盛觀；旅獒入貢，徒見良箴。曷若正在艱時，飭安獷俗，使雲南酋長再遵奉贄之儀，天下賢良免獻征蠻之策？斯皆相公魏絳陳利，王商振威。已令六詔歸投，即使八綋清謐〔五〕。某比者南尋銅柱，西鎮劒關，曾施上將之謀，免辱大君之命。今則遠聆盛事，倍切歡心。陳賀未由〔六〕，無任欣抃云云。

〔校記〕

〔一〕右臣得進奏院狀報：《唐文拾遺》卷三六闕「臣」字。

〔二〕悛：《唐文拾遺》卷三六誤作「懷」。

〔三〕叶：《國譯孤雲崔致遠先生文集》作「協」。

〔四〕敷：底本、《四部叢刊》本、徐有榘木活字本作「敷」。按：「敷」為「敷」之俗，後成為日本常用漢字。兹據《唐文拾遺》卷三六改為通行字體。下不另出校。

〔五〕即：底本原作「昂」，「昂」乃「皍」之減筆俗字，「皍」又是「即」之異體字。《四部叢刊》本、徐有榘木活字本、《唐文拾遺》卷三六即作「即」，據改。八綋：《四部叢刊》本、徐有榘木活字本、《唐文拾遺》卷三六作「八紘」。按：二者同詞異寫，指八方極遠之地。《淮南子·墜形訓》：「九州之外，乃有八殥……八殥之外，而有八紘，亦方千里。」高誘注：「紘，維也。維落天地而爲之表，故曰紘也。」漢劉楨《贈徐幹》詩：「兼燭八紘內，物類無偏頗。」唐張碧《鴻溝》詩：「毒龍銜日天地昏，八紘霿䨴生愁雲。」均其例。

〔六〕未：徐有榘木活字本、《唐文拾遺》卷三六作「末」。

賀殺黃巢賊徒狀

右得進奏院狀報，定難軍托跋相公、保大軍東方逵尚書奏〔一〕，於宜君縣南殺戮賊徒，并生擒賊將。又鳳翔李相公奏，探知京中賊徒潰散〔二〕。六月十三日，聖上御宣政殿，排仗受賀者。

竊以逆賊黃巢〔三〕，稔惡既多，就刑非久，敢驅烏合之衆〔四〕，屢拒鷹揚之師。托跋相公、東方尚書，或力微裔孫，或曼倩餘慶，皆中秘略，共殄兇徒〔五〕。能順天誅，遂陳月捷。軍名定難，雅稱關、張之聲〔六〕；縣號宜君，克符堯、舜之德。是以聖上高臨紫極，遠耀皇威〔七〕。睹百辟之歡呼，雷驚蜀國；想六師之勇戰，電掃秦川。即當靜滅氛霾〔八〕，永見均施渥澤。此皆相公調鼎中之味，運堂上之兵。右援枹而得攻〔九〕，左執律而至獻。勳功相繼，稱慶何窮？某久阻淮夷，尚淹海徼〔一〇〕，遠聆捷語，但切歡聲。然必願劒拂狼星，旗迎聖日〔一一〕。終繼張飛之拒俊〔一二〕，不慙攝叔之致師〔一三〕。限守戎藩，未由陳賀〔一四〕，下情無任踴躍之至。謹奉狀陳賀。謹録狀上〔一五〕。

〔校記〕

〔一〕托跋：《四部叢刊》本、徐有榘木活字本、《唐文拾遺》卷三六作「拓跋」。按：《東文選》卷四七亦作「托跋」。《筆耕集》卷一《賀殺黃巢徒伴表》則作「拓跋」。「拓跋」、「托跋」義同。均指複姓，即北魏皇族之姓。《魏書·序紀》：「黄帝以土德王，北俗謂土爲托，謂后爲跋，故以爲氏。」《金史·元德明傳》：「元德明系出拓跋魏。」均其例。亦作「拓拔」。《續資治通鑑·宋仁宗寶元二年》：「臣祖宗本後魏，帝赫連之舊國，拓拔之遺業也。」

〔二〕徒：《國譯孤雲崔致遠先生文集》闕此字。

〔三〕逆：底本作「𨒫」。按：「𨒫」為「逆」之俗，敦煌寫卷中多見。茲據《四部叢刊》本、徐有榘木活字本、《唐文拾遺》卷三六改為通行字體。下不另出校。

〔四〕烏合之衆：底本誤作「鳥合之衆」，茲據《四部叢刊》本、徐有榘木活字本、《唐文拾遺》卷三六改。「烏合之衆」，形容一時聚集，無組織紀律的一群人。《東觀漢記·公孫述傳》：「今東帝無尺土之柄，驅烏合之衆，跨馬陷敵，所向輒平。」

〔五〕殄：《四部叢刊》本、徐有榘木活字本作「彌」（《四部叢刊》本作「弻」，乃「彌」之俗），潘仕成海山仙館叢書本作「弭」。按：「彌」通「弭」，謂止息；「殄」謂滅絶、絶盡。

〔六〕聲：底本、《四部叢刊》本作作「聲」，俗寫體。下不另出校。

〔七〕耀：《東文選》卷四七作「輝」。

〔八〕霆：底本作「⿱雨⿰扌王」，《四部叢刊》本作「⿱雨⿰車王」。按：「⿱雨⿰扌王」、「⿱雨⿰車王」均「霆」之訛俗字，茲據徐有榘木活字本、《唐文拾遺》卷三六改。

〔九〕枹：底本作「抱」，乃「枹」之俗寫體（俗寫「扌」、「木」不拘），茲據徐有榘木活字本、《唐文拾遺》卷三六改。按：「援枹」，亦作「援桴」，手持鼓槌，謂隨時可以指揮進軍（古以擊鼓指揮軍隊進擊）。《左傳・成公二年》：「左並轡，右援枹而鼓。」《呂氏春秋・執一》：「援桴一鼓，使三軍之士樂死若生。」即其例。攻：《四部叢刊》本、徐有榘木活字本作「功」（《四部叢刊》本寫作「切」，乃俗寫體）。按：《東文選》卷四七亦作「攻」，與文意密合。

〔一〇〕徼：底本作「儌」，按：「儌」為「徼」之俗寫。俗寫「亻」、「彳」不拘。《四部叢刊》本、徐有榘木活字本、《唐文拾遺》卷三六作「徼」。據改，下不另出校。「海徼」謂近海地區。唐劉長卿《贈元容州》詩：「海徼長無戍，湘山獨種畬。」宋曾鞏《福州謝到任表》：「慰海徼之幽荒，布德音之寬大。」是其例。

〔一一〕迎：《四部叢刊》本作「迎」，俗寫體，敦煌寫卷中習見。《東文選》卷四七作「延」。

〔一二〕後：《唐文拾遺》卷三六誤作「後」。

〔一三〕攝叔：《四部叢刊》本、徐有榘木活字本、《唐文拾遺》卷三六作「聶叔」。按：《東文選》卷四七亦作「攝叔」。

〔一四〕未：徐有榘木活字本作「末」。

〔一五〕「謹奉」句九字：《東文選》卷四七闕。

賀收復京城狀

右得河中節度使王司空牒報，四月十日，當道與鴈門節度使李僕射及都監楊驃騎下諸都馬軍〔一〕，齊入京城，與賊軍交戰，約殺賊步軍一萬餘人。其馬軍賊便走出城，黄巢亦未知存亡。其逃遁賊徒，尋差兵馬追奔，並已收復京闕訖者。

伏以逆賊黄巢，藏姦匿暴〔二〕，惡積禍盈〔三〕，久於輦下偷生，固是檻中待死。楊驃騎受聖君之重寄〔四〕，李僕射傳飛將之雄名。既無慮於二心，果有成於一力。想其霜鋒電擊，月羽風驅，壓雀卵之威高，燎鴻毛之勢猛，遂使賊巢困不敁鬪，亂無所歸。雖為漏網之鱗，已是傷弓之翼。則期顯戮〔五〕，永掃群兇。加以熊據六宫，豕豗九陌，今兹克復，免致焚燒。佇望翠華，便歸丹闕。稍豁上天之怒，實除下土之灾。此皆相公靜運廟謀，遠揚戎略。既叶一匡之妙道〔六〕，北極何憂；將流萬古之美談，東封可俟。某登壇有忝，杖鉞無功〔七〕，遠聽歡聲，始除慙色。限拘守鎮，陳賀未由〔八〕。下情無任抃躍之至。謹録狀上。

〔校記〕

〔一〕諸都：《四部叢刊》本、徐有榘木活字本、《唐文拾遺》卷三六作「諸道」。按：《筆耕集》卷一《賀收復京闕表》此句亦作「諸都」。

〔二〕暴：潘仕成海山仙館叢書本誤作「慕」。

〔三〕禍：底本作「禍」，古體字。《集韻·果韻》：「禍，古作禍。」下不另出校。

〔四〕寄：底本、《四部叢刊》本作「寄」，俗寫體。

〔五〕則期顯戮：《四部叢刊》本、徐有榘木活字本、《唐文拾遺》卷三六作「則期加顯戮」。按：「加」字疑衍。

〔六〕叶：《國譯孤雲崔致遠先生文集》作「協」。

〔七〕杖：徐有榘木活字本作「仗」，《唐文拾遺》卷三六作「伏」。按：「杖」、「仗」通用，「伏」乃形訛。

〔八〕未：徐有榘木活字本作「末」。

賀月蝕德音狀

右伏見六月二十六日德音，以太陰薄蝕，曲赦三川管內囚徒，及委諸鎮，收拾埋瘞京畿四面暴露骸骨者。

伏以金精隱耀，玉扆垂仁。蒼天誡以震驚，省風謠而欽恤。圓扉宥罪〔一〕，掃彗銷冤〔二〕。近鄙北齊，號御因而肆虐；遠遵西伯，葬枯骨以施恩。蜀山之草木先春，秦甸之烟塵永息。此皆相公功成燮理，道洽變通〔三〕，助日月之光輝，振雲雷之號令〔四〕。八方翹首，萬彙歡心。某跡繫戎旃，心馳台室，阻隨班列，莫遂歡呼。下情無任抃躍之至，謹奉狀陳賀。謹録狀上。

〔校記〕

〔一〕圓扉：指獄門，亦借指牢獄。《文選·王融〈三月三日曲水詩序〉》：「稀鳴桴於砥路，鞠茂草於圓扉。」呂向注：「圓扉，獄也。」唐駱賓王《獄中書情通簡知己》詩：「圓扉長寂寂，疏網尚恢恢。」陳熙晉箋注：「圓扉，獄戶以圓木爲扉也。」

〔二〕冤：底本作「寃」，《四部叢刊》本作「寃」，皆俗寫體。下不另出校。
〔三〕變：底本作「變」，俗寫體。下不另出校。
〔四〕號：底本作「號」，俗寫體。下不另出校。

賀內宴仍給百官料錢狀

右得進奏院狀報，七月一日於內殿宴百官，仍令度支各給三个月料錢，并奉勑旨，迴駕之日，應沿路州縣切不得輒進歌樂及屠殺者。

伏以聖上繼周匡業，避狄興憂。自幸成都，彌資儉德。守玄元之三寶，達舜帝之四聰。徹彼珎肴〔一〕，挂其素服。言唯罪己，事不勞人。今者已復上京〔二〕，將迴大駕。致栢梁之高宴，盡醉千鍾；鄙練布之乏財〔三〕，均頒九府。然後繼飛綸翰，仍命繡衣，制郡邑之嚴科，節道途之浮費。既施令於好生惡殺，亦停歡於八列九成。王化斯行，物情皆泰〔四〕。此皆相公手携多士，躬賀聖君。鴛行賦在鎬之章，鳳藻詠濟汾之樂。一時盛事，萬代美談。某限守藩條，阻攀仙仗，心馳蜀棧，目斷堯樽，下情無任抃躍之至。謹奉狀陳賀，謹録狀上。

〔校記〕

〔一〕徹：潘仕成海山仙館叢書本作「撤」。按：二者義同，「徹」亦指撤除、撤去。《詩・小雅・楚茨》：「諸宰君婦，廢徹不遲。」鄭玄箋：「諸宰徹去諸饌。」《儀禮·鄉射禮》：「乃徹豐與觶。」鄭玄注：「徹，猶除也。」晉潘岳《哀永逝文》：「徹房帷兮席庭筵，舉酹觴兮告永遷。」皆其例。肴：底本作「著」，訛俗字，兹據諸本改。

〔二〕者：《唐文拾遺》卷三六作「日」。

〔三〕練：《四部叢刊》本、徐有榘木活字本、《唐文拾遺》卷三六作「鍊」，通用字。

〔四〕泰：底本作「㳋」。按：「㳋」為「泰」之俗，「泰」之作「㳋」，猶「奏」之作「㚖」、「秦」之作「𥝝」，是一種有規律的俗化現象。兹據《四部叢刊》本、徐有榘木活字本、《唐文拾遺》卷三六改為通行字體。下不另出校。

請降詔旨指喻兩浙狀

右先准浙西周相公牒〔一〕。杭州與浙東兵士鬬敵〔二〕，某遂具事由申奏，請降詔書，速令戢歛。伏奉二月二十日詔旨，已詔兩浙務在叶和者〔三〕。

某當時倫録王言，各移公牒訖。兼先差人賫書牒與劉漢宏尚書，詰彼起戎之本，諭其繼好之規。今得廻書，其言不讓，唯稱周相公與董昌苟恃寵榮，妄行威福，虐侵近境，阻截通津。况有不同國之讎嫌，又夫無藴年之誓約〔四〕，必想見豺而戰，猶餘首鼠幸生〔五〕。已决加兵，終期釋憾。然則此無和氣，彼有鬬心。嘗膽者結怨既深〔六〕，抉眼者遺言可驗。必恐以吴與越，終當有越無吴。實所謂夫差之麋鹿興譏，范蠡之黿鼉得便。唯憂黎庶枉見殺傷，輒再具狀奏陳〔七〕，請更飛詔止遏。某徒圓鑿方枘〔八〕，避柱觸楹。累陳高鳳之詞，莫解子都之怒。且讎因手足，疾在腹心。久練師徒，决期戰伐。則也衛絲轉亂〔九〕，鄭蔓難除。三人是仇〔一〇〕，百姓何罪？伏惟相公，贊成睿略，施展廟謀〔一一〕，俾陳兩武之事端，唯仰一言之恩庇。謹録狀上。

〔校記〕

〔一〕淮：《唐文拾遺》卷三六作「准」，减筆俗字。浙：底本「折」旁作「拆」，亦俗體。下徑改不另出校。

〔二〕杭：《國譯孤雲崔致遠先生文集》作「抗」，俗寫體（俗寫「扌」、「木」不拘）。士：底本破損為「十」，兹據《四部叢刊》本、徐有榘木活字本、《唐文拾遺》卷三六録作「士」。

〔三〕叶和：《國譯孤雲崔致遠先生文集》作「協和」。

〔四〕夫：《唐文拾遺》卷三六作「失」。按：《國譯孤雲崔致遠先生文集》、潘仕成海山仙館叢書本亦作「失」。因疑「夫」乃「失」之破損，「失」與上句「有」反義對舉。

〔五〕猶：底本作「獲」，形近而訛，兹據《四部叢刊》本、徐有榘木活字本、《唐文拾遺》卷三六改。

〔六〕嘗：底本作「甞」，俗寫體。怨：《四部叢刊》本作「㤪」，亦俗體，《敦煌俗字典》「怨」字條録有此形。下不另出校。

〔七〕具狀奏陳：潘仕成海山仙館叢書本作「具奏狀陳」。

〔八〕鑿：底本作「鑿」，《四部叢刊》本作「鑿」，均「鑿」之俗寫體，唐張文成《遊仙窟》：「深谷帶地，鑿穿崖岸之形。」句中「鑿」，日本諸刻本即作此二形。下不另出校。

〔九〕則：潘仕成海山仙館叢書本作「今」。

〔一〇〕仇：底本「九」旁作「丸」，俗寫體。按：「九」、「丸」俗寫不拘，如「究」之寫作「究」，即其例。下不另出校。

〔一一〕廟謀：潘仕成海山仙館叢書本作「廟謨」。按：二者義同。《後漢書·光武帝紀贊》：「明明廟謨，赳赳雄斷。」「廟謨」，《文選》録作「廟謀」。

謝加侍中兼實封狀

右得進奏院狀報。伏奉十一月十一日恩制，加授侍中，仍加食實封一百户者。

伏以某材輸美箭，業紹良弓，早勤式遏之規，敢怠聿修之訓。遂得一分戎閫，七换師壇〔一〕。提漢法之重權，陟秦官之極品。恩榮獨盛，績効何申？况自蠆尾之徒，蝟毛而起，神州傾陷〔二〕，御輦巡遊，不能踴躍用兵，有類遷延之役。雖進退惟命，不敢争功；而行藏相時，豈無懷愧？而又積山煮海〔三〕，瓜剖豆分〔四〕，莫成贍國之權，徒竊經邦之位。唯甘廢弃〔五〕，永見沉淪。敢期渥澤之無私，俯念涓埃之有效。許登玉署，高戴金璫。仍忝真封，式加懋賞。且如講毹奪席，諫切引裾，方升鸞渚之榮，俾稱鳳池之望。豈伊孱劣，所可貪叨？此皆相公仰贊萬機，俯安九牧，無使怨乎不以，毹令可者與之。唯當三命益恭，一辭無退，入則撫安疆圉，出則誓掃氛霿，佇成滅寇之功，冀贖曠官之責〔六〕。戎鎮有限，不獲陳謝，下情無任感恩兢懼之至。謹奉狀陳謝。謹録狀上〔七〕。

〔校記〕

〔一〕換：底本作「换」，俗寫體。按：此與底本另一寫法「换」略有不同。下不另出校。

〔二〕陷：底本、《四部叢刊》本作「陥」，俗寫體。

〔三〕積：潘仕成海山仙館叢書本作「鑄」。

〔四〕瓜：底本作「爪」，《四部叢刊》本作「瓜」，徐有榘木活字本、《唐文拾遺》卷三六作「瓜」。按：「爪」、「瓜」均「瓜」之俗。《龍龕手鏡·瓜部》：「瓜，古花反。……又瓜部與爪部相濫。爪音側絞反。」俗寫又作「苽」，從「艸」以示其類。唐顔元孫《干禄字書》：「苽瓜：上俗，下正。」下從略，不另出校。又，「瓜剖豆分」猶言瓜分。南朝宋鮑照《蕪城賦》：「出入三代，五百餘載，竟瓜剖而豆分。」《南史·陳紀上·武帝》：「自八紘九野，瓜剖豆分；竊帝偷王，連州比縣。」亦作「瓜分豆剖」。宋李清照《詞論》：「五代干戈，四海瓜分豆剖，斯文道熄。」

〔五〕廢：底本作「癈」，《四部叢刊》本「广」中之「發」作「発」，均俗體。下不另出校。

〔六〕贖：《四部叢刊》本作「續」，形近而誤。

〔七〕《東文選》卷四七闕「謹奉」句九字。

謝落諸道鹽鐵使加侍中兼實封狀〔一〕

右某伏奉去年十一月十一日恩制〔二〕，加授侍中，並餘如故〔三〕，仍加食實封一百户，落諸道鹽鐵使者。

伏以君親委任，固能捨短從長；臣子忠勤，唯願從微至著。某一司擢課〔四〕，六换暄凉，正逢多事之秋，莫展牢籠之用〔五〕。況自頻更統師〔六〕，别致租庸。既當狐讓千皮，實見羊分九牧。贍軍富國，固絶籌謀；熬海鎔山，幾隳條貫。今者聖上恕其不逮，察以無私，將漢法之重權，委儒流之妙術。豈料更留宸慮，猶念戎勳，許登負璽之斑資〔七〕，不替擁旄之寵寄，尚假極品，重增實封。當主憂臣辱之時，若斯榮盛；審福過灾生之理，何以遑安？此皆相公曲庇庸虚〔八〕，全忘僭忝，俾息躬於負重〔九〕，當鋭志於專征。寧無淬礪之功，仰荅陶鈞之賜〔一〇〕？此外以榮為懼，至末如初。下情無任感戴兢惕之至，謹奉狀陳謝云云。

〔校記〕

〔一〕鹽：《四部叢刊》本作「監」。按：「監」乃「鹽」之俗訛，「鹽」為「鹽」之俗體。

〔二〕十一月：《唐文拾遺》卷三六作「十二月」。

〔三〕並餘如故：《唐文拾遺》卷三六作「餘並如故」。

〔四〕擢：《四部叢刊》本作「摧」，徐有榘木活字本、《唐文拾遺》卷三六作「榷」。按：「摧」為「榷」之俗（俗寫「扌」、「木」不拘）；「擢」則通「榷」，謂專利，壟斷。《漢書・王莽傳下》：「如令豪吏滑民辜而擢之，小民弗蒙，非予意也。」顏師古注：「辜擢謂獨專其利，而令它人犯者得罪辜也。」唐李翱《故東川節度使盧公傳》：「坦至東川，奏罷兩稅外山澤鹽井擢率之籍，夷人歌之。」

〔五〕牢籠：《國譯孤雲崔致遠先生文集》作「牢盆」。按：疑作「牢盆」是。「牢盆」本指煮鹽器具。《漢書・食貨志下》：「官與牢盆。」王先謙補注：「此是官與以煮鹽器作，而定其價直，故曰牢盆。」明李時珍《本草綱目・金石五・食鹽》（集解）引蘇頌曰：「煮鹽之器，漢謂之牢盆。」亦借指鹽政或鹽業。如唐孫樵《康公墓誌銘》：「芸閣清秩，牢盆美聲。」本句即借指鹽政或鹽業。下文言「贍軍富國」、「熬海鎔山」云云，均指此而言。又，同書卷二《讓官請致仕表》云：「當荆門失守之時，乃楚塞宿兵之際。忝趁戎旃，兼綰牢盆。」亦可輔證。

〔六〕師：徐有榘木活字本、《唐文拾遺》卷三六作「帥」。按：據文意，作「帥」義長。

〔七〕斑資：《四部叢刊》本、徐有榘木活字本、《唐文拾遺》卷三六作「班資」。按：「斑」、「班」通用。「班資」謂官階和資格。唐韓愈《進學解》：「商財賄之有亡，計班資之崇庳。」宋范仲淹《潤州謝上表》：「削內閣之班資，奪神州之寄任。」是其例。

〔八〕庸：底本闕，茲據《四部叢刊》本、徐有榘木活字本、《唐文拾遺》卷三六補。按：「庸虗（「虛」之俗）」乃謙辭，猶言凡庸，書中多見，如卷九《壁州鄭凝績尚書二首》中，即有「賢尊相公，不聞庸虗」句。

〔九〕負：底本作「頁」，訛俗字。《四部叢刊》本作「貟」，亦俗寫體。按：《敦煌俗字典》「負」字條收有「貟」、「貟」二形，作「頁」者，即「貟」形之訛。下不另出校。

〔一〇〕陶鈞：徐有榘木活字本作「陶匀」。按：二者同詞異寫，亦作「陶均」。本謂製作陶器所用的轉輪，亦喻治國之大道。《史記·魯仲連鄒陽列傳》：「是以聖王制世御俗，獨化於陶鈞之上。」裴駰集解引《漢書音義》：「陶家名模下圓轉者爲鈞，以其能制器爲大小，比之於天。」司馬貞索隱引張晏曰：「陶，冶；鈞，範也。作器，下所轉者名鈞。」下不另出校。

謝弟柷再除綿州狀

右件官，是某堂弟。今得進奏院狀報，奉某月某日恩制，除金吾將軍，被本州官吏衆狀舉留，續准勑旨，依前充綿州刺史。

某嘗讀《後漢書》，見寇恂為潁川守〔一〕，後拜金吾，從上經過潁川，郡人遮道，願借寇君，乃留一年〔二〕，以慰百姓。此實國家殊寵，郡邑美譚，萬代之來，一人而已。誰知盛事，得屬鄙宗？安貧恤孤，潁川之政化雖乏；出官入仕，子翼之官資略同。感深而喜作悲端，效淺而榮為懼本。伏以高柷粗閑吏術，忝荷君恩，分憂而地壓劍關，理俗而塵銷鈴閣。今者纔升緹騎〔三〕，却擁朱輪。謂施撫育之能〔四〕，特徇衆多之請。此皆相公愛忘其短，仁及於微，仰贊帝俞，俯從群願。某唯知提訓，俾慎揣摩。同駈軾下之熊，但期靜理；雖睹堂前之鷰〔五〕，免恨分飛〔六〕。限守戎藩，未由陳賀云云〔七〕。

〔校記〕

〔一〕潁川：《四部叢刊》本、《唐文拾遺》卷三六作「穎川」。按：當作「潁川」，今本《後漢書》本傳中即作「潁川」，「穎」乃形近而誤。

〔二〕乃：潘仕成海山仙館叢書本作「仍」。按：二者義同。

〔三〕緹騎：底本作「緹綺（「綺」之俗）」。按：當從《四部叢刊》本、徐有榘木活字本、《唐文拾遺》卷三六作「緹騎」。「緹騎」指穿紅色軍服的騎士，亦泛稱貴官的隨從衛隊。《後漢書・百官志四》：「執金吾一人，中二千石……丞一人，比千石。緹騎二百人。」王先謙集解引李祖楙曰：「《説文》：『緹，帛丹黄色。』蓋執金吾騎以此帛爲服，故名。」唐劉禹錫《送李尚書鎮滑州》詩：「黄河一曲當城下，緹騎千重照路傍。」是其例。又，卷二《讓官請致仕表》：「及覲彤墀，暫司緹騎。」句中「緹騎」，《四部叢刊》本作「緹綺」，與此誤同。

〔四〕撫育：《四部叢刊》本、徐有榘木活字本、《唐文拾遺》卷三六作「撫葺」，潘仕成海山仙館叢書本作「撫輯」。按：「撫葺」與「撫輯」乃同詞異寫，亦作「撫緝」，謂安撫輯和。《周書・寇洛傳・論》：「洛撫緝散亂，抗禦仇讐。」《舊唐書・柳澤傳》：「今龙眉鮐背，歡欣踴躍，望聖朝之撫輯，聽聖朝之德音。」是其例。「撫育」則謂安撫，撫慰，與「撫葺（輯）」義近。《晉書・馮跋載記・論》：「猶能撫育黎萌，保守疆宇，發號施令，二十餘年。」宋梅堯臣《田家語序》：「互搜民口，雖老幼不得免，上下愁怨，天雨淫淫，豈助聖上撫育之意耶？」即其例。

〔五〕睹：潘仕成海山仙館叢書本誤作「暗」。

〔六〕恨：潘仕成海山仙館叢書本誤作「限」。

〔七〕末：《四部叢刊》本、徐有榘木活字本、《唐文拾遺》卷三六作「末」。賀：《唐文拾遺》卷三六作「謝」。

請轉官從事狀

某官薛礪〔一〕：

右件官，閔損登科〔二〕，良由德行；陳琳從職，實假詞華。林幽而轉識芝蘭，木落而方知松桂。深敦操尚，夙著幹能〔三〕。遠叨分閫之榮，唯籍運籌之妙〔四〕。伏請轉官，仍改章服，轉充觀察判官。

某官鄭俶：

右件官，早登上弟〔五〕，久佐大藩，能修檢慎之規，每助撫綏之政。賓筵所重，健筆為先。伏請轉官，仍賜章服，轉充節度掌書記。

某官顧雲：

前件官，東筠孕美，南桂抽芳。曳謝朓之長裾〔六〕，從衛青之軍幕。五羖皮之為重，豈謂虛譚；

百鷙鳥之不如，方知實事。良資妙畫，共展壯圖。伏請轉官，仍賜章服，充觀察支使。以前件狀如前。

伏以某遠率舟師，誓除國賊。征帆則雲挂行色，戰皷則雷含殺聲〔七〕。留務既繁，良籌是託。或倚幕中之婉婉，或求馬上之翩翩。輒具薦論，仰希甄奬，不拘月限，別覬天恩。伏惟相公庇護戎藩，激揚賓席，稍超常例，特受清資〔八〕，略假潤於丹青，許分榮於朱紫。所冀元戎十乘〔九〕，速成討罰之功；越府三才，各得施張之處〔一〇〕。已具狀申奏訖云云。

〔校記〕

〔一〕薛：底本作「辥」，減筆俗字。下不另出校。

〔二〕閔損：孔子弟子，性至孝，以德行稱。

〔三〕幹能：《四部叢刊》本、《唐文拾遺》卷三六作「榦能」。按：二者同詞異寫，均指才能。

〔四〕籍：徐有榘木活字本作「藉」，通用字。

〔五〕弟：徐有榘木活字本、《唐文拾遺》卷三六作「第」。按：「弟」、「第」古今字。《四部叢刊》本作「苐」，俗寫體。

〔六〕謝脁：底本、《四部叢刊》本、《唐文拾遺》卷三六作「謝眺」。按：《國譯孤雲崔致遠先生文集》、潘仕成海山仙館叢書本亦作「謝眺」。「眺」乃「脁」之訛俗字（俗寫「目」、「月」不拘），茲據徐有榘木活字本改。

〔七〕皷：「鼓」之俗體字。按：北齊顔之推《顔氏家訓·書證》中曾列舉了許多「鄙俗」字，其中就有「『壴』外設『皮』」者。此形敦煌寫卷中習見，參見《敦煌俗字典》「鼓」字條。又，從「鼓」之字如「瞽」、「鼙」等，底本亦如此作。下不另出校。

〔八〕清資：《國譯孤雲崔致遠先生文集》誤作「清貧」。

〔九〕巽：《四部叢刊》本作「異」，形近而誤。

〔一〇〕施：《國譯孤雲崔致遠先生文集》、潘仕成海山仙館叢書本作「弛」，形近而訛。「施張」謂施行。《後漢書·濟南王劉康傳》：「大王以骨肉之親，享食茅土，當施張政令，明其典法，出入進止，宜有期度；輿馬臺隸，應爲科品。」即其例。

桂苑筆耕集卷第七

別紙二十首

〔校記〕

〔一〕滑州都統令公三首：徐有榘木活字本作「滑州都統王令公三首」。

〔二〕史館蕭遘相公一首：徐有榘木活字本作「史館蕭遘相公」。

〔三〕度支裴徹相公一首：徐有榘木活字本作「度支裴徹相公」。徹：底本作「澈」，形近而誤，據諸本及下文改。

〔四〕租庸王徽相公一首：徐有榘木活字本作「租庸王徽相公」。

〔五〕太原鄭從讜尚書一首：徐有榘木活字本作「前太原鄭從讜尚書」。

〔六〕禮部夏侯潭一首：徐有榘木活字本作「禮部夏侯潭侍郎」。

〔七〕宣歙裴尚書二首：徐有榘木活字本作「宣歙裴虔餘尚書二首」。

〔八〕盧紹給事一首：徐有榘木活字本作「盧紹給事」。

〔九〕泗州庾常侍一首：徐有榘木活字本作「泗州鄭庾常侍」。按：底本下文亦作「泗州鄭庾常侍」。庾：底本作「庚」，俗寫體（俗書「臾」作「史」，或作「臾」，《敦煌俗字典》「臾」字條收列此二形）。又，文中「諛」，底本作「諛」，亦其例。下不另出校。

〔一〇〕湖州杜孺休常侍一首：徐有榘木活字本作「湖州杜孺休常侍」。孺：底本作「孺」，下文又作「孺」，皆俗寫體。下不另出校。

滑州都統王令公三首〔一〕

伏見制書〔二〕，伏承榮加內史之任，暫執元戎之權。往鎮雄藩，誓殲窮寇，佇復宮闕，則歸廟堂。九重之倚賴如山，八表之歡呼動地。而況令公志勤捧日，力贍補天，三秉台衡，兩分戎律，入則建蕭何之功業，出則振黃霸之恩威。此皆群議稱揚，不假拙辭贊詠。今者聖上以叛徒乘便，尚敢侜張，諸道徵師，互相逗撓〔三〕。蠢彼之姦兇未殄〔四〕，赫斯之憤怒良深。遂輟股肱，遠資心膂。蔿敖宰楚，設前茅後勁之規；管仲相齊，致九合一匡之譽。是以榮轉西臺左相，請為東道主人。儒武全材，古今罕遇。伏想近承睿略，嚴令諸侯，誠知白馬封疆幸而獲賴，必料蒼鵝群黨困不能飛。即當立剗梟巢，去迎鑾駕。海晏而永興龍德，池清而再覩鳳儀。凡在含靈〔五〕，皆增係望。某靜思奮擊，動見悔尤，四隣多是異心，十道竟誰同力？今所以自賀者，得逢知己，親惣貞師。巧膺無所搆之端，壯膽有可傾之處。唯冀遙稟大將軍之命，用勵驍雄；仰憑真宰相之威，永除妖孽。未由陳賀〔六〕，下情不任欣慰瞻攀虔祝云云〔七〕。

第二

伏覩制書，伏承榮膺寵命，正鎮雄藩，伏惟感慰。竊以動惟佐聖，靜乃優賢。百穀垂成，則暫停霖雨；八紘向泰〔八〕，則貴息兵戈。詎勞有道之人，久練不祥之器？群情既欝，帝命斯行。令公獨竭忠誠，克扶厄運。當六師扈從，司南之制度無虧；及十乘啓行，逐北之威稜有裕。但屬王事靡盬〔九〕，人心不同。祖豫州志在誓江〔一〇〕，佇中壯節；蕭相國力謀佐漢，或致游詞。今以小寇必殲，大臣于役〔一一〕，慮失華夷之望，倍興宵旰之憂。遂乃鳳紙傳恩〔一二〕，遠離西蜀；蜂旗卷影，却到南燕。指蹤既稟於成謀，搏噬佇看於衆旅〔一三〕。坐駈十道，卧理百城。顯為出入之寵榮，保就始終之勳業。某夙銜深獎，繼奉好音，覽古人賀滿之言，睹君子持盈之節。抃慰攀戀，不任下情，伏惟云云。

第三

伏承旌幢已到鎮上訖〔一四〕，伏惟感慰。令公手傾霖雨，身耀福星。三入廟堂，已超仲父；一匡寰宇，更屬何人？昨者十乘啓行，九重軫慮，以為螢不勞海灌，卵何假山摧〔一五〕。遂請元臣，却臨重鎮。今則徐廻龍節，靜撫雄師。下車而恩澤均沾，舉扇而仁風廣振。南燕受賜，北極紓憂〔一六〕。某早荷獎知，倍增欣慰云云。

〔校記〕

〔一〕滑州都統王令公三首：《四部叢刊》本、徐有榘木活字本、《唐文拾遺》卷三六題作「滑州都統王令公」。《東文選》卷五七僅選一首，題作「上滑州都統王令公書」。

〔二〕伏：《四部叢刊》本作「狀」，形近而誤。

〔三〕互：底本作「牙」。按：「牙」乃「互」字之俗訛。唐人書「互」作「㸦」，又以「㸦」似「牙」，因轉為「牙」。見宋陳慥《類說》卷五六引《劉貢父詩話》。茲據《四部叢刊》本、徐有榘木活字本、《唐文拾遺》卷三六改為正體。

〔四〕殄：《四部叢刊》本、徐有榘木活字本、《唐文拾遺》卷三六作「弭」。按：《東文選》卷五七亦作「殄」。「殄」謂滅絕，絕盡，「弭」謂止息。

〔五〕凡：《四部叢刊》本、《唐文拾遺》卷三六作「凢」，俗別字，《敦煌俗字典》「凡」字條收此形，下徑改不另出校。靈：底本作「靈」，俗字，《敦煌俗字典》「靈」字條收有相近之形。下不另出校。

〔六〕未：徐有榘木活字本作「末」。

〔七〕云云：《東文選》卷五七闕。

〔八〕八紘：《四部叢刊》本、徐有榘木活字本、《唐文拾遺》卷三六作「八紘」。按：二者同詞異寫，均指八方極遠之地。參見卷六《賀入蠻使廻狀》注〔五〕。

〔九〕靡盬：底本、《四部叢刊》本作「靡塩」，形近而誤，兹從徐有榘木活字本、《唐文拾遺》卷三六錄作「靡盬」。按：「靡盬」謂無止息，指辛勤於王事。《詩·唐風·鴇羽》：「王事靡盬，不能蓺黍稷。」王引之《經義述聞·毛詩上》：「盬者，息也……《爾雅》曰：『棲、遲、憩、休、苦，息也。』苦讀與靡盬之『盬』同。」

〔一〇〕豫：底本、《四部叢刊》本作「豫」，增筆俗字，《敦煌俗字典》「豫」字條收有此形。按：「豫」之作「豫」，猶「預」之作「預」，亦是一種有規律的俗化現象。下不另出校。

〔一一〕役：《四部叢刊》本、徐有榘木活字本、《唐文拾遺》卷三六作「役」。按：「役」乃「役」的古字，指役使，驅使。《說文·殳部》：「役，古文『役』。」

〔一二〕紙：底本作「紙」，增筆俗字。下不另出校。

〔一三〕搏：底本、《四部叢刊》本作「搏」，俗寫體。按：俗寫「尃」多作「專」，如「薄」、「礴」、「博」、「[illegible]」、「膊」、「鎛」等，均其比。下不一一出校。

〔一四〕幢：徐有榘木活字本、《四部叢刊》本作「憧」。兩字形近而誤。

〔一五〕卵：底本作「夘」，《四部叢刊》本作「夗」。按：「夘」、「夗」均「卵」之俗寫，《敦煌俗字典》「卵」字條收有「夘」形。兹據徐有榘木活字本、《唐文拾遺》卷三六改為通行字體。下不另出校。

〔一六〕憂：底本作「憂」，俗寫體。

鄭畋相公二首〔一〕

伏見二月六日制書，伏承相公正居宏父，光弼聖君，兼惣蘭臺，再調梅鼎。凡云遠者近者，莫不舞之蹈之。伏以相公碩德茂勳，雄才奥學，播在四方之口，沃於萬乘之心。固絕贊揚，但增瞻仰。況自關中聚寇〔二〕，岐下屯兵〔三〕，率先諸侯，累展奇略。是以才趍鳳輦，便陟鸞臺。遠涉山川，行就九天之寵；克平水土，坐升百日之榮。竹宫既託於清規，芸館更歸於雅望〔四〕。則乃孫叔敖之慎守〔五〕，愈貴愈恭；胡伯始之累遷，有倫有要〔六〕。永憑上德，佇賀中興。使仲父執鞭，鄭侯捧轡，驅蠢動入華胥之域，格蠻夷歸虞舜之風〔七〕。某早沐深知，遠聆殊拜，未由陳賀〔八〕，抃聳倍深云云〔九〕。

第二

伏承太保相公累陳章表，懇讓鈞衡〔一〇〕，暫輟任於股肱，果優賢於羽翼。緇衣纘美，青綬加榮。守難進易退之規，叶居安慮危之道。莫不宸扆欽矚，搢紳詠歌。而況相公比者統冠甸侯，深攻國賊，唱義聲而飛羽檄〔一一〕，縮爵賞而練甲兵〔一二〕。方驅破浪之風，佇滅燎原之火。而乃腹心有疾，牙爪無功。何君子之見欺，實小人之難養。然而災為福始，小往大來[一三]。再秉洪鈞[一四]，遠安仙蹕。調鼎中之實味，運堂上之奇謀，決勝漢籌，殄災魏闕[一五]，皆憑蕭丞相指蹤之力，豈假鮑尚書統集之兵？咸推第一之功，能贊登三之業。今則奉身有裕，止足無虧[一六]。將尋疏傅之高蹤[一七]，乃訪留侯之故事。用黃石公之妙略，蔚為帝師；從赤松子之勝遊，別作仙侶。雖云獨樂，其奈衆情？氛曀餘妖，方願靜銷於天下；陶鎔重望，豈宜久滯於山中？必計才返鸞旌，請歸鳳闕，永使蜩螗罷噪[一八]，仍令鹿馬分形。深荷眷私，況聯親懿。依攀禱望，可鑒遠誠。拜賀未由[一九]，悚戀增切云云[二〇]。

〔校記〕

〔一〕徐有榘木活字本題作「鄭畋相公」。《東文選》卷五八題作「上鄭畋相公書」。

〔二〕冦：底本誤作「冦」，兹據《四部叢刊》本、徐有榘木活字本、《唐文拾遺》卷三六改。

〔三〕岐下：徐有榘木活字本、《唐文拾遺》卷三六作「岐下」。按：二者同詞異寫，本指陝西岐山縣之岐山下，句中代指鳳翔府。

〔四〕芸：《國譯孤雲崔致遠先生文集》誤作「藝」。按：「芸館」猶「芸臺」，古時藏書的地方，後指掌管圖書的官署，即秘書省。文中即此義。

〔五〕則：底本闕，此據《四部叢刊》本、徐有榘木活字本、《唐文拾遺》卷三六補。孫叔敖：底本誤作「叔孫叔」，兹據《四部叢刊》本、徐有榘木活字本、《唐文拾遺》卷三六改。按：「孫叔敖」，蔿賈之子，春秋楚令尹，曾開鑿芍陂，灌田萬頃。相傳三任令尹而不喜，三次免職而不悔。見《左傳·宣公十二年》、《史記·循吏列傳》。

〔六〕倫：底本誤作「綸」，此據《四部叢刊》本、徐有榘木活字本、《唐文拾遺》卷三六改。按：「有倫」指有理，有序。《尚書·康誥》：「外事，汝陳時臬司師，兹殷罰有倫。」孔傳：「殷家刑罰有倫理。」孫星衍疏：「言殷刑之允當也。」《文選·任昉〈竟陵文宣王行狀〉》：「聲化之有倫，繄公是賴。」李周翰注：「倫，次也。」

〔七〕夷：底本作「𡗝」，俗寫體。唐顔元孫《干禄字書》：「𡗝夷：上俗，下正。」下不另出校。

〔八〕未：徐有榘木活字本作「末」。由：底本闕，此據《四部叢刊》本、徐有榘木活字本、《唐文拾遺》卷三六補。

〔九〕云云：《東文選》卷五八闕。

〔一〇〕鈞衡：徐有榘木活字本作「勻衡」。按：二者同詞異寫，均比喻國家政務重任。唐楊炯《〈王勃集〉序》：「幼有鈞衡之略，獨負舟航之用。」即其例。

〔一一〕唱：潘仕成海山仙館叢書本作「倡」。按：二者古今字，謂宣導，發起。《文子·道原》：「故柔弱者生之幹，堅強者死之徒，先唱者窮之路，後動者達之原。」《漢書·陳勝傳》：「今誠以吾衆爲天下倡，宜多應者。」顔師古注：「倡，讀曰唱，謂首號令也。」檄：徐有榘木活字本作「檄」，形近而誤。按：「羽檄」指古代軍事文書，插鳥羽以示緊急，必須迅速傳遞。《史記·韓信盧綰列傳》：「陳豨反，邯鄲以北皆豨有，吾以羽檄徵天下兵，未有至者，今唯獨邯鄲中兵耳。」裴駰集解：「魏武帝《奏事》曰：『今邊有小警，輒露檄插羽，飛羽檄之意也。』推其言，則以鳥羽插檄書，謂之羽檄，取其急速若飛鳥也。」

〔一二〕綰：徐有榘木活字本、《唐文拾遺》卷三六作「管」，《四部叢刊》本、潘仕成海山仙館叢書本作「官」，《國譯孤雲崔致遠先生文集》作「宣」。按：《東文選》卷五八亦作「綰」。「綰」謂控制，掌握。《史記·貨殖列傳》：「北鄰烏桓、夫餘，東綰穢貉、朝鮮、真番之利。」司馬貞索隱：「綰者，綰統其要津。」作「管」、作「官」者，義近。作「宣」者，顯為「官」之誤。

〔一三〕來：《四部叢刊》本作「米」，蓋「来」字之破損。

〔一四〕秉：底本作「秉」，俗寫體，《敦煌俗字典》「秉」字條收載此形。下不另出校。洪鈞：徐有榘木活字本作「洪勻」。按：二者同詞異寫，然以作「洪鈞」者常見。「洪鈞」喻指國家政權。唐李德裕《離平泉馬上作》詩：「十年紫殿掌洪鈞，出入三朝一品身。」黃滔《南海韋尚書啟》：「將以鏘履聲而朝紫殿，擴心秤而啓洪鈞。」即其例。

〔一五〕殄：《四部叢刊》本、徐有榘木活字本、《唐文拾遺》卷三六作「弭」。按：《東文選》卷五八亦作「殄」。「殄」謂滅絕，絕盡，「弭」謂止息。

〔一六〕止足：《唐文拾遺》卷三六作「正足」。按：「正」乃形近而訛。

〔一七〕傅：底本作「傅」，俗訛字，此據《四部叢刊》本、徐有榘木活字本、《唐文拾遺》卷三六改為正體。按：「疏傅」即「疏傅」，指西漢疏廣、疏受叔侄分別為宣帝太子太傅、少傅，於榮顯中同時稱病引退。後遂以「疏傳」為急流勇退的典型。唐白居易《春盡日天津橋醉吟偶呈李尹侍郎》：「疏傅心情老，吳公政化新。」鄭谷《渭陽樓閑望》詩：「擾擾塵中猶未已，可知疏傅獨能休。」句中即用此義。

〔一八〕蜩螗：《四部叢刊》本、《唐文拾遺》卷三六作「蜩蝗」。按：二者同詞異寫，乃蟬之別名。漢焦贛《易林·謙之解》：「蜩螗歡喜，草木嘉茂。」宋范成大《夏日田園雜興》詩之十二：「蜩螗千萬沸斜陽，蛙黽無邊聒夜長。」亦其例。句中喻指紛亂不寧。罷：底本、《四部叢刊》本作「罷」，俗寫體，《敦煌俗字典》「罷」字條收載此形。下不另出校。

〔一九〕未：徐有榘木活字本作「末」。

〔二〇〕云云：《東文選》卷五八闕。

史館蕭遘相公〔一〕

昨睹制書，恭承高辭大計，正陟中台，兼升史館之榮，實副儒門之望。竊以冊書所重，筆削為難，別成一代之楷模〔二〕，夐掩百王之規矩。是得宸衷妙選，朝列具瞻。而況相公真君子儒，老成人德，允釐百揆〔三〕，顯贊萬機。今者邦計既豐〔四〕，國經斯整。東西臺之極位，揚歷無遺；左右史之直言，裁成有類〔五〕。莫不勛華表德〔六〕，游夏緘詞〔七〕。肱施補衮之功，備載垂衣之化。必使褒真貶偽，彰發傳之體有三；激濁揚清，勵事君之心無二。古今盛美，遐邇欽依。某遠守藩維，忝資陶冶，每慎六條之理，敢希一字之褒。抃躍所多〔八〕，啓陳無及，伏惟俯賜念察。

〔校記〕

〔一〕《東文選》卷五八題作「上史館蕭遘相公書」。

〔二〕楷模：底本作「揩模」，《四部叢刊》本、徐有榘木活字本、《唐文拾遺》卷三六作「楷模」。按：二者同詞異寫，俗寫「扌」、「木」不拘。下徑改不另出校。

〔三〕鼇：底本作「鼈」，俗別字。下不另出校。

〔四〕豐：《四部叢刊》本作「豊」，俗體字。《玉篇·豐部》：「豐，芳馮切，大也。俗作豊。」《隸釋·漢泰山都尉孔宙碑》：「豊年多黍，稱彼兕觵。」是其例。「豊」後為日本常用漢字。下不另出校。

〔五〕類：底本作「類」，俗寫體。《東文選》卷五八、潘仕成海山仙館叢書本作「賴」。

〔六〕勛：底本、《四部叢刊》本「員」作「貟」，俗寫體。下不另出校。按：「勛華」亦作「勳華」，乃堯、舜之並稱。勳，放勳，堯名；華，重華，舜名。漢馬融《〈忠經〉序》：「皇上含庖軒之姿，韞勛華之德。」宋范成大《東宮壽詩》：「並世勳華照古今，朱明綵服侍尊臨。」

〔七〕游：底本作「㳺」，《四部叢刊》本作「游」，徐有榘木活字本、《唐文拾遺》卷三六作「遊」。按：「游」即「遊」之俗，「㳺」亦「游」之俗（俗寫「扌」、「木」不拘）。「游夏」乃子游（言偃）與子夏（卜商）的並稱，兩人均為孔子學生，長於文學。見《論語·先進》。三國魏曹植《與楊德祖書》：「昔尼父之文辭，與人通流。至於制《春秋》，游夏之徒乃不能措一辭。」唐張說《贈吏部尚書蕭公神道碑》：「四科得游夏之門，六藝取鍾王之雋。」

〔八〕所：潘仕成海山仙館叢書本作「既」。

度支裴徹相公〔一〕

伏睹除書。伏承相公再履台席，榮均賦輿。凡在生靈，莫非欣躍。某今之所賀者，真以天上之福與大國之幸，不欲更牽俗禮，强飾繁詞。然而歡心有餘，祝史無愧，敢陳贊詠，粵豁懇誠〔二〕。伏以相公德襲清通，道資恭儉，歷遊華貫，高陟台衡。當聖君廵幸之初〔三〕，見賢相爕諧之業。而乃鴒原陷難，鳳閣辭榮，蹔屈跡於外藩，尋秉權於大計。今者天將悔禍，日待升平，果請英才，却歸舊位。躡周司馬統兵之秩，騁晉尚書較運之謀〔四〕。四方所傳，一意相賀。某每慙薄伎，偏荷殊私，再逢調鼎之期，實切彈冠之望。未由陳賀〔五〕，但增攀戀聳抃之至云云〔六〕。

〔校記〕

〔一〕《東文選》卷五八題作「上度支裴徹相公書」。

〔二〕豁：底本作「豁」，俗寫體，《敦煌俗字典》「豁」字條收此形。按：此形底本多見，亦有作「豁」者。下不另出校。

〔三〕廵幸：潘仕成海山仙館叢書本作「廵行」。按：同書卷二《第二表》中有「廵幸江淮」句，徐有榘木活字本亦作「廵行」。「廵幸」、「廵行」義近，「廵幸」特指皇帝巡遊駕幸，「廵行」則指出行巡察或巡視。詳卷二該表注〔四〕。

〔四〕騁：底本作「聘」，形近而誤。《四部叢刊》本、徐有榘木活字本、《唐文拾遺》卷三六均作「騁」，因據改。

較：《國譯孤雲崔致遠先生文集》作「轉」。

〔五〕未：徐有榘木活字本作「末」。

〔六〕云云：《東文選》卷五八闕。

租庸王徽相公

伏睹制書。伏承榮膺寵命，伏惟感慰。伏以萬乘巡遊，最難留事；百官毗倚，允屬持綱。況當返駕之時，尤重清宮之禮。膺茲寵寄，實在賢能。司空相公靜抱長材，動施餘刃。報主安人之業，早冠鼎司；東姦芟弊之名，已諧輿論〔一〕。今者鳲鳩命氏，鷹隼揚威，內清輦轂之塵，外肅闕畿之地。聖君新命，永託中庸；司隸舊章，佇觀大禮。某忝承眷獎〔二〕，欣抃實深云云。

〔校記〕

〔一〕論：《四部叢刊》本作「輪」，形近而誤。

〔二〕眷：《四部叢刊》本作「春」，形近而訛。

前太原鄭從讜尚書〔一〕

得河中王相公書報〔二〕。伏承相公榮膺寵命，將赴京國，伏惟感慰。伏以宸遊既遠，居守是難，須倚元臣，方安聖慮。是故昔漢帝曰：「吾與僕射何異？」則知重寄，別表顯恩。而況相公岳立儒宗，川流相業。頃辭鳳閣，遠耀龍旌。郭伋示信之鄉，廣沾恩化；周舉移書之地，遍活疲羸〔三〕。肅軍令於貔貅，振兵威於獫狁〔四〕。永安邊境〔五〕，胡雛不敢南侵；遽值妖氛〔六〕，周馭久勞西狩。今以玉京雖復，鑾輅未廻，輟戎略於藩垣，託繁機於宮闕。必計中和樂職，已繼雅音；司隸舊章，即興盛禮。然後重調梅鼎，永對蓂階。贊成天下之春，固是轂中之事。凡云品彙，莫不欣歡。某早忝恩知〔七〕，倍增抃慰。未由陳賀〔八〕，但切依攀云云〔九〕。

〔校記〕

〔一〕前太原鄭從讜尚書：《東文選》卷五八題作「與前太原鄭從讜尚書書」。

〔二〕王相公：《四部叢刊》本、徐有榘木活字本、《唐文拾遺》卷三六作「王相國」。

〔三〕羸：底本、《四部叢刊》本「羸」中之扁「口」作「亡」，俗寫體，《敦煌俗字典》「羸」字條收此形。按：文中從「羸」之字如「羸」、「瀛」等，底本、《四部叢刊》本亦如此作。下不另出校。

〔四〕獫狁：《四部叢刊》本、徐有榘木活字本、《唐文拾遺》卷三六作「玁狁」。按：二者同詞異寫，為我國古代北方少數民族名。《詩·小雅·采薇》：「靡室靡家，玁狁之故。」毛傳：「玁狁，北狄也。」鄭玄箋：「北狄，今匈奴也。」《史記·匈奴列傳》：「匈奴，其先祖夏后氏之苗裔也，曰淳維。唐虞以上有山戎、獫狁、葷粥，居於北蠻，隨畜牧而轉移。」

〔五〕永：《四部叢刊》本、徐有榘木活字本、《唐文拾遺》卷三六作「求」。按：當作「永」。「永」與「遽」詞性相同（均為副詞），意義相對（一言長久，一指猝然）。作「求」者，乃形近而訛。

〔六〕妖氛：《國譯孤雲崔致遠先生文集》作「妖氣」。按：「妖氛」亦作「妖雰」，指不祥之雲氣，多喻指凶災、禍亂。《左傳·昭公十五年》「吾見赤黑之祲」晉杜預注：「祲，妖氛也。」三國魏曹植《魏德論》：「神戈退指，則妖雰順制。」《隋書·衛玄傳》：「近者妖氛充斥，擾動關河。」句中與「妖氣」同義而為異文。同書卷一《賀降德音表》：「振歡聲於蜀壘，蕩妖氣於秦川。」「妖氣」，《四部叢刊》本、徐有榘木活字本、《唐文拾遺》卷三四即作「妖氛」。「妖氣」的這一用法，辭書均未收列。

〔七〕早：《東文選》卷五八、《國譯孤雲崔致遠先生文集》作「具」，形近而誤。

〔八〕未：徐有榘木活字本作「末」。

〔九〕云云：《東文選》卷五八闕。

禮部夏侯潭侍郎

伏承榮膺寵命，伏惟感慰。侍郎泰初朗鑒，日月難踰；孝若美姿〔一〕，風塵莫染〔二〕。儒室別開其户牖〔三〕，相門必繼其弓裘。是以始於憲府宣威，便見儀曹主貢。履歷而皆遵仙路，操持而永振貞風。栢列朝霜〔四〕，昨日指登臺御史〔五〕；桂開夜月，今朝選入室生徒。採珠而蓬島待空，搜玉而藍峰寡色。副天下正人之顒望，息場中藝士之屈聲〔六〕。某早沐眷私〔七〕，不任欣抃云云。

〔校記〕

〔一〕孝：《國譯孤雲崔致遠先生文集》作「老」，又注：「或『孝』字。」按：當作「孝」。姿：《四部叢刊》本作「恣」，《唐文拾遺》卷三六作「資」。按：敦煌寫卷中這幾個字也屢見混用。

〔二〕染：底本均作「染」，訛俗字。下不另出校。

〔三〕牖：底本作「牖」，俗寫體。下不另出校。

〔四〕栢：「柏」之俗寫體，唐顏元孫《干祿字書》：「栢柏：上俗，下正。」下不另出校。

〔五〕指：《四部叢刊》本、徐有榘木活字本、《唐文拾遺》卷三六作「揖」。

〔六〕場：底本作「塲」，《四部叢刊》本作「塲」，徐有榘木活字本、《唐文拾遺》卷三六作「場」。按：「塲」、「塲」異體字（《字彙·土部》：「塲，同場。」）；「塲」為「場」的訛俗字。唐張文成《遊仙窟》：「兄及夫主，棄筆從戎，身死寇場，煢魂莫返。」句中「場」，日本古鈔本即作「塲」。下不另出校。

〔七〕眷：《四部叢刊》本作「春」，形近而誤。

吏部裴瓚尚書二首〔一〕

伏承榮膺寵命，伏惟感慰。竊以勛華聖代，唯務舉能；邵泰賢流〔二〕，共推取實。用捨既歸於重柄，古今皆託於長材。人望所諧，主恩斯在。尚書情踈宦路，性悅道風。月高而霜鶴數聲，雲卷而蓮峰萬仞。早知厄運，久避囂氛。洋川之瑞草仙花，幾牽蝶夢；閬苑之朝嵐暮靄，深潤豹姿。然而陶鈞難住於山中，塗炭待平於天下。遂辭肥遁，來謁宸遊。果登銓管之司，允洽簪纓之望。昔年掌貢，搜海嶽以皆空〔三〕；今日掄材，酌淄澠而不混。清通所莅，淆亂必除。歷居六郡之峻資，終補三台之缺位〔四〕。遠祈邇禱，匪夕伊朝。某早仰仙標，遙欽懿範，抃慰瞻望，不任下情云云〔五〕。

第二

伏以禮稱選士，實資秀孝之科；書貴知人，允屬銓衡之職。君命既將歷試，物情固得僉諧。而況侍郎雲鶴性情，天驥行止〔六〕。瑣窓近日，高批帝語於筆端；絳帳生風，妙選群才於門下。洎湖湘察俗，瀍洛尹都，便宜入秉化權，坐匡聖略。直以手觥持滿，心切避榮，唯求勇退之謀〔七〕，久阻急徵之詔。萬乘夢想於隐霧〔八〕，四方渴望於為霖。今者移黜陟之司，託清通之鑒，何假山濤之密啓，髣遵李重之良箴。永期涇渭分流，必使輪轅適用。某每思玉昆金季，皆辱眷知；松茂竹包〔九〕，深敦交契。禱祝瞻戀，並同衆誠，伏惟云云。

〔校記〕

〔一〕吏部裴瓚尚書二首：徐有榘木活字本題作「吏部裴瓚尚書」，《東文選》卷五八題作「上吏部裴瓚尚書書」。

〔二〕邵泰：《唐文拾遺》卷三六作「郭泰」。按：《國譯孤雲崔致遠先生文集》亦作「郭泰」，疑是。「郭泰」即郭林宗，東漢太原介休人。嘗游洛陽，與河南尹李膺友善，名動京城，後歸鄉里，諸儒送者車千乘，惟與李膺同舟而濟，衆賓望之，以為神仙。見《後漢書》本傳。

〔三〕以：潘仕成海山仙館叢書本作「而」。

〔四〕補：底本作「補」，減筆俗字。下不另出校。

〔五〕云云：《東文選》卷五八闕。

〔六〕止：《東文選》卷五八作「步」。

〔七〕求：《四部叢刊》本作「永」，形近而誤。

〔八〕想：《四部叢刊》本、徐有榘木活字本、《唐文拾遺》卷三六作「思」。

〔九〕包：徐有榘木活字本、《唐文拾遺》卷三六作「苞」。按：《東文選》卷五八亦作「包」。「包」通「苞」，意爲叢生，茂密。《書·禹貢》：「厥土赤埴墳，草木漸包。」孔傳：「包，叢生。」又，「松茂竹包（苞）」句，見於《詩·小雅·斯干》：「秩秩斯干，幽幽南山。如竹苞矣，如松茂矣。」後遂以「松茂竹苞」喻興盛繁榮。

宣歙裴虔餘尚書二首〔一〕

伏承榮捧徵詔〔二〕，將赴闕庭，伏惟感慶兼極。今者妖氛向息，聖運重興。諸葛亮之用兵，已非急務；叔孫通之制禮，方籍賢才〔三〕。以尚書望積皐夔，政成宛句。三年察俗，以仁義為先；四境懷恩，俾寇戎自戢〔四〕。是得傅巖結夢，宣室飛書。黎庶傾心，莫遂攀轅之懇；君王聳耳，待聽曳履之聲。況乃親侍安輿，榮趍帝輦，佇聆調鼎，永使建櫜。豈獨關中乂安〔五〕，實為天下幸甚。某久隣仁境，深飽德風，抃慰瞻攀，不任誠懇云云。

第二

特垂手筆榮函，兼示陳情表槀，捧尋無斁，欣賀有餘。且近者時風僅訛，孝道多缺，事親則薄，奉己為先。只將奔競榮身，不以違離介意〔六〕。今睹尚書遠辞徵詔，懇致奏章，叙向來為國分憂，不矜茂績；請從此於家就養，實稟格言。況尚書若赴行朝，必登相位，而乃不親梅鼎，願奉板輿，是逃台衮之榮，唯戀斑衣之樂〔七〕。永使李虔之表〔八〕，萬古齊名；仍令束晳之詩〔九〕，千秋長價。有以見聿修令問〔一〇〕，横勵時流。豈唯上德之美譚，實乃中興之盛事。拜賀末由，但切攀依之至云云。

〔校記〕

〔一〕宣歙裴虔餘尚書二首：徐有榘木活字本題作「宣歙裴虔餘尚書」。

〔二〕捧：《四部叢刊》本、徐有榘木活字本、《唐文拾遺》卷三六作「奉」。按：「奉」、「捧」古今字。

〔三〕籍：徐有榘木活字本作「藉」，通用字。

〔四〕自：《唐文拾遺》卷三六誤作「之」。

〔五〕乂安：《國譯孤雲崔致遠先生文集》作「又安」。按：當作「乂安」。「乂安」謂太平，安定。《史記・孝武本紀》：「漢興已六十餘歲矣，天下乂安。」前蜀杜光庭《莫庭乂青城山本命醮詞》：「眷屬乂安，公私和泰。」即其例。

〔六〕介：底本誤作「个」，兹據《四部叢刊》本、徐有榘木活字本、《唐文拾遺》卷三六改。

〔七〕斑衣：《四部叢刊》本作「班衣」。按：二者同詞異寫。詳見卷四《奏李楷已下条軍等状》注〔五〕。

〔八〕李虔：徐有榘木活字本、《唐文拾遺》卷三六作「李密」。按：《國譯孤雲崔致遠先生文集》、《四部叢刊》本亦作「李虔」。「李虔」即「李密」，西晉初犍為武陽人。父早亡，母改嫁，鞠於祖母劉氏，奉事以孝稱。朝廷徵太子洗馬，詔書累下，以與祖母相依為命而上《陳情表》固辭。

〔九〕晢：底本、《四部叢刊》本作「晳」，俗寫體，俗寫「扌」、「木」不拘。下不另出校。按：「束晢」，晉陽平元城人，字廣微，博學多聞，官著作郎、尚書郎。

〔一〇〕令問：《國譯孤雲崔致遠先生文集》作「令聞」。按：二者同義，指美好的聲名。「問」，通「聞」。漢王符《潛夫論・贊學》：「夫此四子者，耳目聰明，忠信廉勇，未必無儔也，而及其成名立績，德音令問不已，而有所以然，夫何故哉？」《晉書・隱逸傳・魯褒》：「是故忿爭非錢不勝，幽滯非錢不拔，怨讎非錢不解，令問非錢不發。」即用「令問」例。

鹽鐵李都相公二首〔一〕

伏承榮膺寵命，兼掌漕運，伏惟感慰。伏以鑄山熬海，既標富國之權；紫帳皂襜，固是安邦之彥。況從多事，諒託全才。相公中庸日彰，大任天降。舟檝暫妨於援溺，棟梁必俟於扶危〔二〕。今者三年禮成，萬乘恩至，假途端揆，正位司元。憑孔僅之智謀，繼齊桓之霸業。必也廣施奇計，遍致豐資，荅上帝之殊恩，振中興之盛事。凡云品彙，孰不欣歡？某每慙糠粃居前，久阻鹽梅入用〔三〕。主張多失，固難稱老成人；交代叨榮，無以告新令尹。抃慰兢惕〔四〕，不任下情。拜賀末由，攀戀空切云云。

第二

每辱榮緘，即垂虛譽。周顗齊名於樂廣，固是懷慙；韓非接傳於老聃，實為過望。荷戴增切，兢惶益深。伏以相公宋劒倚天，魯戈駐日，再居重任，大洽群情。必計海若傾心，廣潤煎熬之利；山靈効力，助成鎔鑄之功。便令流馬飛牛，終得踰千越萬。國用則立期饒羨，廟謨則坐致昇平〔五〕。勤王之誠，在我而已。伏惟遵護，用慰禱祠，其他下誠，已具前狀云云。

〔校記〕

〔一〕鹽鐵李都相公二首：徐有榘木活字本題作「鹽鐵李都相公」。

〔二〕梁：底本作「梁」，《四部叢刊》本作「梁」，均俗寫體。唐張文成《遊仙窟》：「梅梁桂棟，疑飲澗之長虹。」句中「梁」，日本諸刻本即作此二形。下不另出校。

〔三〕鹽：《四部叢刊》本作「塩」，俗體字。唐顏元孫《干祿字書》：「塩鹽：上通，下正。」《廣韻·鹽韻》：「塩，俗。」句中「鹽梅」，本指鹽和梅子，因鹽味鹹，梅味酸，均為調味所需，故喻指國家所需之賢才。《書·說命下》：「若作和羹，爾惟鹽梅。」孔傳：「鹽鹹梅醋，羹須鹹醋以和之。」《梁書·處士傳·庾詵》：「勒州縣時加敦遣，庶能屈志，方冀鹽梅。」下不另出校注。

〔四〕競：《唐文拾遺》卷三六作「競」，形近而誤。

〔五〕廟謨：《四部叢刊》本作「廣謨」。按：「廣」乃形誤，當作「廟謨」。「廟謨」猶廟謀。《後漢書·光武帝紀贊》：「明明廟謨（《文選》作「謀」），赳赳雄斷。」

盧紹給事〔一〕

近睹除書，恭承賢兄左丞榮膺寵命，伏惟感慰。竊以國有司直，野無遺賢，蓋前代之所難，實我朝之獨盛。況乃上可以糺彈八座〔二〕，下可以整肅百官〔三〕。永言其才，固屬全德。賢兄左丞中庸處厚，大雅含清。桂晴空而嶽頂無雲，瑩秋色而潭心有月。是得歷游華貫〔四〕，輝綽令猷。頃遇分憂，暫作甘棠太守；尋聆徵詔，請為仙桂主人。此時也歡聲則風振儒林，喜氣則雲鋪筆陣，有口皆賀，無心不歸。蓬島靈珠，想離頷下；荆山瑞玉，待入掌中。而屬鶯谷藏春，鳳城陷寇，不見孔門盛事，唯傷魏闕餘灾。今者遠從行朝，久臨憲府，既躡清資於侍極，榮升重位於肅機。傅咸之畏慎無虧〔五〕，鄭晉之矜莊有裕〔六〕。正當今日，必繼芳塵〔七〕。給事避地經時，陟岡勞念。今聆美拜，稍慰遠思。然每於絳帳馳心，共懷遺恨；須到洪鈞入手〔八〕，方洽群情。高接鴈行，佇迎鳳詔，虔禱瞻戀，無以披陳云云〔九〕。

〔校記〕

〔一〕盧紹給事：《東文選》卷五八題作「與盧紹給事書」。

〔二〕糺：「糾」之異構，《集韻・黝韻》：「糾，或作糺。」按：辭書收「糺」而未有書證。「糺彈」即「糾彈」，舉發彈劾。《北齊書・趙郡王琛傳》：「天平中，除御史中尉，正色糾彈，無所迴避，遠近肅然。」《隋書・百官志上》：「皇太子以下，其在宮門行馬內違法者，皆糾彈之。」是其例。

〔三〕以：潘仕成海山仙館叢書本闕。整：底本作「整」，俗體字。下不另出校。

〔四〕歷：底本作「歴」，俗體字。下不另出校。

〔五〕傅：底本作「傅」，俗體字。下不另出校。按：「傅咸」，西晉北池泥陽人，傅玄之子。武帝咸寧初襲父爵為太子洗馬，累遷尚書左丞。惠帝立，拜司隸校尉，屢劾權貴，京都肅然。見《晉書》本傳。

〔六〕晉：底本作「晋」，異構字，俗寫方口尖口不拘。矜：「矜」之俗寫體，《敦煌俗字典》「矜」字條收載此形。下不另出校。

〔七〕繼：底本作「継」，俗體字。下不另出校。

〔八〕洪鈞：徐有榘木活字本作「洪匀」。按：二者同詞異寫。「洪鈞（匀）」喻指國家政權。詳見卷七《鄭畋相公二首》注〔四〕。

〔九〕云云：《東文選》卷五八闕一「云」字。

壁州鄭凝績尚書〔一〕

伏承自小司馬假大宗伯，出刺始寧，伏惟慶慰。竊以進有致君之志，共託阿衡；仕無擇禄之言，常聆季路。綽然遺範，宛若合符。尚書玉樹一枝，金山萬仞，雅望全騰於八海，華資緩步於五雲。漢丞相之傳經，永光儒室；周司徒之善職，固屬高門。况乃於國於家，曰忠曰孝。比者黄巾犯闕，翠輦省方，尚書蹔别鯉庭，遠趍鳳扆，高提夢筆，仰贊宸猷。稟大聖之指歸，立中朝之張本，此實為人臣之忠於國也。今以聖主優賢，嚴君遜位，尚書固辭武部，峻陟儀曹，榮挂萊衣，俾歌廉袴〔二〕。毛義之喜難自已，胡威之清必衆知，又為人子之孝於家也。莫不事標雙美〔三〕，譽冠一時。今彼郡而昔彼州〔四〕，豈餂較盛；出傳舍而入官舍〔五〕，未足齊榮。佇見風扇揚名，雲屏隔位。隼旟高建〔六〕，免勞陟岵之詩；龍鼎待調，即展濟川之業。某早銜眷奬，常切禱祠，拜賀未期，瞻攀無極云云〔七〕。

〔校記〕

〔一〕壁州鄭凝績尚書：《東文選》卷五八題作「上壁州鄭凝績尚書書」。

〔二〕袴：底本、《四部叢刊》本作「袴」，俗別體，《敦煌俗字典》「袴」字條收有此形。下不另出校。

〔三〕雙：底本作「雙」，俗別字。《國譯孤雲崔致遠先生文集》誤作「隻」。

〔四〕彼州：潘仕成海山仙館叢書本誤作「被郡」。

〔五〕舍：底本作「舍」，爲「舍」之訛俗字。按：此形已見於漢《孔和碑》，後成為日本常用漢字。另，文中從「舍」之字如「捨」、「舘」等，底本、《四部叢刊》本亦作「舍」。下不另出校。

〔六〕旟：底本均作「旟」，簡俗體。下不另出校。

〔七〕云云：《東文選》卷五八闕。

泗州鄭庾常侍

伏承已到貴鎮上訖，伏惟感慰。昔鄭弘為臨淮太守〔一〕，熊初架軾，鹿乃挾輈。既傳一郡之政聲，終陟三公之寵秩。果符瑞應，永振美譚。今則常侍族茂山東，威臨泗上，實繼巨君之芳跡，足分聖主之遠憂〔二〕。况乃沛師戢兵〔三〕，淮民復業。懸一城之愛日，振四境之和風。群情允諧，新命非遠。某近封斯接，殊眷先垂，抃慰瞻攀，但切誠抱云云。

〔校記〕

〔一〕鄭弘：潘仕成海山仙館叢書本避清諱作「鄭宏」。按：鄭弘，東漢人，任臨淮太守，有善政，後為太尉。見《後漢書》本傳。

〔二〕聖主：潘仕成海山仙館叢書本作「聖上」。

〔三〕沛：《四部叢刊》本作「沛」。按：俗寫「巿」、「市」不拘。唐顏元孫《干祿字書》：「巿市：上俗，下正。」敦煌本斯三八八號《群書新定字樣》：「巿市：二同。」下不另出校。師：《唐文拾遺》卷三七、潘仕成海山仙館叢書本作「帥」。按：據文意，當作「帥」。

湖州杜孺休常侍

昨睹除書。伏承榮膺寵命，再理吴興，伏惟感慰。常侍比臨霅水，大振袁風。適聆高握新蘭〔一〕，又見重分舊竹。實謂政聲日洽，人欲天從。徵黄太守之書，却隨鳳去；借寇使君之衆，迎得春來。自此煙封茗畦，月挂蘋渚。不詠洞庭歸客，即吟金谷主人。再樂三年，終蘇一境。然後入居青瑣，坐演紫泥。福庶品以既多〔二〕，掌陶鈞而不晚。某早銜殊眷，抃慰實深，拜賀未由〔三〕，瞻馳倍切云云〔四〕。

〔校記〕

〔一〕蘭：底本、《四部叢刊》本「柬」旁作「東」。按：底本、《四部叢刊》本「柬」旁喜連筆作「東」，如「練」、「欄」、

「揀」、「煉」、「蘭」等，這些字後多成為日本常用漢字。下不另出校。

〔二〕以：《四部叢刊》本、徐有榘木活字本、《唐文拾遺》卷三七作「而」。

〔三〕未：徐有榘木活字本作「末」。

〔四〕瞻：底本誤作「贍」，此據《四部叢刊》本、徐有榘木活字本、《唐文拾遺》卷三七改。

桂苑筆耕集卷第八

別紙二十首〔一〕

〔校記〕

〔一〕別紙二十首：底本、《四部叢刊》本誤作「別紙一十首」，此據徐有榘木活字本及下文篇數改。

〔二〕泗州于常侍：徐有榘木活字本作「泗州于濤常侍」。按：下文亦題作「泗州于濤常侍」。

〔三〕西川陳相公：徐有榘木活字本作「西川陳敬瑄相公」。按：下文亦題作「西川陳敬瑄相公」。

〔四〕徐州時司空三首：徐有榘木活字本作「徐州時溥司空三首」。按：下文亦題作「徐州時溥司空三首」。
〔五〕湖南閔尚書：徐有榘木活字本作「湖南閔頊尚書」。按：下文亦題作「湖南閔頊尚書」。
〔六〕幽州李大王四首：徐有榘木活字本作「幽州李可舉大王四首」。按：下文亦題作「幽州李可舉大王四首」。
〔七〕鹽鐵李相公二首：徐有榘木活字本作「鹽鐵李都相公二首」。按：下文亦題作「鹽鐵李都相公二首」。鹽：底本作「鹽」，《四部叢刊》本作「塩」，均俗别字。
〔八〕龍州裴尚書：徐有榘木活字本作「龍州裴峴尚書」。按：下文亦題作「龍州裴峴尚書」。
〔九〕史館蕭相公：徐有榘木活字本作「史館蕭遘相公」。按：下文亦題作「史館蕭遘相公」。
〔一〇〕翰林侯學士：徐有榘木活字本作「翰林侯翮學士」。按：下文亦題作「翰林侯翮學士」。

泗州于濤常侍

常侍榮戴貂冠，遠驅熊軾。能施善政，遍恤疲氓。暫牧雄州，已安樂國。斯乃鄭巨君之甘雨，再潤淮邊；卜子夏之儒風，重興泗上。况屬彭門叛亂，仍當汴路囏難。獨守危城，終摧敵壘，果成茂績，實驗全才。且群師悦挾纊之心，鄰孽縮吞舟之口。仁者有勇，信非虚譚。某昨奉詔書，許令軍賞。設爵而唯憑帝命，舉賢而實契私誠。今則寵換銀璫，威兼鐵柱。敬申厚禮，用報殊功。楚岸風聲，處處而既傳滅寇；隋堤柳色，年年而秪望行春。拜賀未期，瞻思頗切。其公牒同封送上云云〔一〕。

〔校記〕

〔一〕其：《四部叢刊》本、徐有榘木活字本、《唐文拾遺》卷三七作「某」。

西川陳敬瑄相公

伏睹除書。伏承相公以祝鳩之榮，兼大貂之貴〔一〕，禮登八命，寵冠三台，伏惟感慶兼極。伏以掌邦教之司，無人則闕；負國璽之任，有德始居。昔丁固休徵，終叶生松之夢；戴憑奧學〔二〕，曾標奪席之名〔三〕。然十八年而既居後時，五十重而何益於事？曷若相公雄臨玉壘，榮奉金輿？昔也坐振風謡〔四〕，作一方之慈父；今乃立迎天寵，為萬乘之主人。使西夷免怨於後予，南詔永知於戀聖。是以秩歸鳳闕〔五〕，化洽龜城。躡高蹤於黄閣紫扉，耀偉質於朱衣皓帶。豈獨一時之盛事，實為萬代之美譚。某早沐眷知，不任欣抃云云。

〔校記〕

〔一〕大：徐有榘木活字本作「戴」。按：作「戴」是，「大」為音誤字。上文《泗州于濤常侍》有「常侍榮戴貂冠」語，可為證。

〔二〕憑：底本作「凴」，俗體字。唐顔元孫《干禄字書》：「凴憑：上通，下正。」《敦煌俗字典》「憑」字條收録此形。下不另出校。

〔三〕奪：底本作「奪」，《四部叢刊》本作「奞」，均俗體字。按：底本從「大」之字，如「奮翼」的「奮」，其上亦作「夨」。下不另出校。

〔四〕謡：底本、《四部叢刊》本「䍃」旁作「𦉰」，俗體字。按：底本、《四部叢刊》本從「䍃」之字，如「搖」、「遙」、「瑤」、「傜」等，多如此作。下不一一出校。

〔五〕秩：底本作「袟」，訛俗字，兹據《四部叢刊》本、徐有榘木活字本、《唐文拾遺》卷三七改為「秩」。

徐州時溥司空三首

竊以誓於晉乘，則重其執贄往來；諷以楚詞，則愧彼隨波上下。永言有義有禮，唯在知和而和。况乃仁境接邦之彦兮〔一〕，善鄰存國之寶也。始終相契，今古何殊？去春特辱長牋，兼貽厚幣，使者乃和門上校，貺之以華棧大宛〔二〕。引夏殷罪己之言，鋪陳數幅；舉邾魯息民之義，撫戢近封〔三〕。有以見真男子之用心，古諸侯之行事。其於景仰，奚可弭忘〔四〕？今遣專人，聊馳微信〔五〕，匪足為報，永以為好，伏惟照察。

第二

司空利器倚天，忠誠貫日。授律而舉無遺筴，訓戎而動有成功。昨者窮寇驚奔〔六〕，鋭師薄伐，審《麟史》追逃之勢〔七〕，展《豹篇》决勝之機。靜剗群兇，暗梟戎首。范丹縣側，雷威騰肅殺之聲；季氏山邊，天討示告成之慶〔八〕。久留盛績，終屬雄才。所謂有非常之人，然後有非常之事。絳、灌亦一時儁傑〔九〕，闕、張非累世勳庸。鏤姓名於金鼎玉鍾〔一〇〕，飾儀形於雲臺烟閣。永言盡美，孰敢爭先？某幸接德鄰，深遵義路，每增忻賀〔一一〕，固異等倫云云。

第三

特辱長牋，俯傳大捷。誘賊將而暗除梟帥〔一二〕，剗群兇而遍戢豺聲。夫何壯𢦏〔一三〕，誠可畏也！且黄巢謂逃天得計，乃揆日偷生。書罪則竹乏南山，流惡則浪乾東海。逞暴於鋸牙鉤爪，挻灾於金闕玉京〔一四〕。烟氛所侵，塗炭皆匝。諸道遆相逗撓〔一五〕，別自侜張。驅兵而未暇搴旗，喪律而旋聆返旆〔一六〕。養姦既久，翦寇何安？若非司空以當春滋雨露之恩，則坐迎龍節；及初夏順雷霆之怒，則立展豹韜。遂得纔發鋭師，果殲窮寇。刷國家之積憤，弭州縣之餘殃。所謂三年不飛，終當一戰而霸。況可飲頭而快意，何須擢髮以論辜？有以見報聖天子之恩，固須待舉真將軍之令。幸聯仁境，先聽好音，欣抃欽矚，翰墨何寄云云。

〔校記〕

〔一〕兮：底本作「兮」，俗體字，《敦煌俗字典》「兮」字條所收兩例均如此作。下不另出校。

〔二〕宛：底本作「宛」，俗體字。按：從「宛」之字，如「椀」、「婉」、「惋」等，底本亦多如此作。下不一一出校。

〔三〕撫戢：《四部叢刊》本、徐有榘木活字本、《唐文拾遺》卷三七作「撫綏」。按：二者義近。「撫戢」謂安撫平定。明馮夢龍《智囊補·上智·契丹立君》：「今越境立君，儻彼拒而不納，得無損威重乎？徐觀其變，俟其定而撫戢之，未晚也。」「撫綏」謂安撫，安定。《書·太甲上》：「天監厥德，用集大命，撫綏萬方。」

〔四〕奚：《四部叢刊》本、徐有榘木活字本、《唐文拾遺》卷三七作「豈」。按：二者義同。

〔五〕微：潘仕成海山仙館叢書本作「徽」，形近而訛。

〔六〕驚奔：《唐文拾遺》卷三七作「警奔」。按：作「驚奔」是。「驚奔」謂驚駭而奔跑。唐陸龜蒙《石板》詩：「又疑廣袤次，零落潛驚奔。」是其例。

〔七〕勢：底本「坴」作「圭」，俗寫體，《敦煌俗字典》「勢」字條收錄此形。底本、《四部叢刊》本此字又有作「勢」、「势」，亦俗寫體。下不另出校。又，句中「麟史」，亦稱「麟經」，指《春秋》（傳說孔子作《春秋》，絕筆於獲麟，後因稱《春秋》為《麟史》或《麟經》）。唐張說《崔司業挽歌》之二：「鳳池傷舊草，麟史泣遺編。」黃滔《與羅隱郎中書》：「誠以《麟經》下筆，諸生而不合措辭；而史馬抽毫，漢代而還陳別録。」

〔八〕天討：《四部叢刊》本、徐有榘木活字本、《唐文拾遺》卷三七作「天罸」。按：二者義同，均指上天的懲治或誅罰。《書·皋陶謨》：「天討有罪，五刑五用哉。」唐楊炯《青州刺史齊貞公宇文公神道碑》：「魯伯禽始得征伐，周穆王遂行天討。」是用「天討」例。《書·多士》：「我乃明致天罰，移爾遐逖。」漢班固《東都賦》：「龔行天罰，應天順人，斯乃湯武之所以昭王業也。」即用「天罰」例。「罸」、「罰」異構字。

〔九〕儁傑：《四部叢刊》本、徐有榘木活字本、《唐文拾遺》卷三七作「俊傑」。按：二者同詞異寫。

〔一〇〕鍾：徐有榘木活字本作「鐘」。按：二字通用。唐顏元孫《干祿字書》：「鍾鐘：上酒器下鐘磬字，今並用上字。」下不另出校。

〔一一〕忻賀：《四部叢刊》本、徐有榘木活字本、《唐文拾遺》卷三七作「欣賀」。按：二者同詞異寫。

〔一二〕帥：底本誤作「師」，兹據《四部叢刊》本、徐有榘木活字本、《唐文拾遺》卷三七改。按：據文意，當作「帥」，「暗除梟帥」既與「誘賊將」意貫，又與第二篇中「暗梟戎首」意同。

〔一三〕𢦏：「哉」之俗體，《敦煌俗字典》「哉」字條收有此形。下不另出校。

〔一四〕挻：徐有榘木活字本作「挺」，形近而误。

〔一五〕撓：底本「堯」作「尭」，俗體字，《敦煌俗字典》「撓」字條收此形。又，「逗撓」亦作「逗橈」，謂因怯陣而避敵。《史記·韓長孺列傳》：「於是下恢（王恢）廷尉。廷尉當恢逗橈，當斬。」司馬貞索隱：「案：劭（應劭）云『逗，曲行而避敵，音豆』。又音住，住謂留止也。橈，屈弱也，女孝反。一云橈，顧望也。」南朝梁任昉《奏彈曹景宗》：「臣聞將軍死綏，咫步無卻；顧望避敵，逗橈有刑。」唐李商隱《失題》詩：「逗撓官軍亂，優容敗將頻。」均其例。

〔一六〕旋：《四部叢刊》本、徐有榘木活字本、《唐文拾遺》卷三七作「先」。

諸葛爽相公二首〔一〕

伏承親提師旅，遠赴戰征，跋履山川，蒙犯霜露，不審近日尊體何似？急景凋年〔二〕，寒威肅物。

令行麾下，盡忘皸瘃之傷；望峻寰中，將救瘡痍之患。必有百靈薦祉，七萃成功〔三〕。遠揚郄元帥之高名〔四〕，近繼郭汾陽之雄略，則銷氛祲〔五〕，遍活烝黎〔六〕。有心之徒，引領而望。伏惟每加保重，早副禱祈，遠誠所望云云。

第二

訪聆賊巢自逃商嶺，久偪許田，蔡師相連，狂鋒尚熾。當使以道途遠隔，行止難知。未施掎鹿之骲〔七〕，但養斬蛟之勇。伏承相公親麾八陣，深運《六韜》，將靜掃其群兇，已齊驅其鋭旅。既見三冬擐甲，即致殊功；方知五月渡瀘，誠為易事。諸道固當高枕，聖君便可廻鑾。而未測鯨奔，須防獸搏〔八〕；凡居戎閫〔九〕，合審軍機。輒遣專人，遠偵賊勢。幸垂示及，冀助討除。伏惟照鑑，謹狀。

〔校記〕

〔一〕爽：底本、《四部叢刊》本作「爽」，俗體字，《敦煌俗字典》「爽」字條收錄此形。下不另出校。

〔二〕急：底本作「急」，《四部叢刊》本作「急」，異構字。下不另出校。

〔三〕七萃：《國譯孤雲崔致遠先生文集》作「七華」。按：「華」乃形近而誤。「七萃」本指周天子的禁衛軍。《穆天子傳》卷一：「天子于當水之陽，天子乃樂□，賜七萃之士戰。」郭璞注：「萃，集也，聚也；亦猶《傳》有七輿大夫，皆聚集有智力者，爲王之爪牙也。」亦泛指天子的禁衛軍或精鋭的部隊。南朝齊王融《三月三日曲水詩序》：「七萃連鑣，九斿齊軏。建旗拂霓，揚葭振木。」唐許敬宗《奉和春日望海》：「長驅七萃卒，成功百戰場。」

〔四〕帥：底本誤作「師」，茲據《四部叢刊》本、徐有榘木活字本、《唐文拾遺》卷三七改。按：「郄元帥」即「郤克」（「郄」同「郤」），春秋晉人。據《左傳·宣公十七年》載，晉景公三年郄之戰，晉軍大敗，克任上軍之佐，因有備而獨不敗。十一年，齊伐魯、衛，魯、衛求救於晉，克率師大敗齊師於鞌。

〔五〕則：潘仕成海山仙館叢書本作「即」。按：「則」與「即」在口語中實爲同一個詞。依《廣韻》載「即」讀「子力切」（入聲職部），「則」讀「子德切」（入聲德部），兩字聲、調相同，韻部亦近（《廣韻》職、德二部「同用」），知二者在唐宋時代讀音很接近。

〔六〕蒸黎：《四部叢刊》本、徐有榘木活字本、《唐文拾遺》卷三七「烝黎」。按：二者同詞異寫，指百姓，黎民。「烝」為「蒸」之簡俗體。下不另出校。

〔七〕擿：底本作「擿」，爲「擿」之俗體字。下不另出校。

〔八〕須：《四部叢刊》本、潘仕成海山仙館叢書本誤作「頊」。搏：底本、《四部叢刊》本作「摶」，俗體字，《敦煌俗字典》「搏」字條收此形。下不另出校。

〔九〕閫：底本誤作「閫」，據《四部叢刊》本、徐有榘木活字本、《唐文拾遺》卷三七改。按：「戎閫」猶言帥府。唐白居易《與師道詔》：「卿業重相門，位崇戎閫。」薛能《冬日寫懷》詩：「幕府盡平蠻，客留戎閫間。」均其例。

湖南閔頊尚書[一]

親故前河西朱大夫到，遠垂書示，深荷眷私，兼將尚書《弄馬圖》及貴府祥瑞事跡相示。閱覽忘倦，欣仰有餘。且武藝所稱，歷朝可數[二]。楚誇徹札[三]，魯衒蒙輪。彎三百斤之長弓，嘗傳漢史；掉八十斤之雙戟[四]，亦著魏書。然而唯守一隅，莫該四達。長於射而短於御，力甚壯而心甚怯。永言戎伎，難遇全材[五]。今者尚書術繼白猿，名高赤兔。既占萬人之敵，眞為一代之雄。雖居仗鉞之榮，不忘據鞍之勇。爰徵粉繪，妙寫風儀。遍覽左旋右抽，唯知目駭神聳。彼繫繩逞捷[六]，運甓服勤，實謂區區瑣瑣者爾[七]。況乃夢符捧日，政洽觀風。花竹呈祥，果驗中興之運；龜龍薦感，皆標上瑞之姿。若非望重行春，哥喧來暮[八]，則何以三軍效勇，永諧欽化之名；七郡懷恩，盡表殊常之應？必期渥澤，繼入瀟湘，此則但睹其電擊雲飛，鷹瞵鶚視，每勞企想，無以喻言。惟望愼舉政條，仰酬寵寄。方值四郊多壘，實憑萬里長城[九]。其他中心葴之，永以為好，幸垂諒察云云[一〇]。

〔校記〕

〔一〕湖南閔頊尚書：《東文選》卷五八題作「上湖南閔頊尚書書」。

〔二〕歷：俗寫體。《隸辨・錫韻》：「按：《說文》歷從厤，厤從二禾，碑變從林。今俗因之。」下不另出校。

〔三〕誇：底本作「誇」，俗寫體。下不另出校。

〔四〕掉：底本作「棹」，俗寫體，俗書「扌」、「木」不拘，此據《四部叢刊》本、徐有榘木活字本、《唐文拾遺》卷三七改為正體。戟：徐有榘木活字本作「戟」，異構字。《篇海類編·器用類·戈部》：「戟，亦作戟。」下不另出校。

〔五〕全材：《四部叢刊》本、徐有榘木活字本、《唐文拾遺》卷三七作「全才」。按：二者同詞異寫。

〔六〕繫：《國譯孤雲崔致遠先生文集》作「擊」，形近而誤。

〔七〕瑣：底本均作「瑣」，俗寫體，《敦煌俗字典》「瑣」字條收錄此形。下不另出校。

〔八〕哥：《四部叢刊》本、徐有榘木活字本、《唐文拾遺》卷三七均作「歌」。按：《說文·可部》：「哥，聲也，從二可。古文以爲歌字。」段玉裁注：「《漢書》多用哥爲歌。」知「哥」、「歌」古今字。晉傅玄《節賦》：「黃鍾唱哥，九韶興舞。」《宋書·樂志一》：「前漢有虞公者，善哥，能令梁上塵起。」《陳書·後主張貴妃傳》：「選宮女有容色者以千百數，令習而哥之。」均其用例。又，「哥（歌）喧來暮」典出《後漢書·廉范傳》：「成都民物豐盛，邑宇逼側，舊制禁民夜作，以防火災，而更相隱蔽，燒者日屬。范乃毀削先令，但嚴使儲水而已。百姓爲便，乃歌之曰：『廉叔度，來何暮？不禁火，民安作。平生無襦今五袴。』」叔度，廉范字。後遂為稱頌地方官德政之辭。唐王勃《上絳州上官司馬書》：「藩維克振，既參來暮之歌；邦國不空，自有康沂之相。」

〔九〕長城：《國譯孤雲崔致遠先生文集》脱此二字。

〔一〇〕云云：《東文選》卷五八闕。

幽州李可舉大王四首〔一〕

不審自履初夏，尊體動止何如？伏想趙盾日威〔二〕，雄臨北塞；袁宏風化，遙助南薰。固當九郡懷恩，百靈薦祉〔三〕。符提白玉，儼標萬里之長城；臺築黃金，遍啓四方之賢路。豈止應掛絲之夢，自然超衣錦之榮。伏惟精慎寢興，別迎寵册，永扶昌運，大洽群情。今遣諸葛果卿，假以郵延修聘。既愧未成好幣，又慮或失良材。無限遠誠〔四〕，各具別狀云云。

第二

雲龍在想，風馬異區，未由傾蓋之誠〔五〕，空切着鞭之望。雖傳鱗翼〔六〕，莫寫肺肝〔七〕。況某俯顧家門，忝同里閈。每詠維桑之什〔八〕，即懷喬木之恩。幸蒙侍中大王不賤家丘，深知國產，曲垂厚獎，頻辱好音〔九〕。然則苟𦙶知心，何假會面〔一〇〕？以斯佩荷，可鑒依攀。今緣國患未除，鄰讎不戢，甚欲慎言結舌，其如憤氣填胷？略假牋毫，具陳事實。恃惠子之知我，望明王之鑒賢。伏惟恩私，遠察誠素云云。

第三

伏以蜂蟻巢窠，猶能稔惡；熊羆隊伍，未見摧兇。在於義士忠臣，莫不痛心疾首。某盖謂去年奉詔，遂於近境旋師。然今若終不自行，必恐竟無所就。已從中夏，遍閱大軍，待剗淮戎，即登汴道。但以指其百勝，決此一行。人不異心，事希同力。侍中大王族榮周姓，爵貴漢封，固多報國之誠，常貯安邦之術。見茲禍難，忍不憂勤？某既事征行，輒申控告。伏望差借兵士，助平寇戎〔一一〕。得貴藩精騎五千，勝諸道羸師十萬。佇收京闕〔一二〕，尅在旬時。亦已先具奏陳，所貴免成專輙。申包胥之告急〔一三〕，與此雖殊；趙充國之請行，于今可試。幸垂亮察，必賜允從。不敢獨擅茂勳〔一四〕，所冀均分重賞。忠誠之切，實在於斯。伏惟永存始終，早示可否，未間顒望，可想拳翹云云〔一五〕。

第四

別奉榮緘，遠搜古籍，其於降歎，無以喻陳。且近者列土諸侯，盈庭多士，唯以宦塗銳志，少於儒術留心。而乃侍中大王博古通今〔一六〕，去華取實。燕碣石之接士〔一七〕，已繼芳蹤；漢維城之好書，遠符仁旨。是以訪遺編於汲冢〔一八〕，尋墜簡於魯宮。然則荊軻易水之歌，徒矜壯氣〔一九〕；召伯《甘棠》之什〔二〇〕，虛播政聲。豈若博采聖人之書，用光君子之道？但懷鑽仰，敢覬切磋？況某久擁戎旃，難親講席，耽讀闕五千卷之數，藏貯無三十車之多。自奉指蹤，願申誠懇，遍令列肆，廣集異書，冀資日益之功，寧憚風流之過〔二一〕？必可徵名東觀，承乏西齋。伏惟俯賜鑒察云云。

〔校記〕

〔一〕《東文選》卷五八僅選第三首，題作「與幽州李可舉書」。四首：底本誤作「署」，茲據《四部叢刊》本、徐有榘木活字本、《唐文拾遺》卷三七改。

〔二〕趙盾：底本作「趙遁」，茲據《四部叢刊》本、徐有榘木活字本、《唐文拾遺》卷三七改。按：「趙盾日威」，喻態度嚴厲。語本《左傳·文公七年》：「趙衰，冬日之日也；趙盾，夏日之日也。」杜預注：「冬日可愛，夏日可畏。」趙盾，亦稱「趙宣子」，春秋晉人，趙衰之子。

〔三〕靈：底本作「霊」，俗寫體。下不另出校。祉：潘仕成海山仙館叢書本誤作「社」。

〔四〕遠誠：潘仕成海山仙館叢書本誤作「違誠」。

〔五〕末：徐有榘木活字本作「未」。

〔六〕傳：《唐文拾遺》卷三七作「傅」，形近而誤。

〔七〕肺：底本作「胏」，俗寫體，《敦煌俗字典》「肺」字條收錄此形。下不另出校。

〔八〕桑：底本、《四部叢刊》本作「桒」，為「桑」之俗體。《廣韻·唐韻》：「桒，俗桑字。」徐有榘木活字本即作「桑」，據改正字。底本、《四部叢刊》本從「桑」之字，亦作「桒」形，如「顙」等。下文徑改不另出校。《唐文拾遺》卷三七誤作「城」。按：「惟桑」語出《詩·小雅·小弁》：「維桑與梓，必恭敬止。」毛傳：「父之所樹，己尚不敢不恭敬。」後因以「維（惟）桑」指代故鄉。晉陸雲《歲暮賦》：「處孝敬於神丘兮，結祇慕於惟桑。瞻山川而物存兮，思六親而人亡。」唐駱賓王《秋夜送閻五還潤州》詩序：「閻五官言返維桑，修途指金陵之地；李六郎交深投漆，開筵浮白玉之樽。」

〔九〕頻：底本作「頻」，俗寫體，《敦煌俗字典》「頻」字條收錄此形。下不另出校。好：《國譯孤雲崔致遠先生文集》誤作「奸」。

〔一〇〕面，底本作「靣」，「靣」之俗別字，敦煌寫卷中多見。茲據《四部叢刊》本、徐有榘木活字本、《唐文拾遺》卷三七改。下不另出校。

〔一一〕戎：底本作「戎」，訛俗字，茲據《四部叢刊》本、徐有榘木活字本、《唐文拾遺》卷三七改為通行字體。

〔一二〕佇：潘仕成海山仙館叢書本作「行」。

〔一三〕急：底本作「急」，俗別字，《敦煌俗字典》「急」字條收此形。《四部叢刊》本誤作「隱」。

〔一四〕勳：底本作「勲」，「勳」之異構字。敦煌辭書《正名要録》（斯三八八號）「古典今要」類「勳」作「勲」。「勲」後為日本常用漢字。下不另出校。

〔一五〕拳：《四部叢刊》本、徐有榘木活字本、《唐文拾遺》卷三七作「眷」。按：《東文選》卷五八亦作「拳」。云云：《東文選》卷五八闕。

〔一六〕博：底本、《四部叢刊》本作「博」，俗別字。按：「愽」、「博」、「博」並「博」之俗，「博」後為日本常用漢字。參見卷一《賀建王除魏博表》注〔一〕。下徑改不另出校。

〔一七〕士：底本、《四部叢刊》、徐有榘木活字本、《唐文拾遺》卷三七等均作「土」。惟潘仕成海山仙館叢書本作「士」。按：敦煌寫卷中二字亦不甚拘（參《敦煌俗字典》「土」、「士」條），據文意推斷，當作「接士」，今從潘仕成海山仙館叢書本。

〔一八〕冢：底本、《四部叢刊》本作「冡」，訛俗字，今據徐有榘木活字本、《唐文拾遺》卷三七改。

〔一九〕羚：潘仕成海山仙館叢書本誤作「聆」。

〔二〇〕什：《四部叢刊》本、徐有榘木活字本、《唐文拾遺》卷三七作「詠」。

〔二一〕風流：《四部叢刊》本、徐有榘木活字本、《唐文拾遺》卷三七作「風詠」。

滑臺王令公〔一〕

某蒙恩忝官，不任感懼。某粗傳堂構，謬荷國恩。然而術略素貧，勳勞甚淺，早分相印，累陟師壇。每憂福過災生〔二〕，蓋為材微任重。一自四郊多壘，萬乘蒙塵，未施毫髮之功〔三〕，深負咽喉之寄。羊皮狐腋，空思趙簡子之言；瓦釜黃鍾〔四〕，寧免楚大夫之歎？既難展用，唯願退閑。方欲瀝血拜章，奉身請老，豈料更隨衆例〔五〕，亦忝殊榮。遽登常伯之高資，復益實封之異寵。伐檀可懼，橫草何申？伏緣遼路不通，制書未到，先垂榮問，過辱獎詞。既聆天上之音，不愧月中之夢。未由陳謝〔六〕，但切兢惶云云。

〔校記〕

〔一〕滑臺：徐有榘木活字本作「滑州」。按：底本卷首亦作「滑州」。

〔二〕憂：《四部叢刊》本、徐有榘木活字本、《唐文拾遺》卷三七作「遇」。
〔三〕未：《四部叢刊》本作「宋」，形近而誤。
〔四〕鍾：《唐文拾遺》卷三七作「鐘」，通用字。
〔五〕豈：《國譯孤雲崔致遠先生文集》作「豐」，形誤字。
〔六〕未：《四部叢刊》本、徐有榘木活字本、《唐文拾遺》卷三七作「末」。

鹽鐵李都相公二首

某蒙恩忝官，不任感懼。伏以納言峻秩，眞食殊榮，有扶持社稷之功，有燮理陰陽之術，方居正位，允洽群情。如某德乏潤身，智慚周物。况逢多事，未展壯圖。動無効於啓行，靜有觖於卧理〔一〕。加以久司筦貨，實寡籌謀〔二〕。既虧於富國贍軍，深愧於木牛流馬。唯甘黜削，永遂優閑。豈料聖澤無偏，戎藩有忝。翺飛畫鹿〔三〕，昔年而莫見休徵；冠聳豊貂，今日而愈慚非據〔四〕。仍加班邑，何報聖朝？此皆僕射每賜保持，得榮交代〔五〕。唯期礪節，共願匡時。陳謝未由〔六〕，依攀益切云云。

第二

竊以世途易變〔七〕，時事難言。泛泛如水中自安，滔滔者天下皆是。雖董卓已燃巨腹，衆切歡呼；而桓彝若有忠魂，潛應慟哭。每窺師律，空激壯圖。今則大駕未旋，外藩多難。獲利者唯謀潤屋，握兵者誰鮮清宮？當道雖乏供須，但勤貢獻。願早廻於御輦，難空倚於賦輿。割占所因，指撝斯在。必希朗鑒，深察鄙誠。其他即遣專人，粵具後狀云云。

〔校記〕

〔一〕飥：潘仕成海山仙館叢書本作「乖」。

〔二〕寡：底本作「寘」，俗寫體，《碑別字新編》、《敦煌俗字典》「寡」字條均收此形。兹據《四部叢刊》本、徐有榘木活字本、《唐文拾遺》卷三七改為正體。下不另出校。

〔三〕晝：《四部叢刊》本、潘仕成海山仙館叢書本作「盡」，訛俗字。

〔四〕攄：「據」之俗寫體，徐有榘木活字本、《唐文拾遺》卷三七均作「據」。《四部叢刊》本「處」旁作「䖏」，亦俗寫體。下不另出校。

〔五〕交代：底本作「交伐」。按：「代」與「伐」俗寫不拘，敦煌寫卷中屢見相亂之例，兹據徐有榘木活字本、《唐文拾遺》卷三七改。「交代」指前後任相接替，移交。《漢書・元后傳》：「予伏念皇天命予爲子，更命太皇太后爲『新室文母太皇太后』，協于新故交代之際，信於漢氏。」唐白居易《送陝府王大夫》詩：「他時萬一爲交代，留取甘棠三兩枝。」亦其例。

〔六〕末：徐有榘木活字本、《唐文拾遺》卷三七作作「末」。

〔七〕途：底本、《四部叢刊》本「余」作「余」，俗寫體。按：文中從「余」之字，如「徐」、「餘」、「斜」、「除」、「滁」、「敘」等，底本、《四部叢刊》本多作此形。下從略，不另出校。《國譯孤雲崔致遠先生文集》作「道」。按：「世途」（亦作「世塗」）、「世道」義同，均指塵世的道路，或指紛紜萬變的社會狀態。唐李白《古風》詩之五九：「世途多翻覆，交道方嶮巇。」秦韜玉《寄李處士》詩：「世塗必竟皆應定，人事都來不在忙。」元稹《答胡靈之》詩：「世道難於劍，讒言巧似笙。」即其例。

龍州裴峴尚書

遠勞專介，特枉華緘。發函睹不滅之蹤，滿幅示相憂之旨〔一〕。其於佩惠，何以寄言？且國步猶艱，天心難測。忠直者韜聲戢影，姦邪者鼓舌皺脣。彼既一時，此須三黜。唯當竭節，豈足興言？尚書偶值危時，暫淹雅望，將期歷試，無恨卑栖〔二〕。寵辱若驚，周柱史非無意也；行藏自保，魯司寇有是言乎。多謝故人，勉報聖主。分憂救瘼，為政非輕。志操不虧，恩榮斯在。伏惟諒察云云。

【校記】

〔一〕幅：徐有榘木活字本作「愊」，俗寫體，俗寫「忄」、「巾」不分。唐張文成《遊仙窟》：「裁為八幅被，時復一相思。」句中「幅」，日本古鈔本均作「愊」。下不另出校。

〔二〕恨：《四部叢刊》本、徐有榘木活字本、《唐文拾遺》卷三七作「限」。卑：底本、《四部叢刊》本作「甲」，俗別字，《敦煌俗字典》「卑」字條收此形。按：從「卑」之字，如「裨」、「碑」、「脾」、「俾」、「髀」等，底本、《四部叢刊》本亦如此作。下不另出校。

西川柳常侍〔一〕

某頃鎮龜城，別營雉堞，盖符天意，得就土功。今者幸遇巡遊，謂申績効。久留御輦，俾立豐碑。杜元凱方愧勳名，李玄盛敢言德政〔二〕？雖忝當功受賞，其如見寵若驚？常侍直道而行，樂人之善。遠垂華翰，過辱奬詞。以永傳不朽之譚，先見未來之事，可使美掩蜀都之賦〔三〕，高齊劒閣之銘。荷戴兢慙，無以指喻，伏惟照察云云。

〔校記〕

〔一〕西川：《四部叢刊》本誤作「西州」。

〔二〕李玄盛：徐有榘木活字本、《唐文拾遺》卷三七作「李玄感」，潘仕成海山仙館叢書本作「李元盛」。按：《四部叢刊》本、《國譯孤雲崔致遠先生文集》亦作「李玄盛」。

〔三〕掩：《國譯孤雲崔致遠先生文集》作「淹」，通用字。

史館蕭遘相公

某日無勞效，天降寵光。雖雨露常均，不辭潤物；而丘山漸重，莫遂安身。况蒙相公察以獨立聖朝，勤行直道，迥垂芘蘱〔一〕，免使湮沉。既闢洪爐，辱陶鎔之厚賜；仍揮彩筆，煩刻畫之妍詞。以為動有成功，前無強敵，撫寧淮甸，靜戢煙塵。繼陳任土之儀，遠瀝望雲之懇。遂使榮升畫室，特觧牢盆。更增班邑之恩，尚假統兵之位。仰窺華翰，俯揣凡材，未能息多壘之灾，何以竊長城之譽？唯期激勵，少報生成。拜賜未前，懷仁益切云云。

〔校記〕

〔一〕垂：《四部叢刊》本作「垂」（即「乖」之俗寫），形近而誤。芘蘱：徐有榘木活字本作「芘賴」。按：二者同詞異寫。「芘」通「庇」，「蘱」即「賴」。「芘賴」語出《莊子·人間世》：「南伯子綦遊乎商之丘，見大木焉有異，結駟千乘，隱將芘其所蘱。」王先謙集解引向秀曰：「蘱，蔭也。」

三相公

某蒙恩忝官，不任感懼。伏以風后古官，是聖代弼諧所重；國僑美賞，非賢才負荷固難。必也挺秀儒林，鈎深學海〔一〕，方可奪席占五十重之譽，享秩稱二千石之榮。如某任重咽喉，功微毫髮。早提兵柄，不能靜剗寇戎；久握利權，無以廣資經費。雖進退每從於帝命，而否臧實愧於軍謀〔二〕。以玆責躬，無所逃罪。但願罷歸林藪，絕望雲霄。豈料宸襟，猶傷墜履。自上安下，方慙畫鹿之轓〔三〕；居高飲清，忽戴附蟬之冕。解煩難於平准〔四〕，增寵禄於實封。此皆相公啓導睿慈，庇安戎律，使貞金鍊火，免銷耗於毒煙；直木摧霜〔五〕，更敷榮於聖日。唯當親駈鋭旅，遍討群兇〔六〕，巢成破竹之功，少贖伐檀之刺〔七〕。未由陳謝〔八〕，悚惕增深云云。

〔校記〕

〔一〕鈎：《國譯孤雲崔致遠先生文集》作「鈞」，形近而誤。

〔二〕臧：底本誤作「藏」，今據《四部叢刊》本、徐有榘木活字本、《唐文拾遺》卷三七改。按：「否臧」謂成敗，善惡，優劣。《易・師》：「師出以律，否臧，凶。」孔穎達疏：「否謂破敗，臧謂有功。」唐白居易《議兵策》：「議之者頗辨否臧，用之者多迷本末。」

〔三〕幡：底本、《四部叢刊》本「番」旁作「畨」，減筆俗字。按：「畫鹿之幡」句用典。據《初學記》卷一一引三國吴謝承《後漢書》：「鄭弘為臨淮太守，行春，有兩白鹿隨車，夾轂而行。弘怪，問主簿黄國鹿為吉凶，賀曰：『聞三公車幡畫作鹿，明府當為宰相。』弘後果為太尉。」

〔四〕准：《國譯孤雲崔致遠先生文集》作「淮」，《唐文拾遺》卷三七作「準」。按：「淮」為「准」之增筆俗寫，「准」、「準」異構字。「准」之作「淮」，猶「準」之作「準」。又，「平準」謂古代官府平抑物價的措施。《史記・平準書》：「大農之諸官，盡籠天下之貨物，貴即賣之，賤則買之。如此，富商大賈無所牟大利，則反本，而萬物不得騰踴，故抑天下物，名曰平準。」

〔五〕木：徐有榘木活字本作「材」，《四部叢刊》本作「才」。

〔六〕遍：潘仕成海山仙館叢書本作「幸」。

〔七〕刺：《四部叢刊》本作「刻」，潘仕成海山仙館叢書本作「剢」。

〔八〕未：徐有榘木活字本、《唐文拾遺》卷三七作「末」。

翰林侯翶學士

某材略素貧，勳勞甚薄，謬蒙睿渥，累陟華資。今者拜以古官，加之真食。伏蒙學士親奉宸睠，過垂獎詞。煩郭璞之彩毫，榮勝軒冕；使夷吾之瑣器，頓異斗筲。遭逢實契於百生，銘鏤豈唯於一字？但異仰憑筆陣〔一〕，更鍊戎韜。充國壯心，早遂征行之望；無塩陋質，免慚刻畫之恩。荷戴兢惶，不任誠懇，未由拜賜〔二〕，但切依攀云云。

〔校記〕

〔一〕筆陣：《國譯孤雲崔致遠先生文集》作「華筆」。按：當作「筆陣」。「筆陣」可喻書法，謂作書運筆如行陣。晉王羲之《題〈筆陣圖〉後》：「夫紙者，陣也；筆者，刀矟也；墨者，鍪甲也；水硯者，城池也；心意者，將軍也；本領者，副將也；結構者，謀略也。」亦可喻寫作文章，謂詩文謀篇佈局擘畫如軍陣。南朝梁蕭統《正月啟》：「談叢發流水之源，筆陣引崩雲之勢。」

〔二〕未：徐有榘木活字本、《唐文拾遺》卷三七作「末」。

桂苑筆耕集卷第九 別紙二十首

〔校記〕

〔一〕都統令公三首：徐有榘木活字本作「都統王令公三首」。

〔二〕浙西周司空五首：徐有榘木活字本作「浙西周寶司空五首」。空：底本誤作「公」，據徐有榘木活字本、《四部叢刊》本及下文標題改。

〔三〕宣歙裴尚書三首：徐有榘木活字本作「宣歙裴虔餘尚書三首」。三：底本誤作「二」，據徐有榘木活字本、《四部叢刊》本及下文篇數改。

〔四〕壁州鄭尚書二首：徐有榘木活字本作「壁州鄭凝績尚書二首」。壁：底本作「壁」，俗寫體，《敦煌俗字典》「壁」字條收有此形。下不另出校。

〔五〕鄭太保相公一首：徐有榘木活字本作「太保相公鄭畋」。

〔六〕郄護軍三首：徐有榘木活字本作「護軍郄公甫將軍三首」。

〔七〕衛常侍一首：徐有榘木活字本作「前左省衛增常侍」。

〔八〕泗州于尚書二首：徐有榘木活字本作「泗州于濤尚書二首」。

都統王令公三首

近者專馳賀狀，伏計已覽卑誠〔一〕。久絕來音，但多景戀。令公始終陶冶，表裏經綸。王商䏘止於訛言，謝萬暫提其勁卒。奪窮寇姦兇之魄，活疲甿震慴之魂。行既順天，捷當克日。某比承詔旨，久緩師期。今伏見令公命許君親，身先將校，幸叶彈冠之望，倍驚投袂之心〔二〕。已閲全師，既離弊鎮。雖自稱岸上之虎，或謂當仁；而不畏水中之龍，實歸重德。唯期助役，非敢貪功。欲取來月上旬，決謀進退，直衝宋野，先會梁園。謹遣專人，咨探行李，輒覬迴信〔三〕，聊紓遠懷。伏惟恩私，深賜鑒察云云。

第二

累專寓狀，粗得輸誠，繼奉榮緘，益銘殊眷。不審近日尊體何似？夏星沒火，秋琯飄灰〔四〕。佇妖氣之雪銷，想軍聲之雷振。伏計振振君子之德，仡仡勇夫之誠，足可憑有慶之威〔五〕，誓無譁之衆。功期一舉，勢必萬全。謝太傅之智謀，預知大捷；鮑叅軍之哥詠〔六〕，唯佇中興。伏惟慎保節宣，用諧時望。某常銜曩顧，况捧温言，朝禱暮祈，可量卑懇云云。

第三

某自承令公，親率鋭師，佇殲窮寇，便謀訓練〔七〕，欲赴戰征，願折豺牙，仰瞻馬首。履山川而犯霜露〔八〕，久决心期；擐甲胄而峙糗糧，早成力辦。不料徐戎忽聚，費誓猶陳，未豁征途，難通饋輦。以此阻中誠懇〔九〕，但切憂惶。伏想萬夫争彍弩之先，八表望建櫜之令。佇見龍歸魏闕，却迎鳳舞荀池。雖居喙息跂行〔一〇〕，盡觧口祈心禱。某早窺偉量，遥稟壯圖。仰視旄頭〔一一〕，漸覔奔藏之處〔一二〕；俯看屐齒，唯懷斷折之虞。恭俟捷音〔一三〕，專申賀禮，未前祝望，不暇啓陳云云。

〔校記〕

〔一〕覽：底本原作「覧」，「覽」之俗寫體。唐顔元孫《干禄字書》：「覧覽：上通，下正。」《字彙・見部》：「覧，俗覽字。」「覧」後為日本常用漢字。下徑改不另出校。卑：《國譯孤雲崔致遠先生文集》誤作「卓」。

〔二〕驚：《唐文拾遺》卷三七誤作「警」。

〔三〕輙：「輒」之俗寫體。《大漢和辭典》引《正字通》：「輙，俗輒字。」《敦煌俗字典》「輒」字條録有此形。按：此俗體辭書已收而未有書證。下不另出校。

〔四〕飄：《國譯孤雲崔致遠先生文集》誤作「飘」。灰：底本作「灰」，俗寫體。唐顔元孫《干禄字書》：「灰灰：上俗，下正。」《敦煌俗字典》「灰」字條所收兩例均作此形。今日本常用漢字亦從俗形作「灰」。下徑改不另出校。

〔五〕慶：《國譯孤雲崔致遠先生文集》誤作「度」。

〔六〕哥：《四部叢刊》本、徐有榘木活字本、《唐文拾遺》卷三七作「歌」。按：二者古今字。

〔七〕訓練：《四部叢刊》本、徐有榘木活字本、《唐文拾遺》卷三七作「訓鍊」。按：二者同詞異寫。

〔八〕履：底本、《四部叢刊》本作「履」，俗别體。《碑别字新編》引隋《宫人沈氏墓誌》，「履」與此形近。下不另出校。

〔九〕阻：《四部叢刊》本、徐有榘木活字本、《唐文拾遺》卷三七作「早」。

〔一〇〕跂：諸本誤作「跛」，兹據潘仕成海山仙館叢書本改。按：「喙息跂行」，亦作「跂行喙息」（同書卷一五《下元齋詞》：「至於翔翼躍鱗，跂行喙息，偕登仁壽之域，不躡昏迷之途。」即其例），本謂蟲豸爬行呼吸，借指用脚爬行用嘴呼吸的蟲豸，亦泛指人和動物。跂，通「蚑」。《史記·匈奴列傳》：「元元萬民，下及魚鼈，上及飛鳥，跂行喙息蠕動之類，莫不就安利而辟危殆。」司馬貞索隱：「言蟲豸之類。」《漢書·公孫弘傳》：「北發渠搜，南撫交阯，舟車所至，人跡所及，跂行喙息，咸得其宜。」顔師古注：「跂行，有足而行者也。喙息，謂有口能息者也。」亦省作「跂喙」。清夢麟《上方角鷹歌》：「棘枝凍雀相呼呶，跂喙翔走紛繹騷。」

〔一一〕旄：底本作「旄」，減筆俗字。下不另出校。

〔一二〕覔：「覓」之俗體。唐顏元孫《干祿字書》：「覔覓：上俗，下正。」《敦煌俗字典》「覓」字條收録此形。

奔：底本作「奔」，訛俗字。下不另出校。

〔一三〕俟：徐有榘木活字本、《唐文拾遺》卷三七作「竢」。按：二者古今字。《漢書·賈誼傳》：「恭承嘉惠兮，竢罪長沙。」顏師古注：「竢，古俟字。」敦煌辭書《正名要録》（斯三八八號）釋「竢俟」：「右字形雖别，音義是同。古而典者居上，今而要者居下。」

浙西周寶司空五首〔一〕

昨奉緘翰，兼寄示書碑樣〔二〕。眷私既深，披閱無倦。其於榮抃，無以喻陳。某每念久握兵戎，累移節制，雖纘弓裘之業，未揚鍾鼎之勳〔三〕。況乃來暮哥稀〔四〕，行春化拙。豈期睿奬，特采微勞。許標不朽之規〔五〕，遠降非常之寵。至如仲尼儒術，始流芳於沂水之湄；元凱戰功，方掛美於峴山之頂。愚實何効，遂叨此榮？司空念切愛忘〔六〕，事諧響應，猥垂恩力，妙選書工。所謂知臣者，莫若聖君；成我者，固須良友。有始有卒，念茲在茲。彼雖未起雕鐫，此已先深銘鏤。今者干戈務擁〔七〕，筆硯事踈。不及别請他人，敬遵來命；唯望早成刊勒，實賴奬憐。其碑詞同封呈上云云〔八〕。

第二

録温者，包藏異謀，玷污玄化。螻蟈暫成聚窟，鴟梟貴欲同巢〔九〕。誠謂天高可欺，不知日遠能照。果彰罪跡，遂舉刑書。既絕慮於竊鈇，俾成規於用鉞。言堪自賀，事必相傳。豈料司空染五色毫，飛一函紙，徵美詞於魯史，辱虛譽於劉牋。列土除兇，不負國章在手；臨風拜賜，其如戎律拘身。未啓素誠，但銘殊貺。

第三

揚示詔書，仰窺聖旨。佇攀高躅，倍激壯懷。司空寄綰吴門，敢懸魏闕〔一〇〕。况奉臣犮之命，必興王者之師。但希水簇舟舡〔一一〕，幸遵舊俗；山堆戈甲，早振雄威。副大君旰食之勤，慰下走朝飢之望。某秖看風信〔一二〕，便泛江程。五兩翩翻，觧指朝天之路；三軍踊躍，待申破竹之功。許接後塵，遠示行日。儻可從心所欲，必希携手同行。王導有言，無作楚囚相對；劉琨奮勇，以誅逆虜為期。事可榮今，功何讓古？既銜帝語〔一三〕，勿老師徒。願因江漢之征，得遂瀟湘之遇云〔一四〕。

第四

伏以山岳降靈，尹吉甫之全德；風雷奮氣，竇世寧之異祥。况乃景值新秋，時當聖代，間生英傑，高建勳庸。伏惟相公名可掩瑜，志堪奪璧。魏公子春霆振響，有物皆驚；晉大夫冬日流輝，無人不愛。深藴安劉之業，終成佐漢之謀。今則又慶生辰，永資景福。出握元戎之柄，既播嘉聲；入持宰相之權，則迎急詔〔一五〕。禱祝攀戀，不任下情。有少續壽之儀，謹具別狀寄獻云云。

第五

專使押衙傅遜至。啓閲華緘，捧承珎貺〔一六〕，光輝奪目，荷戴銘心。况承已奉堯言，永除回怒〔一七〕。繼好息民之義，遠耀麟經〔一八〕；輸忠報主之誠，頻傳鴈訊。喜氣連鋪於兩岸，嘉聲遍振於四隣。敬仰成規，深敦曩契。唯願内防蝎贊，外息狐疑。必期勠力於公家〔一九〕，不敢欺心於闇室。伏惟深賜云云。

〔校記〕

〔一〕浙西周寶司空五首：《東文選》卷五八僅選第一首，題作「答浙西周寶司空書」。

〔二〕様：底本、《四部叢刊》本作「㨾」，「木」旁誤作「扌」，俗別字。按：「様」即「樣」，「様」後為日本常用漢字。下徑改不另出校。

〔三〕鍾：《唐文拾遺》卷三七作「鐘」，通用字。

〔四〕哥：《四部叢刊》本、徐有榘木活字本、《唐文拾遺》卷三七作「歌」。按：二者古今字。參見卷八《湖南閔項尚書》注〔八〕。

〔五〕朽：底本作「杇」，俗寫體，《敦煌俗字典》「朽」字條收此形。

〔六〕愛忘：《四部叢刊》本、徐有榘木活字本、《唐文拾遺》卷三七作「憂忘」。按：《東文選》卷五八亦作「愛忘」，當為原文之舊。同卷《宣歙裴虔餘尚書三首》中有「事繁琢磨，宛是愛忘之眷」之句，可為證。

〔七〕擁：潘仕成海山仙館叢書本作「壅」，通用字。

〔八〕云云：《東文選》卷五八闕。

〔九〕貴：《唐文拾遺》卷三七作「實」，《國譯孤雲崔致遠先生文集》作「業」。

〔一〇〕敢：徐有榘木活字本、《唐文拾遺》卷三七作「瞰」，《國譯孤雲崔致遠先生文集》作「誠」。

〔一一〕簇：底本作「蔟」，「簇」之俗寫體。《四部叢刊》本即作「簇」。下不另出校。

〔一二〕秖：徐有榘木活字本作「秖」，《唐文拾遺》卷三七作「祇」。按：俗寫三者不拘。

〔一三〕語：《國譯孤雲崔致遠先生文集》作「命」。

〔一四〕云：《四部叢刊》本、徐有榘木活字本、《唐文拾遺》卷三七作「云云」。

〔一五〕則：潘仕成海山仙館叢書本作「即」。

〔一六〕捧：《四部叢刊》本、徐有榘木活字本、《唐文拾遺》卷三七作「奉」。按：「奉」、「捧」古今字。

〔一七〕回怒：《四部叢刊》本、潘仕成海山仙館叢書本作「回恐」。《國譯孤雲崔致遠先生文集》作「茴惡」。

〔一八〕耀：《國譯孤雲崔致遠先生文集》作「輝」。

〔一九〕勠力：《唐文拾遺》卷三七作「戮力」。按：二者同詞異寫，指合力。

宣歙裴虔餘尚書三首

今月十六日，裴校書至。伏蒙深追曩顧，迥黜違言，損之以榮牋〔一〕，辱之以好幣〔二〕。情敦刻畫〔三〕，無非譽過之詞〔四〕；事繁琢磨〔五〕，宛是愛忘之眷。既多受賜，永切銜知〔六〕。不審自履閏秋，尊體何似？伏想蟬嘤暮景〔七〕，鶴叫晴空，樓下長溪，閲政聲而不息；窓中遠岫〔八〕，引詩思以無窮。伏惟侍膳之餘，退公之暇〔九〕，精加保愛，佇俟寵徵。某早願攀嵇〔一〇〕，近蒙善鄭，禱祝瞻望〔一一〕，豈任下情云云。

第二

去年因景氏子，有小人言。讒誣之事多興，噂喈之詞不少〔一二〕。動成忌器，久阻親仁。昨以戎首既摧，禍胎自剖，遂脩舊好，聊達微誠。伏蒙尚書特請嘉賓，遠賫厚幣，俾息四方之笑，永通兩地之歡。捧嘉貺而增榮，窺雅言而竊抃。况對蓮池之客，實逢桂苑之仙。自此句渚清波，已胠流惡；隋河遠派，亦得洗瑕。鍊多而既識金精，燒罷而共知玉冷。伏惟仁鑒，俯察愚衷云云。

第三

當司宣歙院被浙西越局侵權〔一三〕，差官奪務，以强自恃，謂暴無傷。仰計通仁，備詳深獘。今者鹺務却仍舊貫，已有詔書。浙西雖近宋聾，固殊魯瘠。只解租庸副職，尚提招討兵符。宜慙已往之非〔一四〕，用結將來之好。竊知猶尋亂轍，愈弄雄權，再署周正〔一五〕，罔思唐令。宣歙院上違聖旨，下阻群情，實虧臣子之誠，豈逭鬼神之怒〔一六〕？既失用和為貴，唯知長惡不悛。伏望尚書洞察事情，俾全理體。雖知秦鏡，固無遺鑒之虞；或恐齊竽，猶有濫吹之者〔一七〕。能摧狡妄，遠託威嚴〔一八〕。亦慮官吏驚疑，必望深加撫恤，幸甚。

【校記】

〔一〕損：徐有榘木活字本誤作「捐」，《國譯孤雲崔致遠先生文集》訛作「隕」。按：句中「損」是對別人來信的敬辭，意謂損及對方而勞惠贈。晉劉琨《答盧諶詩並書》：「損書及詩，備辛酸之苦言，暢經通之遠旨。」即其例。

〔二〕好幣：《國譯孤雲崔致遠先生文集》作「厚幣」，二者義近。

〔三〕畫：《四部叢刊》本作「盡」，訛俗字。

〔四〕譽過：《國譯孤雲崔致遠先生文集》作「過譽」。

〔五〕繁：《四部叢刊》本、徐有榘木活字本、《唐文拾遺》卷三七作「繫」。

〔六〕知：《唐文拾遺》卷三七作「私」。

〔七〕嚶：《四部叢刊》本、徐有榘木活字本、《唐文拾遺》卷三七作「噪」。

〔八〕窓：《唐文拾遺》卷三七作「窗」。按：「窓」即「窗」之俗體，《敦煌俗字典》「窗」字條收此形。「窓」後亦爲日本常用漢字。又，「窓中遠岫」句，出自南朝齊謝朓《郡内高齋閑坐答吕法曹》詩：「窗中列遠岫，庭際俯喬林。」

〔九〕退公：《四部叢刊》本、徐有榘木活字本、《唐文拾遺》卷三七作「公退」。

〔一〇〕嵇：底本作「嵇」，俗寫體，《敦煌俗字典》「嵇」字條收録此形。《唐文拾遺》卷三七作「稽」。按：當作「嵇」。「攀嵇」的「嵇」，指三國魏高士嵇康。《文選》卷二一顔延年《五君詠向常侍》：「交吕既鴻軒，攀嵇亦鳳舉。」後因以「攀嵇」指結交高士。

〔一一〕禱：《四部叢刊》本、徐有榘木活字本、《唐文拾遺》卷三七作「深」。

〔一二〕嗜：底本「沓」旁作「沓」，俗寫體。下徑改不另出校。按：「噂嗜」即「噂沓」（「嗜」涉「噂」而類化），指議論紛紛。語出《詩·小雅·十月之交》：「噂沓背憎，職競由人。」鄭玄箋：「噂噂沓沓，相對談語，背則相憎逐。」

〔一三〕局：底本、《四部叢刊》本作「局」，俗别體。唐顔元孫《干禄字書》：「局局局：上俗，中通，下正。」《敦煌俗字典》「局」字條收有「局」、「局」二俗體。下不另出校。

〔一四〕往：底本作「住」。按：俗書「亻」、「彳」不拘，「住」乃「往」之俗省，徐有榘木活字本、《唐文拾遺》卷三七作「往」，《四部叢刊》本作「徃」（「往」之俗體），據改。

〔一五〕正：《國譯孤雲崔致遠先生文集》作「征」。

〔一六〕鬼：底本、《四部叢刊》本作「鬼」，減筆俗字，《敦煌俗字典》「鬼」字條收有此形。按：從「鬼」之字，如「愧」、「醜」、「魂」、「魏」、「瑰」、「隗」、「魑」、「魅」等，底本、《四部叢刊》本亦作「鬼」。下不一一出校。

〔一七〕者：《唐文拾遺》卷三七作「咎」，潘仕成海山仙館叢書本作「誚」。

〔一八〕託：《四部叢刊》本、《唐文拾遺》卷三七作「托」，通用字。

璧州鄭凝績尚書二首

賢尊相公不聞庸虛〔一〕，早垂眷顧。每念攀鴻之懇，頻傳繫鴈之書。動皆陶侃之手蹤〔二〕，曾匪陳遵之口占〔三〕。寶玩而字終不滅，何翅三年；輝榮而恩有所從，倍賢十部。況與尚書頃依鳳里，已覯龍章〔四〕。清談深仰於阿戎，異禮得攀於侯昱〔五〕。高山仰止，何日忘之？今者遠辱榮緘，過垂虛譽。永言抃荷，但務鐫銘云云。

第二

某素無材術，謬荷寵章。頃握兵權〔六〕，方舉上將軍之令；爰沾睿渥，叨升大司馬之榮〔七〕。仰睹鳳書，深慙豹略。此時未審尚書，躡八花塼之影，綴五色筆之詞。刻畫恩深，游揚意重。不獲早申感激〔八〕，遠謝褒稱。又奉華緘，方知麗藻。雖早榮紙貴，固無愧於士安〔九〕；而每想筆乾，實有慙於玄照。既多闕禮，何讀深辜？伏惟眷私，終賜恕察云云。

〔校記〕

〔一〕聞：《唐文拾遺》卷三七、《國譯孤雲崔致遠先生文集》作「問」。按：「不聞」、「不問」義同，均指不管，無論。

〔二〕侃：底本作「偘」，異構字。

〔三〕匪：《四部叢刊》本、徐有榘木活字本、《唐文拾遺》卷三七作「非」。按：二者古通用，均表否定，猶言不。

〔四〕已：底本缺，據《四部叢刊》本、徐有榘木活字本、《唐文拾遺》卷三七補。

〔五〕俟：《國譯孤雲崔致遠先生文集》作「候」。按：二者俗寫不拘。

〔六〕頃：底本誤作「須」，據《四部叢刊》本、徐有榘木活字本、《唐文拾遺》卷三七改。

〔七〕升：《四部叢刊》本、徐有榘木活字本、《唐文拾遺》卷三七作「承」。

〔八〕申：底本誤作「中」，據《四部叢刊》本、徐有榘木活字本、《唐文拾遺》卷三七改。

〔九〕士安：《國譯孤雲崔致遠先生文集》作「左思」。

太保相公鄭畋

自承相公大郎再持廟筭，大庇藩條。况蒙特假陶鈞，正歸擢筦〔一〕。雖則魯為長府，仍舊貫之言行；其如晉閲被廬，作新軍之意切。未𧢻措手，尋見移權。凡所阻囏，自𧢻審度〔二〕。遠垂批示，倍荷恩私。如愚者焉〔三〕，所獲多矣。敢速官謗，有負親知？伏惟鑒察。謹狀〔四〕。

〔校記〕

〔一〕擢：《四部叢刊》本、《唐文拾遺》卷三七作「摧」，徐有榘木活字本作「榷」。按：「摧」為「榷」之俗（俗寫「扌」、「木」不拘）；「擢」則通「榷」，謂專利，壟斷。詳見卷六《謝落諸道鹽鐵使加侍中兼實封狀》該條校注〔四〕。

〔二〕自：《四部叢刊》本誤作「目」。

〔三〕如愚者焉：《國譯孤雲崔致遠先生文集》誤作「如愚焉者」。

〔四〕謹狀：潘仕成海山仙館叢書本作「云云」。

護軍郄公甫將軍三首

某用捨行藏〔一〕，唯遵帝命；始終去就，粪洽軍情〔二〕。仰酬萬乘之知，豈計一朝之忿？昨者繼窺天旨，更勵氷心。遂令專介傳書，願得近鄰釋憾。周相公似能遵稟，免致悔尤。既知蘧瑗之非，必息廉頗之怒。一帶水永除多梗〔三〕，九重天實鑒忠誠。自此日聆雞犬之音，風識馬牛之性，往來無壅，彼此相成。斯皆將軍遠贊睿慈〔四〕，旁均和氣，共成美事。但荷深仁，特辱芳緘，過垂虛譽，銘戴慙惕，豈任下情。

第二

特垂寵示，過辱奬詞。竊知將校官寮，三軍百姓，共陳衆狀，請發奏章。以為烟塵自起於四郊，塗炭遍加於九野，唯有斗牛之境，稍無戎馬之災〔五〕。此實地分所招，天心見庇。蓋蒸黎之福也，何功力之有焉？豈料將軍過聽衆詞，助成美事，欲煩録奏，特賜傳言。然以拙政而誘群情，以虚言而干聖鑒〔六〕，固為不可，實所難當。伏惟終寢奏論〔七〕，俾迸官謗〔八〕，便同受賜，非敢矯言。伏惟允察云云〔九〕。

第三

特辱華緘，猥傳吉語，初驚善謔，終荷深仁。某每省庸虚，過沾寵寄〔一〇〕，未能報主，豈至封王？雖漢代諸侯，亦流恩於異姓；而周書列爵，須示賞於殊勳。曾無剖竹之聲，詎有分茅之望？既非實譽，必恐虚傳。但慙眷私，未敢陳謝云云。

〔校記〕

〔一〕捨：《四部叢刊》本、徐有榘木活字本、《唐文拾遺》卷三七作「舍」。按：「舍」、「捨」古今字。

〔二〕軍：《四部叢刊》本、徐有榘木活字本、《唐文拾遺》卷三七作「群」。

〔三〕水：底本誤作「氷」，據《四部叢刊》本、徐有榘木活字本、《唐文拾遺》卷三七改。

〔四〕贊：底本作「替」，形近而誤，據《四部叢刊》本、徐有榘木活字本、《唐文拾遺》卷三七改。

〔五〕戎：底本誤作「犬」，據《四部叢刊》本、徐有榘木活字本、《唐文拾遺》卷三七改。按：「戎馬」指戰亂，戰爭。《老子》：「天下無道，戎馬生於郊。」北齊顏之推《顏氏家訓·風操》：「汝曹生於戎馬之間，視聽之所不曉，故聊記録，以傳示子孫。」唐杜甫《登岳陽樓》詩：「戎馬關山北，憑軒涕泗流。」均其例。

〔六〕聖鑒：《國譯孤雲崔致遠先生文集》作「聖聽」。
〔七〕惟：《唐文拾遺》卷三七作「祈」。
〔八〕迸：《四部叢刊》本、徐有榘木活字本、《唐文拾遺》卷三七作「速」，《國譯孤雲崔致遠先生文集》作「逭」。
按：三者義近。「迸」通「屏」，謂斥逐，排除。「速」謂招致，「逭」謂逃避。
〔九〕允：底本作「元」，形近而誤，據《四部叢刊》本、徐有榘木活字本、《唐文拾遺》卷三七改。
〔一〇〕沾：《唐文拾遺》卷三七、潘仕成海山仙館叢書本作「沾」。

前左省衛增常侍

忽奉榮緘，特垂善謔。宣父則欽遵三益，老君則唯贈一言。仰銜成我之恩，但抱起予之歎。自常侍遠勞仙騎，俯顧弊藩，竊承久陟道途〔一〕，倦垂軒蓋。戀德而披雲尚阻〔二〕，懷誠而啓露未期。每憶笑談，莫勝飢渴。某也早以勤行至道，唯希翊贊聖朝。張良正遇於漢恩，敢言絕跡；范蠡未除其越耻，詎欲逃名？非求八百歲之成春〔三〕，但讀五千言而勵節。幸無大故，且恕小瑕。方願惠然肯來，豈將率尒而對云云〔四〕。

〔校記〕
〔一〕陟：《國譯孤雲崔致遠先生文集》作「涉」。

〔二〕披：《唐文拾遺》卷三七作「被」。按：二者通用。

〔三〕之：《四部叢刊》本、徐有榘木活字本、《唐文拾遺》卷三七作「以」，《國譯孤雲崔致遠先生文集》作「而」。

〔四〕尒：《四部叢刊》本作「尒」，皆「爾」之俗書，《敦煌俗字典》「爾」字條收此二形，他本均作「爾」。

泗州于濤尚書二首

蠢彼徐戎，聚兹餘燼，敢侵貴境，再逞姦謀。只應來就誅夷〔一〕，固可立期撲滅。況尚書德超定國，威跨栗磾。妙略防危，實知孺子可教；强隣結憾，是表忠臣不和〔二〕。去年既振雄威，今日更資茂績。此已徵驅衆旅〔三〕，救援仁封。永言牙爪之勤〔四〕，須託指蹤之妙。願諧群望，暫屈長才，輒敢請充都指揮使。仰俟一呼之命，同成九拒之功。兾耀兵權，早燼寇黨，得脱齊桓之耻，唯憑郄縠之賢〔五〕。伏惟眷私，深賜照察〔六〕。

第二

昨者竊聆有拔城之議，遂申忠告，兾保遠圖。伏奉廻緘，得窺深旨。且徐戎肆虐〔七〕，固非楚子之胠；泗俗懷忠，不比蕭人之怯。欲謀自潰，何謂克終？雖云有慮於防川，豈可潛思於哭井〔八〕？某近奉詔旨，頗促軍期，即得經過貴州，便可剗除寇壘。未見殷輪之苦，且更勉旃；其於沃釜之言〔九〕，已承命也。他具前狀，此不繁陳云云。

〔校記〕

〔一〕來：《四部叢刊》本作「夾」。按：「夾」為「來」字之破損。

〔二〕和：《唐文拾遺》卷三七作「私」。

〔三〕徵：底本此字均作「徴」，「徵」之減筆俗字，漢簡、漢碑中已見，後為日本常用漢字。下不另出校。《四部叢刊》本、《唐文拾遺》卷三七、潘仕成海山仙館叢書本作「微」，形近而誤。驅：《四部叢刊》本作「軀」（即「軀」之俗寫體，《敦煌俗字典》「軀」字條收），亦形近而訛。《國譯孤雲崔致遠先生文集》作「調」。按：「徵驅」、「徵調」義同，同書卷一一《告報諸道會兵書》中有「不勞十道徵駈（「驅」之俗寫），必謂一麾蕩穵」句，即用「徵驅」。旅，底本作「旅」，俗寫體。唐慧琳《一切經音義》卷一一《大寶積經序》音義：「旅，俗用從衣作旅，非也。」敦煌辭書《正名要錄》（斯三八八號）釋「旅旅」：「右字形雖別，音義是同。古而典者居上，今而要者居下。」《四部叢刊》本作「旅」，亦俗寫體。下不另出校。

〔四〕牙爪：《國譯孤雲崔致遠先生文集》作「爪牙」。按：二者義同。

〔五〕郄：《四部叢刊》本、徐有榘木活字本作「郤」，《唐文拾遺》卷三七作「卻」。按：三者異構字。縠：《四部叢刊》本作「縠」（同「縠」）。按：當作「郤縠」。郤縠，春秋時晉國人，晉文公時大夫。據《左傳・僖公二十七年》載：「（晉文公）作三軍，謀元帥。趙衰曰：『郤縠可。臣亟聞其言矣，說《禮》《樂》而敦《詩》《書》……君其試之！』乃使郤縠將中軍，郤溱佐之。」後世詩文常用「郤縠」比喻儒將。唐韓愈《酬別留後侍郎》詩：「爲文無出相如右，謀帥難居郤縠先。」即其例。

〔六〕照：《國譯孤雲崔致遠先生文集》誤作「熙」。

〔八〕虐：底本、《四部叢刊》本作「虗」，俗寫體。按：從「虐」之字如「謔」等，底本、《四部叢刊》本亦如此作。下不另出校。

〔八〕哭井：《四部叢刊》本、徐有榘木活字本、《唐文拾遺》卷三七作「坐井」。按：似當作「坐井」。「坐」俗寫作「坐」，與「哭」形近易混。「坐井」即「坐井觀天」（亦作「坐井窺天」）之省，喻眼界狹小，所見有限。唐韓愈《原道》：「老子之小仁義，非毁之也，其見者小也。坐井而觀天，曰天小者，非天小也。」明李贄《又與從吾書》：「此中如坐井，舍無念無可談者。」袁宏道《狂言别集·寄友人》：「書至此，忽念粤西之行，飽看萬里奇山，於卷石何有？斷不免坐井之誚矣。」均其例。

〔九〕沃：潘仕成海山仙館叢書本作「破」。

桂苑筆耕集卷第十

別紙二十首

魏博韓侍中一首〔一〕
鄂州崔大夫一首〔二〕
考功蔣郎中一首〔三〕
前泗州鄭常侍一首〔四〕
新羅使朴員外一首〔五〕
蕭相公二首〔六〕
田軍容一首〔七〕
都統王令公一首〔八〕
浙西周相公一首〔九〕
前宣歙裴尚書一首〔一〇〕
幽州李太保五首〔一一〕
徐泗時司空一首〔一二〕
田軍容一首〔一三〕
振武赫連尚書一首〔一四〕
幽州李大王一首〔一五〕

〔校記〕

〔一〕魏博韓侍中一首：徐有榘木活字本作「魏博韓簡侍中」。

〔二〕鄂州崔大夫一首：徐有榘木活字本作「鄂州崔紹大夫」。

〔三〕考功蔣郎中一首：徐有榘木活字本作「考功蔣泳郎中」。
〔四〕前泗州鄭常侍一首：徐有榘木活字本作「前泗州鄭廉常侍」。
〔五〕新羅使朴員外一首：徐有榘木活字本作「新羅探候使朴仁範員外」。
〔六〕蕭相公二首：徐有榘木活字本作「蕭遘相公二首」。
〔七〕田軍容一首：徐有榘木活字本作「田軍容」。
〔八〕都統王令公一首：徐有榘木活字本作「都統王令公賀冬至」。
〔九〕浙西周相公一首：徐有榘木活字本作「浙西周寶司空」。
〔一〇〕前宣歙裴尚書一首：徐有榘木活字本作「前宣歙裴虔餘尚書」。
〔一一〕幽州李太保五首：徐有榘木活字本作「幽州李可舉太保五首」。
〔一二〕徐泗時司空一首：徐有榘木活字本作「徐泗時司空」。
〔一三〕田軍容一首：徐有榘木活字本作「田令孜軍容送器物」。
〔一四〕振武赫連尚書一首：徐有榘木活字本作「振武赫連鐸尚書謝馬狗」。
〔一五〕幽州李大王一首：徐有榘木活字本作「幽州李可舉大王」。

魏博韓簡侍中

一自黄巾北侵，翠輦西幸，蝗無避境，蟻已壞堤。内興宫闕之灾〔一〕，外結藩維之耻。諸葛爽者，豕食難飽，豺聲易驕，却躡迷途，敢凌貴圉！侍中手驅虎隊，心閱豹韜〔二〕，一陣纔施，三城遂復，雄功始建〔三〕，册命俄臨。永為壯士之盛談，別作諸侯之美事。某昨欲剖巢燻穴，久為淬甲勵兵。及出師徒，又蒙詔旨。且令利權山海，鎮壓江淮，一殄國讎〔四〕，先資邦賦。然其奈夜眠軍幕，霜橫枕上之戈〔五〕；曉掛戎衣，雷吼匣中之劒。終願親揚勇略，靜滅兇徒。伏惟鑒察。

〔校記〕

〔一〕興：底本作「興」，簡俗體。《四部叢刊》本、徐有榘木活字本作「無」，《唐文拾遺》卷三八作「撫」。按：作「無」、「撫」者均未合文意。疑「無」乃「興」（即「興」）之形訛，「撫」又是「無」字之誤錄。

〔二〕豹韜：《國譯孤雲崔致遠先生文集》作「豹略」。按：二者義同，均指古代兵書《六韜》篇名之一（相傳為周呂尚所撰），又借指用兵的韜略。唐杜甫《喜聞官軍已臨賊境》詩：「元帥歸龍種，司空握豹韜。」後蜀何光遠《鑒戒録·判木夾》：「深明豹略，精究龍韜。」均其例。

〔三〕建：潘仕成海山仙館叢書本作「見」。

〔四〕殄：《四部叢刊》本、徐有榘木活字本、《唐文拾遺》卷三八作「弭」。按：「弭」謂止息，「殄」謂滅絕、絕盡。

〔五〕枕：底本、《四部叢刊》本作「枕」，俗寫體，《敦煌俗字典》「枕」字條收有此形。下不另出校。

鄂州崔紹大夫

遠蒙仁私，特示表藁，其於歎仰，無以諭陳〔一〕。某夙練戎韜，頗裨王略〔二〕，不愧於管天錐地，猶勤於撮壤導涓。遂敢累貢忠誠，巽迴聖鑒。儻或六龍下峽，豈同五馬渡江？中朝之禮樂無虧，下武之功猷斯在。果蒙大夫惠於宗族，賛以表章，過垂華衮之褒，益睹彩毫之妙。古詩云：「不惜歌者苦，但傷知音稀〔三〕。」今日知音，幸遇之矣。然榮示中，媲茂弘之德業〔四〕，齊越石之機謀，自顧瑣才，何當虛譽？今則王導清望，已推於首座相公；劉琨至誠，亦付於襄陽僕射。必期英鑒，永察愚衷云云。

〔校記〕

〔一〕諭陳：《四部叢刊》本、徐有榘木活字本、《唐文拾遺》卷三八作「喻陳」。按：二者義同，均指用語言來表達。

〔二〕裨：底本、《四部叢刊》本作「禆」，徐有榘木活字本、《唐文拾遺》卷三八作「裨」，《國譯孤雲崔致遠先生文集》作「稗」。按：「禆」為「裨」之俗寫，「裨」乃「裨」之異構，作「稗」者，亦「裨」之俗構（俗寫「禾」、「ネ」二者不拘。卷四《奏請從事官狀》之「裨」，底本即作「稗」），今改為正字。

〔三〕稀：《國譯孤雲崔致遠先生文集》作「希」。按：「希」、「稀」古今字。又，「不惜歌者苦，但傷知音稀」二句，出自《古詩十九首·西北有高樓》。唐張文成《遊仙窟》中，亦有「不辭歌者苦，但傷知音稀」的詩句。

〔四〕茂弘：潘仕成海山仙館叢書本作「茂安」。按：王導，東晉名相，字茂弘。

考功蔣泳郎中

特勞專介，忽辱榮緘。過垂軒冕之褒，永寘巾箱之寶。實慙彼己，豈敢當仁？郎中學士暫避蘜時，偶勞僑跡。今者官清司績〔一〕，職峻集仙。麟趾殿中，久侍驂鸞之客；螭頭階上，則親吐鳳之才〔二〕。豈唯舉四善之精詳，盖必備九重之顧問。鋪陳組繡，演暢絲綸〔三〕，則也虞、夏、商、周之書〔四〕，重行聖代；蕭、曹、魏、邴之位，更屬何人？詎可守三徑之寂寥〔五〕，慮千山之險阻？許垂訪別〔六〕，專兾祇迎〔七〕。伏惟眷私，幸賜鑒察。

〔校記〕

〔一〕清：《國譯孤雲崔致遠先生文集》作「請」，形近而誤。

〔二〕則：潘仕成海山仙館叢書本作「別」。

〔三〕絲：底本作「絲」，簡俗字。按：「絲綸」語出《禮記·緇衣》：「王言如絲，其出如綸。」孔穎達疏：「王言初出，微細如絲，及其出行於外，言更漸大，如似綸也。」後因稱帝王詔書為「絲綸」。南朝梁劉勰《文心雕龍·詔策》：「《記》稱絲綸，所以應接羣後。」唐楊炯《為劉少傅謝敕書慰勞表》：「虔奉絲綸，躬親政事。」即其例。

〔四〕則：潘仕成海山仙館叢書本作「且」。

〔五〕寥：底本作「[illegible]」，俗別字，《敦煌俗字典》「寥」字條收有此形。按：文中從「翏」之字，底本亦作此形，如下文中之「殺戮」的「戮」、「鏐銑」的「鏐」、「單醪」的「醪」等。下不另出校。

〔六〕垂：底本作「[illegible]」，異構字。下不另出校。訪別：《國譯孤雲崔致遠先生文集》作「別訪」。

〔七〕祇迎：《四部叢刊》本、徐有榘木活字本、《唐文拾遺》卷三八作「祗迎」。按：二者同詞異寫，「祗迎」即「迎」，「祇」已綴化。

前泗州鄭廉常侍

竊以寇戎未殄，士卒多驕。凡曰郡侯，實難政理。縱得上和下睦，猶為朝是夕非。況福乃儻來，禍惟不測。但無慙於屋漏，亦何累於國恩？然而常侍蓋切奉公〔一〕，匪踈撫士，雖云驚擾，終免侵傷。有以見為政無私，當仁有裕。伏承已離泗水，始及淮山。捧閱來緘〔二〕，撝謙往咎〔三〕。其於瞻仰，胡可弭忘？然則郡守懸魚，既繼古人之節；塞翁喪馬〔四〕，可寬達士之懷云云。

〔校記〕

〔一〕蓋：《國譯孤雲崔致遠先生文集》作「益」。按：二字形近易混，據文意，作「益」義長。

〔二〕捧：《國譯孤雲崔致遠先生文集》作「奉」。按：「奉」、「捧」古今字。

〔三〕撝：底本作「僞」，據徐有榘木活字本、《唐文拾遺》卷三八改。按：《易·謙》：「無不利撝謙。」注：「指撝皆謙，不違則也。」後稱謙遜為「撝謙」。

〔四〕丧：潘仕成海山仙館叢書本作「失」。

新羅探候使朴仁範員外〔一〕

忽奉公状，備睹忠誠，慰愜欽依，但增衷抱。員外芳含雞樹，秀稟鼇山。來登天上之金牌，桂分高影；去陟日邊之粉署，蘭吐餘香。今者仰戀聖朝，遠銜王命，捧琛執贄，棧險航深，䏬獻欵於表章〔二〕，欲致誠於官守。誰無奉使〔三〕，難在此時。九州之侯伯傾心，萬國之臣僚沮色。幸來弊鎮，得接清覩，况奉貴國大王特致書信相問。將成美事，不惜直言。儻員外止到淮壖，却歸海徼，縱得上陳有理，其如外議難防？無念東還，決為西笑。聖主方深倚望，賢王佇荷寵榮。道路亦通，舟舡無壅。勿移素志，勉赴遠行。峽中寇戎，或聚或散，此亦專令防援，必應免致驚憂。且過麟茲，可謀征邁。館中有闕，幸垂示之。所來探候事，已令録表申奏。敬惟鑒察。

〔校記〕

〔一〕候：底本作「侯」，俗書二者不拘。朴：《唐文拾遺》卷三八作「樸」。

〔二〕章：底本、《四部叢刊》本作「章」，俗別字，《敦煌俗字典》「章」字條收有此形。按：文中從「章」之字，如「障」、「漳」、「彰」、「璋」、「嶂」、「瘴」等，底本、《四部叢刊》本亦作「章」。下不另出校。

〔三〕誰：《四部叢刊》本、徐有榘木活字本、《唐文拾遺》卷三八作「雖」。無：《國譯孤雲崔致遠先生文集》作「有」。

蕭遘相公二首〔一〕

某累貢表章，請議巡幸，忠誠屢罄，宸睠未迴，冀保始終，再陳利害。匪望河陽之狩，願迎汾水之遊。竊以諸道賦輿，皆遵峽路，多是僦五致一〔二〕，蓋已萬水千山。後綱不繼前綱，所貢不如所費。況近者西從蜀國，南至荆門，似有微灾，恐遺巨患。忽若草寇侵據，江陵阻艱〔三〕，則榛梗既多，苞茅莫入。或更蠻戎伺隟，必令越嶲勞兵〔四〕。避柱觸楹，防微可誡；行舟墜劍，執滯固難。某以孝子不諛其親，忠臣不諂其主〔五〕，遂陳狂瞽，遠黷聖聰。唯望略泛龍舟，暫遷鳳里。庶使九州修貢，不愆任土之宜；四海歸仁，盡遂朝天之望。且賊巢兇狂聚衆，穢黷經時，縱䚡早覆妖巢，豈可便廻法駕？淮南乃寰中俗富〔六〕，閫外名高。喻以金甌，永無虧缺〔七〕；比於玉壘，實異繁華。伏惟相公居注意之朝，處沃心之位。周成王之卜洛，始託姬公；晉元帝之渡江〔八〕，終資仲父。早申决議，仰贊宸衷。䚡成可久之規，益表無私之德。某頃在西川制置，及於南詔通和，雖為先察於微，豈欲驟稱其伐？但緣相公皆垂目驗，不敢面欺。則今日荆蜀灾星，未能退舍；吴楚福地，實可遷都。事貴從權〔九〕，化資垂拱。永致一家之理〔一〇〕，必輸萬里之誠。某言不近誣，志唯遠慮，非奪日官之業，兾酬天子之恩〔一一〕，幸望國僑，無譏裨竈〔一二〕。謹以具表陳請訖，伏惟〔一三〕。

第二

伏以物忌太盛，器滿必傾。自古有言，至今為誡。苟或不能知止，但欲貪榮，則有折鼎足之虞，炊劍頭之險。某每念遭逢聖運，紹續舊勳。北定羌戎，南征蠻蜑，東降齊盜，西建蜀城。高提三尺之權，粗展四方之志。然自烟塵聚孽，原野宿兵，曾無敦閱之全材〔一四〕，先叨統師〔一五〕；詎有縱横之令筞，兼領利權？而乃不能首唱義聲，身先鋭旅，戮奔鯨於海澤，逐猘犬於秦關，遽及火熾祠箳，塵驚御輦。遠聆巡幸，便議征行。但以每當誓衆之時，即奉止軍之詔。雖自始終勵節，其如進退失圖？華元興城者之謳，子産致國人之謗。乃有浙侯搆隟〔一六〕，沛將加兵。三年已來，二憾不釋。蜩螗競噪，蚌鷸相譏〔一七〕。厚誣而巧弄舌端，顯奏而乱摇心曲。求刺舡而不暇，想投杼以難逃。伏賴相公照以秦臺，調之伊鼎，察郤公之愬鄭伯，解晉帝之疑石苞。免掛刑章〔一八〕，尚縻寵秩。既蒙明洗，誠合淬磨。更修克己之心，永竭勤王之力。直以松筠不改，雖自保於堅貞；蒲柳先秋，遽已傷於衰暮。筋骸漸憊〔一九〕，志氣潛摧。縱欲自强〔二〇〕，終憂不逮。今者幸遇上京已復，大駕則廻〔二一〕。麟鬪龍吟，固息興妖之慮；放牛歸馬，實迎偃武之期。某也既在清時，誠為棄物〔二二〕。況縈沉痼，深負壯圖。攬鏡無憀，投簪是念。豈慕祁奚請老〔二三〕，尚處冗員；唯思范蠡愛閑，得行素意。乞解所職，自卜為宜。伏惟相公選士惟賢，退人以禮，俯矜羸薾〔二四〕，特賜允從。雖慚未遂報恩，免更久為尸禄。仰干陶冶，敬託牋毫。始知調急聲哀，唯愧詞窮理盡。伏惟俯賜恩鑒。

〔校記〕

〔一〕蕭遘相公二首：《東文選》卷五八題作「與蕭遘相公書」。

〔二〕僟：底本、《四部叢刊》本作「⿰亻既」，形誤字，據徐有榘木活字本、《唐文拾遺》卷三八等改。

〔三〕阻艱：《唐文拾遺》卷三八作「阻囏」。按：二者義同，謂險阻艱難。

〔四〕嶲：《國譯孤雲崔致遠先生文集》作「雋」，省旁字。按：「越嶲」，亦作「越巂」，古地名。漢有越巂郡，在今四川省西昌地區，見《漢書・西南夷傳》。《史記・西南夷列傳》作「越嶲」。

〔五〕諂：底本、《四部叢刊》本作「謟」，「謟」意爲懷疑，隱瞞。《左傳・昭公二十六年》：「天命不謟久矣。」毛氏注：「從言從舀，與諂諛字不同。」刻本「謟」、「諂」二字常混用不分。按：「孝子不諛其親，忠臣不諂其主」語出《莊子・天地》，據徐有榘木活字本及《莊子》改。

〔六〕俗：《唐文拾遺》卷三八作「久」。

〔七〕缺：底本、《四部叢刊》本「缶」旁作「⿱𠂉止」，俗寫體。亦有作「鈌」、「㪺」者，均俗寫。下不一一出校。

〔八〕渡：《東文選》卷五八作「度」，通用字。

〔九〕貴：《四部叢刊》本、徐有榘木活字本、《唐文拾遺》卷三八作「歸」。按：《東文選》卷五八亦作「貴」，當為原文之舊。

〔一〇〕致：《唐文拾遺》卷三八作「定」。

〔一一〕酬：《四部叢刊》本、徐有榘木活字本作「垂」，《唐文拾遺》卷三八作「乘」。

〔一二〕禆：底本、《四部叢刊》本作「裨」，俗寫體。兹據徐有榘木活字本、《唐文拾遺》卷三八改為正字。按：「禆」為姓，「禆竈」是春秋時鄭國人，見《左傳·襄公二十八年》。

〔一三〕伏惟：徐有榘木活字本、《唐文拾遺》卷三八作「伏惟云云」。《東文選》卷五八闕「伏惟」二字。

〔一四〕閱：潘仕成海山仙館叢書本誤作「說」。

〔一五〕師：徐有榘木活字本、《唐文拾遺》卷三八作「帥」。按：二者俗書不拘，據文意，似當作「帥」。

〔一六〕搆隟：《四部叢刊》本、徐有榘木活字本、《唐文拾遺》卷三八作「構隟」。按：二者同詞異寫，亦作「構隙」、「搆隙」，指結怨。晉葛洪《抱朴子·疾謬》：「絶交壞身，搆隙致禍，以杯螺相擲者有矣。」唐司空圖《華師許國公德政碑》：「虢州刺史張存背陜迎降，旋又持疑構隟。」是其例。

〔一七〕蚌：底本作「蚌」，俗寫體。

〔一八〕掛：《四部叢刊》本作「桂」。按：「桂」即「挂」之俗寫，「挂」為「掛」之簡俗體。

〔一九〕筋：《四部叢刊》本作「筯」，俗寫體，《敦煌俗字典》「筋」字條收錄此形。僃：底本、《四部叢刊》本「備」旁作「脩」，俗寫體。

〔二〇〕縱：底本誤作「蹤」，據《四部叢刊》本、徐有榘木活字本、《唐文拾遺》卷三八改。

〔二一〕則：潘仕成海山仙館叢書本作「即」。

〔二二〕棄：《國譯孤雲崔致遠先生文集》作「辯」。

〔二三〕祁奚：《四部叢刊》本、徐有榘木活字本、《唐文拾遺》卷三八作「祈奚」。按：「祈」、「祁」古通用。「祈奚」，春秋晉國人，其行跡見《左傳・襄公三年》、《襄公十六年》。

〔二四〕薾：徐有榘木活字本、《唐文拾遺》卷三八作「劣」，《四部叢刊》本作「某」。按：「羸薾」、「羸劣」義同，均指瘦弱疲憊。唐獨孤及《為李給事讓起復尚書左丞第四表》：「猥以羸薾之質，謬銜出疆之命。」馮贄《雲仙雜記》卷五：「沈休文羸劣多病，日數米而食。」作「某」者不辭。

田軍容〔一〕

某慙無術略，久窃寵榮〔二〕，提漢法之重權，陟秦官之極品。莫申展効，何贖貪叨？況自寇盜奔侵，京都陷覆，久守咽喉之寄，不成毫髮之功。雖兵柄既多，固難措手；而君恩未報，實切覥顔〔三〕。況乃室怒潛興，鄰讎競起。陸遜徒稱其佳吏，崔暹終憾於癡人。顯奏相誣，多言可畏。幸蒙軍容推心庇護，極力保持。雖遭貝錦之詞，免陷織羅之罪。祇合以戀軒思幄〔四〕，策蹇磨鈆，畢命爲期，在公無倦。但緣攝生罕妙，從役久勤，齒髮既衰，精神亦耗。少私寡欲，敢言君子者乎；多病愛閑，方謂古人是也。智力不可强進，寵章不可濫行。實覺妨賢〔五〕，只宜求退。今者肅清鳳闕，撲滅梟巢。櫜弓矢以銷兵，永除戎傄；垂衣裳而致理，廣任賢才。如某者寒灰罷燃，眢井誰顧？徃歲之南征北伐〔六〕，雖忝當仁；此時之尸禄素飡，逾慙非據。既失行駈十乘，豈鲑臥護六軍？輒貢表章，懇辭爵位。伏惟軍容察以有犯無隱之義，難進易退之規，仰贊帝俞，俯從愚願。敢有脅肩諂笑，固無沒齒怨言。幸逢四海之昇平，願指一丘而養老。干黷清德，兢惕實深，伏惟云云。

【校記】

〔一〕田军容：《東文選》卷五八題作「與田軍容書」。

〔二〕寵榮：《四部叢刊》本、徐有榘木活字本作「榮寵」。按：《東文選》卷五八、《國譯孤雲崔致遠先生文集》亦作「寵榮」。寵：《四部叢刊》本作「寵」，減筆俗字。下不另出校。

〔三〕靦：底本、《四部叢刊》本「面」作「靣」，俗別字，《敦煌俗字典》「靦」字條收録此形。下徑改不另出校。

〔四〕祇：《四部叢刊》本、徐有榘木活字本、《唐文拾遺》卷三八作「祗」。按：二者俗寫無别，本當作「祇」。清段玉裁《説文解字·示部》：「祇，為語辭，適也。凡此訓，唐人皆從衣從氏作衹，見《五經文字》、唐石經、《唐韻》、《集韻》，宋以後俗本多作衹，非古也；至各體從氐，則尤謬極矣。」下不再另出校。

〔五〕實：底本、《四部叢刊》本、《東文選》卷五八作「寳」，形近而誤，據徐有榘木活字本、《唐文拾遺》卷三八改。

〔六〕南征北伐：《國譯孤雲崔致遠先生文集》作「西征北伐」。

都統王令公賀冬〔一〕

伏以律管潛吹，星躔改候〔二〕，觀臺望瑞，雲物呈祥。伏惟令公每布祥雲，常懸愛日。三軍彍弩，挾楚纊以忘寒；五夜枕戈，擁孫衾而達曙。必資景福，早建殊功。惟當肅殺之時〔三〕，便遂討除之勢〔四〕。四方聳耳，佇聆大捷之音；萬乘傾心〔五〕，永致中興之運。某未由陳賀〔六〕，但切禱祈〔七〕。

〔校記〕

〔一〕都統王令公賀冬：徐有榘木活字本題作「都統王令公賀冬至」。

〔二〕候：底本作「侯」。按：俗寫二者不拘，他本均作「候」，據改。

〔三〕惟：底本、《四部叢刊》本、《唐文拾遺》卷三八、潘仕成海山仙館叢書本作「雅」，形近而誤，據徐有榘木活字本改。

〔四〕討：《唐文拾遺》卷三八誤作「計」。

〔五〕乘：《唐文拾遺》卷三八作「衆」。

〔六〕未：《四部叢刊》本、徐有榘木活字本、《唐文拾遺》卷三八作「末」。

〔七〕祈：底本作「祈」，增筆俗字，據他本改為正體。

浙西周寳司空

伏以禮慶履長，傳標視朔〔一〕。夷夏契混同之運，乾坤叶交泰之期。伏惟司空相公浙水流恩，吴山變俗。既睹趙衰之日〔二〕，永洽物情；願親傳説之星，早環帝座。未由拜賀〔三〕，但切禱祈云云。

〔校記〕

〔一〕朔：底本、《四部叢刊》本作「朔」，俗寫體。《碑别字新編》引隋《賈珉墓誌》，「朔」即如此作。按：文中「闕」、「溯」所從之「屰」，底本、《四部叢刊》本亦如此作。下不另出校。

〔二〕衰：底本作「衺」，即「襄」字之俗寫。《四部叢刊》本作「良」。按：「衺（襄）」乃「衰」字之訛。「趙衰」，春秋晉人，趙盾之父（參見卷八《幽州李可舉大王四首》「趙盾」條校注）。《左傳·文公七年》：「趙衰，冬日之日也。」杜預注：「冬日可愛。」後因稱冬日為愛日。亦常比喻恩德。唐駱賓王《在江南贈宋之問》詩：「溫輝凌愛日，壯氣驚寒水。」宋司馬光《和秉國芙蓉》之一：「清曉霜華漫自濃，獨憑愛日養殘紅。」均其例。句中「趙衰之日」即喻恩德。作「趙良」，顯非其意。

〔三〕未：《四部叢刊》本、徐有榘木活字本、《唐文拾遺》卷三八作「末」。

前宣歙裴虔餘尚書

伏以禮稱迎日，傳載書雲。當寰中賀聖之晨〔一〕，是水外寢兵之際。宜陳善祝，仰薦殊祥。伏惟尚書政報褰帷〔二〕，慶資温席，已捧徵黄之詔，固諧夢説之期。人仰板輿，羡老萊之榮養；帝留金鼎，待伊尹之來調。某雖戎律拘身，而清覲在想，未由拜賀〔三〕，但切禱祠〔四〕。

〔校記〕

〔一〕晨：潘仕成海山仙館叢書本作「辰」，通用字。

〔二〕帷：《國譯孤雲崔致遠先生文集》作「惟」，俗寫體，俗寫「巾」、「忄」多不拘，《敦煌俗字典》「帷」字條收此形。

〔三〕未：《四部叢刊》本、徐有榘木活字本、《唐文拾遺》卷三八作「末」。

〔四〕禱祠：《國譯孤雲崔致遠先生文集》作「禱祈」。按：二者義同，均謂祈禱。

幽州李可舉太保五首〔一〕

第一

碾玉排方腰帶壹條并金魚袋壹枚，金花銀合盛，重一百六十兩。

右件腰帶，體資廉潤，功就琢磨。雖慙鄂坂之金，稍勝延陵之縞。珪璋比德，宜親佩劍之腰〔二〕；霜雪呈華，願近生松之腹。動則金章躍鯉，靜乃寶匣盤龍。既當屈以求伸，唯望服之無斁。謹專寄獻，遠表依攀。伏惟恩私，特垂檢納。

第二

銀結條燈籠一枚。承燈盞白盛荷葉一，漆木匣盛〔三〕，金銅鏁鑰並全〔四〕。

金花平脱銀裝硯臺一具。垂鉤香囊五枚〔五〕，漆木匣盛，金銅鏁鑰全具。

金花平脱銀裝硯匣并硯几一具。銀硯水瓶等四事，硯几在第二格內〔六〕。

右伏以持異物而奉異人，嘗聆斯語〔七〕；覽遠書而愧遠客，亦驗古詩。志常切於攀鴻，事不慙於獻鵠。每逢玠玩，則繫懇誠。前件燈籠硯臺等，鑄鑠成功，披砂潤色。運巧而雪絲綴藻〔八〕，標奇而霞葉雕華〔九〕。高懸謂雲盖凌風，遙視疑露盤含日。龍膏豹髓，偏宜卜夜於歡筵；鳳筆鵝牋，亦可依仁於末席〔一〇〕。加以謝囊分掛〔一一〕，孔硯深藏，虛心而只待含香，藴器而終胠處默。是敢徵美言於舉燭，寄微慊於濡毫〔一二〕。伏惟無思宋殿葛籠，僻敦儉約〔一三〕；或逞張池草聖〔一四〕，許近恩輝。必可遠耀九光，深滋五色。隔飛蛾而救物，仁化彌彰；研含麝以傳書，德馨增馥。非無所採，粗有可觀。必望眷私，俯垂容納，幸甚云云〔一五〕。

第三

金花陷銀柘裹合大小共三具〔一六〕。

銀接頭紅牙匙筯一十對〔一七〕。

犀杔子四隻。已上大合内盛〔一八〕。

銀裝茶椀四隻。在中合内盛。

犀楪子一十片。在小合内盛〔一九〕。

金花銀脚螺杯一隻。

右件匙筯、犀合、茶椀、螺杯等，雖愧金盤，粗勝棘匕。鈿玫瑰之表異〔二〇〕，固讓魏銘；詠玳瑁之標奇，敢徵潘賦。所貴者烟排翠點，霞染纖條。掌握增榮，不慮劉使軍見失；指蹤任意，或希柳御史自携。况乃水族殊姿，天成雅器〔二一〕，永免蜘蛛寄跡，觥將鸚鵡齊名。稍謂珎奇，遠思寄獻。伏惟靜籌帷幄，許接罇罍〔二二〕。對郭隗於高臺，深傾露液；遣甘需於仙闕，勝醉霞漿。伏惟恩私，特賜檢納，幸甚云云〔二三〕。

第四

織成紅錦繳壁兩條。

暖子錦三疋〔二四〕。

被錦兩疋。

西川羅夾纈二十疋。

真紅地絹夾纈八十疋。

右件繳壁、錦、纈等，龜城傳樣，鳳杼成功。張廣幅而宛見虹舒，疊綵繒而免慙鮫織。雖五千里之誇步障〔二五〕，則難可爭光；而四十疋之製戎衣，則或堪入用。亦冀俻會稽守晝行之服，換平津侯夜寐之衾〔二六〕。不咎輕微，特垂容納。干浼斯甚，兢慙實多云云。

第五

安南開海路圖一面。

西川羅城圖一面。並八幅紫綾緣〔二七〕。

右竊以事畏人知，功慙自衒〔二八〕。孟側奔殿，終著美於《魯論》；郄至驟稱〔二九〕，果興譏於《晉乘》。妍蚩可鑒〔三〇〕，今古何殊。頃者銅柱南標，金墉西建。開八百里之險路，則雲將斲石，雷師劈山；築四十里之新城，則水神滲泉，地媼供土。蓋乃感忠誠於上鑒，標壯觀於外藩。敢言簡在帝心，實匪率由人力。今則八蠻歸化，萬乘省方。既飫有俻無虞，亦所當仁不讓。去年嘗傳雅旨，欲覽微功。乃徵於墨妙筆精，遍寫彼長途峻壘。宛如縮地，不止移山。遠遣寄呈，略希展閱。必謂桂陽衛颯誠瑣瑣焉〔三一〕，亦知蜀國張儀是區區者。恃深眷而不拘小節，激壯圖而無訏大言。伏惟云云。

〔校記〕

〔一〕五首：據徐有榘木活字本及卷首標題補。文中「第一」至「第五」據文意補。

〔二〕佩：《四部叢刊》本作「佩」，俗寫體。下不另出校。

〔三〕漆：底本作「漆」，《四部叢刊》本、《唐文拾遺》卷三八作「桼」。按：「漆」、「桼」並「漆」字之俗寫（「桼」為「漆」之減筆，俗寫又作「泶」、「漆」），此據徐有榘木活字本改為正字。下不另出校。

〔四〕鑰：《四部叢刊》本、《唐文拾遺》卷三八誤作「鑰」，下同，不另出校。

〔五〕鉤：《四部叢刊》本、徐有榘木活字本、《唐文拾遺》卷三八誤作「鈉」。枚：底本作「板」，形近而訛，據《四部叢刊》本、徐有榘木活字本、《唐文拾遺》卷三八改。

〔六〕第二格內：徐有榘木活字本、《唐文拾遺》卷三八作「第二匣內」。格：《四部叢刊》本闕。

〔七〕斯：潘仕成海山仙館叢書本誤作「新」。

〔八〕雪：《四部叢刊》本、徐有榘木活字本、《唐文拾遺》卷三八誤作「靈」。

〔九〕葉：《四部叢刊》本、徐有榘木活字本作「藻」，《唐文拾遺》卷三八作「藻」。

〔一〇〕末：《四部叢刊》本作「未」。

〔一一〕分：《國譯孤雲崔致遠先生文集》訛作「合」。

〔一二〕徵：《四部叢刊》本、潘仕成海山仙館叢書本訛作「徵」。

〔一三〕僻：潘仕成海山仙館叢書本訛作「癖」。

〔一四〕張池：徐有榘木活字本、《唐文拾遺》卷三八作「張旭」，《四部叢刊》本作「張地」。按：潘仕成海山仙館叢書本亦作「張池」。

〔一五〕甚：底本作「甚」，敦煌寫卷中習見。按：文中從「甚」之字如「堪」、「斟」、「碪」等，底本、《四部叢刊》本亦如此作。下不一一出校。

〔一六〕柘：《唐文拾遺》卷三八作「拓」，俗寫二者不拘。裹：底本作「裹」，俗字。《廣碑別字》引唐《遼東郡公泉男生墓誌》，「裹」即如此作。《四部叢刊》本作「裹」，亦俗別體。《唐文拾遺》卷三八誤作「裹」。

〔一七〕餰：潘仕成海山仙館叢書本闕。

〔一八〕犀，底本作「犀」，俗寫體。《廣碑別字》引《寶梁經》，「犀」即作「犀」。

〔一九〕楪：底本「枼」旁作「枽」，俗寫體，《敦煌俗字典》「楪」字條收錄此形。按：唐人避唐太宗李世民之名諱，故從「枼」之字均作「枽」，如「喋」、「蝶」、「諜」、「牒」等，底本相當完整地保留了此類俗字。一十片：《四部叢刊》本、徐有榘木活字本、《唐文拾遺》卷三八作「二十片」。

〔二〇〕鈿：《國譯孤雲崔致遠先生文集》作「細」，形近而誤。按：「鈿」指以金、銀、玉、貝等鑲嵌器物。《魏書·食貨志》：「鏤以白銀，鈿以玫瑰。」唐常理《古別離》詩：「粟鈿金夾膝，花錯玉搔頭。」即其例。玫：底本作「玟」，俗寫體，《敦煌俗字典》「玫」字條收此形。

〔二一〕器：底本作「䍜」，俗別字。按：此形鮮見，大型字典、俗字典均未收。

〔二二〕罇：底本、《四部叢刊》本「缶」旁作「缶」，俗寫體，按：俗寫「缶」、「缶」不拘。

〔二三〕云云：《國譯孤雲崔致遠先生文集》闕此二字。

〔二四〕疋：底本作「尺」，形近而誤，據諸本改。

〔二五〕五千里：徐有榘木活字本、《唐文拾遺》卷三八作「五十里」。按：《世說新語・汰侈》：「君夫作紫絲布步障，碧綾裹四十里，石崇作錦步障五十里以敵之。」據此，似當作「五十里」。誇：底本、《四部叢刊》本作「誇」，俗寫體，亦即「誇」之微變。按：文中從「夸」之字，如「袴」、「跨」等，底本、《四部叢刊》本亦作「夸」。下不另出校。

〔二六〕換：《唐文拾遺》卷三八作「援」，形近而誤，他本皆作「換」。

〔二七〕緣：底本、《四部叢刊》本、潘仕成海山仙館叢書本作「綠」，形近而誤，兹據徐有榘木活字本、《唐文拾遺》卷三八改。

〔二八〕功：《唐文拾遺》卷三八作「切」，形近而誤。

〔二九〕郄：潘仕成海山仙館叢書本作「郤」。按：二者異構字。「郤至」，春秋時晉國人，晉景公時溫邑大夫。晉厲公六年，晉楚鄢陵之戰，至佐新軍，剖析楚軍有六不利，晉急擊必勝。公從之而不用欒書之計，敗楚師。欒書乃怨之，後郤至、郤錡等侈而招怨多，遂為厲公寵臣襲殺。見《左傳・成公十一年》及《成公十七年》。

〔三〇〕蚩：底本作「蚩」，減筆俗字。《四部叢刊》本作「蚩」，訛俗字。徐有榘木活字本作「媸」。按：「蚩」通「媸」，謂醜陋，醜惡。南朝梁劉勰《文心雕龍・指瑕》：「近代辭人，率多猜忌，至乃比語求蚩，反音取瑕，雖不屑於古，而有擇於今焉。」唐劉禹錫《何卜賦》：「有天下之是非，有仁人之是非，在此爲美兮，在彼爲蚩。」

〔三一〕颯：《國譯孤雲崔致遠先生文集》作「諷」，形近而誤。按：「衛颯」，東漢河内修武人，光武帝建武初為侍御史，遷桂陽太守，在任興學校，移風俗，鑿山道五百里，列亭傳，置郵驛，吏民稱便。

徐泗時溥司空〔一〕

物色〔二〕。

右伏以縞帶紵衣〔三〕，《魯史》乃先其所出；投桃報李，《周詩》用表於相知。永言沼沚之毛〔四〕，豈讓琅玕之寶？盖防闕禮，只貴申誠。前件物等，雖曰土宜，亦由波及，實慙華麗，况至尠微。難把八行盡寫傳心之語，唯憑一介聊陳籍手之儀〔五〕。伏惟眷私，特賜檢納云云。

〔校記〕

〔一〕徐泗時溥司空：《四部叢刊》本、徐有榘木活字本、《唐文拾遺》卷三八題作「徐泗時司空」。溥：底本作「溥」，俗寫體。

〔二〕物色：潘仕成海山仙館叢書本闕此二字。

〔三〕紵：底本「宁」旁作「亍」，俗寫體。《唐文拾遺》卷三八「宁」作「宀一」，簡俗體。

〔四〕永：底本作「求」，形近而誤，據諸本改。

〔五〕籍：徐有榘木活字本、《唐文拾遺》卷三八作「藉」，通用字。

田令孜軍容送器物

右竊以氛曀未銷〔一〕，道途尚梗，久乖專信，略達微誠。每憂於遠莫致〔二〕，不敢以多為貴者。前件器物，貨非難得，器實易盈。雖慙鏐銑之名〔三〕，願接鐏罍之列。輒將寄獻，遠表依攀。伏望無掛意於四知，幸流恩於一諾〔四〕。特垂容納云云。

〔校記〕

〔一〕氛曀：《四部叢刊》本、《唐文拾遺》卷三八、潘仕成海山仙館叢書本、《國譯孤雲崔致遠先生文集》作「氣曀」。按：似當作「氛曀」。「氛曀」指陰晦的雲氣。唐湛賁《日五色賦》：「其廓煙霄而朗霽，斂天宇之氛曀。」亦其例。

〔二〕致：底本作「致」，增筆俗寫。按：此形底本習見。

〔三〕鏐銑：底本誤作「鏐鋭」，據諸本改。按：「鏐」指純金，「銑」指金之有光澤者。

〔四〕幸：底本作「幸」，增筆俗體，《敦煌俗字典》「幸」字條收錄此形。按：文中「幸」，底本、《四部叢刊》本多作此形，下不另出校。

振武赫連鐸尚書謝馬狗

右特蒙眷知，遠有惠賚。無庾亮的顱之害，有陸機黃耳之能。敢謂偹於左牽右牽，實為馴於執勒執緤〔一〕。寧唯致遠〔二〕，況解防姦。既驅筞之有期，固指蹤而無失。仰承重貺，倍荷殊私，末有報酬〔三〕，益多愧悚。伏惟云云。

〔校記〕

〔一〕馴：《唐文拾遺》卷三八作「酬」。

〔二〕寧：《唐文拾遺》卷三八作「寍」，異構字。下不另出校。

〔三〕末：《唐文拾遺》卷三八作「未」。

幽州李可舉大王

青氊帳一口。金銅裝鉸〔一〕。

右伏蒙恩私，特賜惠賚，委之專介，衛以壯夫，遙陟危途，得張官舍。不假棟樑交構〔二〕，𦨶令戶牖全開。出觀則一朶蓮峰，入玩則千重錦浪。加以頂標曉日，額展晨霞。靜吟而篘箔搖風，俯視而地衣鋪雪，舒卷皆成其壯觀，行藏永佩於深仁。莫不銜沙漠之奇摸〔三〕，駭江淮之衆聽。卧龍竊謦，固當高枕無憂；虜豹成功，必可運籌決勝。唯期尅捷，全賴庇庥。荷戴所深，啓陳何及。伏惟〔四〕。

〔校記〕

〔一〕金銅裝鉸：《四部叢刊》本、徐有榘木活字本、《唐文拾遺》卷三八作「金銅裝鉸具」。

〔二〕樑：底本「梁」旁作「梁」，俗寫體。徐有榘木活字本、《唐文拾遺》卷三八作「梁」。按：「梁」、「樑」古今字。《四部叢刊》本作「梁」，亦俗别體。

〔三〕摸：《四部叢刊》本、徐有榘木活字本、《唐文拾遺》卷三八作「模」。按：「摸」即「模」之俗寫，《敦煌俗字典》「模」字條收錄此形。

〔四〕伏惟：徐有榘木活字本、《唐文拾遺》卷三八作「伏惟云云」。